BIBLIOTHÈQUE BRÉSILIENNE

REPRODUCTION

Bernardo CARVALHO

REPRODUCTION

Traduit du brésilien
par Geneviève Leibrich

Éditions Métailié
20, rue des Grands Augustins, 75006 Paris
www.editions-metailie.com
2015

Titre original : *Reprodução*
© Bernardo Carvalho, 2013
First published in Brazil by Editora Companhia das Letras as *Reprodução*
Traduction française © Éditions Métailié, Paris, 2015
ISBN : 979-10-226-0144-3
ISSN : 0291-493X

"Pour accroître votre savoir, écoutez ce que disent les autres."

Xénophon (430-355 av. J.-C.)

"Nous n'entendons que ce que nous écoutons et n'écoutons que ce qui nous intéresse."
Proverbe xuliaka, langue qui a disparu lorsque a expiré le dernier xuliakophone, le 9 février 2013

I. LA LANGUE DU FUTUR

I don't believe in China.
Malcolm Lowry (1909-1957)

Tout commence quand l'étudiant de chinois décide d'apprendre le chinois. Et cela se produit précisément quand il commence à trouver que sa propre langue ne rend pas compte de ce qu'il a à dire. Il est évident que cela signifie aussi que la possibilité de dire ne réside pas dans le chinois à proprement parler, mais dans une langue qu'il se contente d'imaginer, car il est impossible de l'apprendre. C'est dans cette langue qu'il aimerait raconter son histoire. Nous appellerons cette langue le chinois, faute d'une meilleure appellation. Il aimerait dire, en chinois : "C'est un lieu commun de voyager pour oublier une déception amoureuse, mais il est impossible d'échapper au lieu commun", sauf qu'il ne le peut pas, car il n'est pas arrivé jusqu'à cette leçon. L'étudiant de chinois est en route pour la Chine précisément pour échapper à l'enfer des sept dernières années, dont six depuis qu'il a divorcé, qu'il est au chômage et étudie le chinois, lorsqu'il aperçoit dans la queue pour l'enregistrement sa professeur de chinois, disparue deux ans plus tôt quand, brusquement, sans la moindre explication, elle avait abandonné les cours particuliers qu'elle lui donnait dans l'école de chinois, obligeant l'étudiant à continuer les leçons avec une remplaçante. Depuis que sa professeur avait disparu, l'étudiant de chinois qui, ces dernières années, avait transformé les commentaires anonymes sur Internet, et notamment les plus abjects, en sa principale activité quotidienne, attendait une urgence et un prétexte pour commenter aussi son histoire à elle, et la réapparition inopinée de la professeur de chinois dans la queue pour l'enregistrement lui semble plus que suffisante.

La première fois qu'il l'avait vue, il avait pensé qu'elle n'était pas chinoise. Il est vrai que l'étudiant de chinois avait été très irrité en découvrant que son ancienne professeur avait été remplacée sans qu'il eût été consulté. Ce n'était pas la première fois. Aucune enseignante ne restait très longtemps dans cette école. C'était déjà la troisième qu'il avait connue en trois ans. La première avait été renvoyée car elle avait dû partir avec sa mère en Chine. Comme il n'y avait ni vacances ni congé dans l'école de chinois, personne ne pouvait jamais arrêter d'enseigner le chinois. Le voyage de la première enseignante, qui avait accompagné sa mère âgée afin qu'elle puisse revoir son frère à l'article de la mort, fut considéré comme un abandon de poste et puni en conséquence par un renvoi parfaitement justifié (une façon de parler, car il n'y avait pas non plus de contrats à l'école de chinois). La professeur qu'on dénicha pour la remplacer se laissa exploiter aussi longtemps que cela lui convint. Et, au bout de quelques mois, après avoir recueilli dans un petit carnet les numéros de téléphone de tous les élèves de l'école qui avaient suivi ses cours et auxquels elle pourrait offrir ses services sans avoir besoin d'intermédiaire, elle démissionna, bernant la directrice de l'école, laquelle était celle qui aurait dû, à la rigueur, être la personne qui exploitait et bernait ses employés.

La troisième professeur de chinois l'avait reçu à la porte de l'école avec un sourire chinois (et ici l'adjectif n'est chargé d'aucun préjugé, comme insiste toujours l'étudiant de chinois chaque fois qu'il s'entend accuser de racisme ; il s'agit plutôt de la traduction approximative d'une expression intraduisible), en chantant en chinois, afin de ne laisser aucun doute sur le fait qu'elle était bien la nouvelle enseignante. Chaque fois qu'il est accusé de racisme, l'étudiant de chinois répond qu'il est brésilien, comme s'il établissait ainsi une contradiction dans les termes – et, pour prouver ses dires, il recourt d'habitude à l'allégation éculée que le passeport brésilien est le plus convoité par les terroristes internationaux, puisqu'il admet tous les types physiques et toutes les races. Depuis le début, à chaque changement d'enseignante, l'étudiant de chinois s'était senti floué en tant que brésilien, sans comprendre la raison de ces substitutions et sans pouvoir rien faire pour les renverser, il avait beau s'être adapté à la méthode de la professeur précédente (pour désastreuse que fût cette méthode), puisque ces changements ne lui étaient annoncés (ou même pas) que lorsqu'ils étaient déjà consommés. La circonstance aggravante était que la nouvelle professeur qui chantait à la porte de l'école n'avait même pas l'air d'une Chinoise – et pas seulement physiquement, bien qu'elle affichât ce sourire indéchiffrable. Elle parlait une langue encore plus incompréhensible que celle des enseignantes précédentes. Un chinois qui ne correspondait même pas à la translitération officielle du pinyin, la transcription phonétique en alphabet latin qui, en principe, était censée guider les Occidentaux, leur permettant de reproduire le son des caractères ou tout au moins de les imaginer. Outre la confusion classique et caricaturale entre le *r* et le *l* qui s'empare en général des Chinois dans une langue étrangère, la nouvelle enseignante changeait le *ch* en *s* et inversement, s'exclamant *saud* quand il faisait chaud ou s'efforçant d'expliquer à l'étudiant désorienté ce qu'était un *sapeau de choleil* qu'on met sur sa tête quand il fait *saud*.

Ce qui se passe à l'aéroport est vraiment très étrange. Quand l'étudiant de chinois pénètre dans la salle d'embarquement, la professeur qu'il n'a pas vue depuis deux ans se trouve déjà dans la queue pour l'enregistrement et elle tient par la main une fillette d'environ cinq ans, chinoise comme elle. Tout est chinois. L'avion a pour destination la Chine. La fillette ne lâche pas la main de la professeur. L'étudiant de chinois, qui n'a jamais compris ce qui pouvait avoir poussé la professeur à abandonner sans explications le quatrième livre du cours moyen au milieu de la leçon 22, est surpris de la voir, tenant une petite fille par la main, dans la queue pour l'enregistrement du même vol qui en principe le mènera à Shanghai. Pour autant qu'il sache, quand elle lui faisait encore cours deux ans plus tôt, la professeur n'avait pas d'enfant. C'est une jeune femme de vingt-sept ans, frêle et maigre, avec des bras squelettiques et des cheveux châtain clair, peu fournis, longs et très raides, comme s'ils avaient été repassés au fer. Leur couleur est pour lui une anomalie, de même que la peau de la professeur de chinois, dont la teinte est identique à celle des cheveux. Si elle n'avait pas toujours eu les cheveux ainsi, depuis qu'elle l'avait reçu en chantant à la porte de l'école, il aurait pu dire s'ils étaient teints ou naturels. L'étudiant de chinois s'approche et prononce son nom. La professeur se retourne, effrayée, comme si elle apercevait un fantôme. Elle est plus pâle que lorsqu'elle lui faisait cours. Elle se met à trembler. Elle ne sait comment réagir ni que dire, elle s'empêtre avec les billets et les passeports qu'elle tient dans la main qui pousse le chariot avec les valises, car l'autre agrippe la main de la fillette. Elle laisse tomber les passeports et les billets par terre, mais quand l'étudiant de chinois est sur le point de les ramasser, elle s'avance, lâchant brusquement la main de la fillette qui se met à pleurer. Il dit, dans sa propre langue, car ce qu'il a maîtrisé du chinois en six ans n'est même pas suffisant pour s'adresser à la professeur dans la queue pour l'enregistrement : "Mais quelle coïncidence ! Vous avez abandonné les cours au beau milieu. Vous avez disparu de l'école. Ça m'a inquiété. Je vous ai même téléphoné sur votre portable, pour savoir s'il s'était passé quelque chose." Mais avant qu'elle puisse répondre, après avoir récupéré les passeports, les billets et la main de la fillette, un homme pousse l'étudiant de chinois dans le dos, l'écarte sur le côté et met fin à la conversation. L'homme attrape la professeur par le bras. Elle n'a pas le temps de réagir ni même de pleurer, bien qu'elle le devrait. Elle veut réclamer la fillette, mais avant même de pouvoir dire "non" ou de s'évanouir (et elle aurait toutes les raisons de le faire), l'homme qui lui agrippe le bras lui dit à l'oreille : "Tiens-toi tranquille. Ne dis rien. Maintenant, tu viens avec moi. Eux s'occuperont des valises." Elle regarde les valises sur le chariot comme si elle voyait l'avenir lui filer entre les doigts. L'homme suit son regard et demande, apparemment déjà sur le point de perdre la tête : "Tu n'as pas fourré ça dans les valises, n'est-ce pas ?" Elle fait signe que non, secoue la tête, ouvre les yeux tout grand, comme si elle choisissait de ne pas comprendre ce qu'elle venait d'entendre. L'homme prend la fillette dans ses bras et tire la professeur de chinois hors de la queue. La petite, qui s'était tue quelques secondes à cause de la frayeur provoquée par l'intervention de l'inconnu, se remet à pleurnicher. Il traîne la professeur dans le hall de l'aéroport, passe devant l'immense paroi de cloisons où l'on peut encore lire – mais plus pour très longtemps – sur une immense photographie de nuages : "Excusez-nous pour le dérangement. Nous nous agrandissons pour vous faire arriver plus vite au ciel." Deux peintres, obéissant à des ordres qui doivent à leur tour refléter les protestations de passagers offensés par l'ambivalence du slogan (surtout dans un pays où les deux principales compagnies aériennes figurent parmi les quatre plus désastreuses du monde), s'efforcent de recouvrir la phrase avec une couche de peinture blanche. En cours de route, avant de disparaître en laissant derrière elle l'étudiant de chinois devant le chariot des valises abandonné, la professeur se retourne vers lui et dit quelque chose en chinois qu'il ne comprend pas. Les Chinois dans la queue qui, eux, pourraient comprendre quelque chose, n'osent les regarder ni elle ni lui, comme s'il suffisait de regarder pour risquer de finir comme la professeur de chinois. Plus qu'ignorer l'étudiant de chinois, ils feignent de n'avoir rien vu. En Chine, personne n'a besoin d'écoles de langues pour apprendre à se comporter.

Quelques secondes plus tard, un autre homme surgit, hors d'haleine, derrière l'étudiant de chinois, et demande : "Où sont-ils allés ?" L'étudiant ne sait que dire. L'homme continue, sans attendre la réponse : "Les valises sont à vous ? Elles sont à elle ? Vous étiez ensemble ? Vous la connaissez, vous étiez avec elle ? Toi, tu viens avec moi." L'étudiant de chinois, qui a déjà entendu ça avant, dit dans sa propre langue : "Je ne peux pas. Mon vol part à six heures. Je ne veux pas rater mon avion." L'homme insiste : "Toi, tu viens avec moi", et il montre la plaque de la police. L'étudiant de chinois hésite quelques secondes avant de l'accompagner, contrarié et plein d'appréhension, pendant que le policier pousse dans l'ascenseur le chariot avec les valises de la professeur de chinois. Ils se dirigent vers une pièce sans fenêtres dans les locaux de la police, au troisième étage. Une fois dedans, le policier ferme la porte et commence l'interrogatoire. Il veut savoir ce que la Chinoise lui a dit de loin, en chinois, pendant que son collègue l'entraînait. L'étudiant de chinois doit s'exprimer maintenant dans sa propre langue pour expliquer au commissaire de police ce qu'il ne comprend pas dans la langue de la Chinoise, même après six années d'études :

"Pourquoi ? Comment ça, pourquoi ? Parce que je me suis mis à apprendre le chinois. Je ne me suis pas mis à étudier l'anglais ou l'espagnol. Le chinois est la langue du diable. Alors, il est normal que je ne comprenne rien, même après l'avoir étudiée pendant six ans. C'est normal. Même le grec, en comparaison, c'est de la gnognote. Il est évident que je ne pouvais pas parler chinois avec elle. Et comment voulez-vous que je sache ce qu'elle a dit ? En mandarin, la même syllabe a quatre sens différents. Vous ne l'avez jamais entendu dire ? Quatre. Et dites-vous bien qu'il y a d'autres langues qui ont encore plus de tons. Le cantonais, par exemple, qui est aussi une espèce de chinois. C'est comme courir en tirant des coups de feu. On a de la veine si on atteint quelque chose. Vous qui êtes de la police, vous devriez savoir ça. Quatre tons différents. Pour ne pas parler des homophonies. C'est quoi une homophonie ? Comment ça, c'est quoi une homophonie ? Homo veut dire le même. Homosexuel. Phone veut dire son. Le même son. Et vous voudriez en plus que je comprenne ? Comment j'ai fait sa connaissance ? Je l'ai déjà dit, à l'école de chinois. Excusez-moi, mais quelle langue parlons-nous ? Non, mais on dirait que vous ne voulez pas comprendre. À l'école de chinois. À-L'É-CO-LE-DE-CHI-NOIS ! Je vais rater mon avion si ça continue comme ça. Dites-moi ce que vous voulez savoir et je répondrai, ok ? Quoi ? Non, excusez-moi, excusez-moi, bien sûr, je vais me calmer, mais c'est que comme ça je vais finir par rater mon avion. Non, bien sûr, je sais, je sais, c'est vous qui commandez, c'est vous qui commandez. Je prendrai mon vol si vous le voulez bien. Je répète : oui, ici, c'est vous qui commandez. C'est ça, je vais oublier l'avion. Ça y est, j'ai oublié l'avion. C'est fait. La précipitation est l'ennemie de la perfection. *Yu su er bu da.* Bon. Depuis le début, évidemment, nous allons commencer depuis le début. J'ai fait sa connaissance à l'école de chinois. Bon. Pourquoi je me suis mis à apprendre le chinois ? C'est la langue du futur. Il n'y a pas de réponse. Ne remettez pas à demain ce que vous pouvez faire aujourd'hui. *Bu yao ba jin tian de shi tui dao ming tian qu zuo.* Comment ? Un jour, tout le monde ne parlera et ne comprendra plus que le chinois. Vous pouvez l'écrire. Même tout ça ici entre nous, cet interrogatoire, devra se faire en chinois. Et alors, celui qui ne parlera pas chinois sera dans la merde. Vous avez déjà réfléchi à ça ? Moi, je n'ai pas envie d'être dans la merde. Personne n'en a envie. Bien sûr, bien sûr. Ici, on ne dit pas de gros mots. C'est vous qui commandez. Ok, ce n'est pas un interrogatoire. Vous n'avez pas besoin de crier. C'est une conversation. Il y aura pas mal de business à faire dans le coin, pour ceux qui parleront le chinois. Commerce extérieur, import-export. Vous savez que d'ici quelques années, à en croire les prévisions des économistes, les 'perspectives' (*il fait le geste des guillemets avec les mains*), ce n'est pas comme ça qu'on dit ?, les 'perspectives', ce sera la Chine, l'économie la plus puissante du monde ? Vous n'avez pas lu que les Chinois envisagent même d'installer une cellule du PCC dans la station spatiale chinoise, avec des membres qui auront dans l'espace les mêmes attributions que celles qu'ils ont ici, sur la terre ? Parfaitement ! Vous pouvez vous préparer, absolument ! Des bureaucrates. Absolument ! Le PCC lui-même. Non, non, je ne me paie pas votre tête. Vous n'avez pas lu ça ? Sur la Toile. Non, des bureaucrates ! Rien à voir avec des trafiquants, absolument rien à voir. Parti Communiste Chinois. Un autre PCC*. La bureaucratie dans l'espace. Et quand ils envahiront le Brésil, je veux pouvoir leur souhaiter la bienvenue en chinois, en chantant. Vous savez comment on dit ça ? Vous ne voulez pas savoir ? Eh bien, c'est comme ça qu'elle m'a accueilli le premier jour, pour mon premier cours, à la porte de l'école, en chantant des mots de bienvenue en chinois, *huan ying, huan ying*, comme on fait là-bas en Chine le jour de la rentrée des classes, au jardin d'enfants, et qui a dit que j'ai compris ? Elle chantait et chantait en souriant, *huan ying, huan ying*, et moi, en faisant semblant, je répétais la première syllabe *huan huan*, qui était la seule chose que j'avais chopée, la première syllabe et pas la deuxième, mémoire épisodique à long terme, si ç'avait été la deuxième syllabe elle serait à court terme, sans savoir ce qu'elle disait, évidemment, syllabe est une façon de parler, car en chinois il n'y a pas de mot de plus d'une syllabe, ou de deux, à vrai dire il n'y a même pas de syllabes, chaque caractère est déjà tout un programme, et un mot, vous ne le saviez pas ? Et je dansais avec elle, danser est aussi une façon de parler, à la porte de l'école, je balançais le corps, bras ballants, et je lui souriais, reprenant en écho la première syllabe, *huan huan*. Avec un ton incorrect, évidemment. Vous savez que les appareils pour la surdité ne fonctionnent pas en Chine ? Eh bien, c'est vrai… Et vous savez pourquoi ? C'est à cause des tons. Absolument. J'ai trouvé ça super. Le ton n'est pas la langue ; c'est de la musique. Et là, c'est la merde. L'appareil ne capte pas. Ah, c'est vrai, pardon. Ici on ne dit pas de gros mots, même pas en chinois. Non, non, je ne blague pas du tout, non, je vous jure, excusez-moi, simplement je n'ai pas

* PCC : Premier Commando de la Capitale, organisation criminelle la plus connue du Brésil.

envie de louper mon avion. Il part bientôt, à six heures. Ça va, j'ai déjà oublié. Quoi ? Vous avez une façon marrante de parler. Non, mais votre vocabulaire ne serait-il pas légèrement anachronique ? Allons donc ! Bien sûr que vous savez ! Dépassé. Non, non. Aucune offense. Non, je n'ai rien pris. Non plus. Je suis vraiment comme ça. Les aéroports me rendent nerveux. Je suis déjà plus calme. Je suis hyper calme. Rassurez-vous. Depuis le commencement. Très bien. Alors, elle m'a reçu en chantonnant : *huan ying, huan ying.* Il y a encore de la musique : *gao xing wo jian dao ni.* Non ? Pas de problème, vous n'avez pas envie d'entendre, pas de problème. C'est que j'ai appris ça par cœur, il fallait bien que je l'apprenne par cœur, pas vrai ? Sinon, je redoublais. École pour adultes, oui, évidemment qu'il s'agissait d'une école pour adultes. Mais la méthode est une méthode pour enfants, pas vrai ? Vous savez qu'il y a une grande pénurie de matériel didactique au Brésil pour les enseignants de chinois ? Encore maintenant. Incroyable, je trouve aussi. Des photocopies. Papillon. Petite fourmi. Petit ver de terre. Je ne me fous pas de vous. L'alphabétisation en Chine est comme ça, alors pourquoi ne serait-elle pas pareille au Brésil, pour les adultes ? Si les petits Chinois apprennent comme ça, pourquoi est-ce que nous autres on ne pourrait pas apprendre comme ça aussi ? Je ne sais pas, ce n'est pas moi qui ai inventé la méthode, mais je crois que les Chinois pensent comme ça, vous pourrez le leur demander quand ils nous envahiront. D'ailleurs, j'aimerais bien voir celui qui ne parlera pas chinois quand ils nous envahiront. Mais vous et moi on est amis, si vous avez des ennuis, vous n'aurez qu'à dire que vous me connaissez. Toute grande puissance finit par merder à un moment ou à un autre. Oh, excusez-moi. Je n'aurais pas dû. Mais c'est la vérité. Vous pouvez l'écrire. Toute grande puissance. Car c'est humain. Et l'être humain, vous le savez, un jour doit disparaître. Comment ? Vous n'êtes pas un ami ? Pas de problème. Vous n'avez rien lu sur la 'particule de Dieu' ? (*L'étudiant de chinois fait le geste des guillemets avec ses mains.*) Ce n'est pas comme ça qu'on l'appelle ? Qui ? Les physiciens ! Les physiciens et les éditorialistes et les chroniqueurs et les reporters ! Particule de Dieu ! *Shenmi.* En chinois, évidemment, pour que tout le monde comprenne. *Shen*, dieu. *Mi*, secret. Mais dans l'Église de ma professeur de chinois c'était *Shangdi. Shang*, hauteurs. *Di*, seigneur. Seigneur sur les hauteurs. Jésus. J'ai trouvé ça super. Elle appartenait à cette Église. Oui ! Je ne sais pas laquelle. Je sais seulement qu'il y a Jésus au milieu. Et si ce n'est pas Jésus qui balance ces astéroïdes contre la terre, c'est qui ? Vous voulez une preuve plus éclatante que Jésus ne sait pas viser ? Dites-moi ? Un coup de chance. Vous n'avez rien lu là-dessus ? C'était dans le journal et j'ai enregistré ça dans ma tête, bien sûr, je peux le répéter de mémoire, mais j'ai aussi ça ici avec moi, je l'ai noté, où est-ce que j'ai fourré ça ? Ah ! Voilà ce que j'ai copié : 'Cette découverte confirme la vision grandiose d'un univers régi par des lois simples, élégantes et symétriques, mais dans lequel tout ce qui est intéressant, comme nous, résulte de failles et de ruptures dans cette symétrie.' Intéressant, non ? Vous saviez que l'univers est en expansion, avec l'accélération de l'énergie noire ? Je ne sais pas, je ne suis pas physicien. Mais ça ne peut pas être une bonne chose. Merde. Pardon ! Pardon ! Et quand j'ai lu ça, évidemment, ça m'a mis mal à l'aise. Si mal que je l'ai noté ici. Je trimballe ce petit carnet partout. Pour prendre des notes, évidemment. Non, je ne vais rien noter. Pas besoin de me le dire. Rassurez-vous, j'ai déjà dit que je ne noterai rien ! Je sais très bien où je suis. (*Il relit ce qu'il a noté en silence, en remuant à peine les lèvres.*) C'est intéressant que nous… que nous soyons les failles et les ruptures de l'univers ! Le chroniqueur a fait du bon boulot.

Putain, putain de merde. Si on est un être humain, un jour on va devoir finir. Ça ne fait pas un pli. On est sept milliards, on croît au rythme de soixante-dix millions par an. On est une épidémie infestant la planète, un jaillissement. On est la maladie, circulant en avion aux quatre coins du globe, semant la mort avec toutes sortes de virus inconnus. Et, comme toutes les épidémies, on a une fin. Les éléphants ne sont pas en train de mourir ? Alors ? Même les éléphants, qui vivent vraiment longtemps. Et les Américains ? Le tour des Américains est venu. Vous n'avez pas posé la question. Quoi ? D'après ce que je vois autour de moi. Non, je sais. Vous n'avez pas posé la question. Non, rien contre. Rien. Pas besoin de le dire. Tout le monde sait que l'antiaméricanisme est la religion des frustrés et des perdants. N'importe quel touriste sait ça. Pour être franc, il n'y a rien de mieux que les Américains, je les aime, j'adore aussi les éléphants, et le vin ! Que seraient devenus les cépages menacés d'extinction sans les Américains, sans la Napa Valley ? Le syrah, le zinfandel ? Mais, entre nous soit dit, ils ont aussi foutu la plus grande merde, non ? Vous n'aimez pas le vin ? Et comment voulez-vous que je m'exprime ? Avec quels mots ? Comme n'importe quelle grande puissance. Un euphémisme ? Deux poids, deux mesures. Oui. La fin justifie les moyens. *Jieshu bianjie shouduan.* Aucune différence. Si on le pouvait, on en finirait aussi avec la vie privée pour combattre le terrorisme ; on s'allierait aussi avec l'Arabie saoudite, le Bahrein et toute la clique, on défendrait aussi la torture hors de nos frontières au nom de la démocratie. Vous allez dire que vous ne la défendriez pas ? Là, je vous ai bien eu ! Ils ont raison. Le problème, c'est cette fichue contradiction. La contradiction est une merde. Excusez-moi. En Arabie saoudite, on ampute les voleurs, ici, ils sont députés. Je n'ai pas besoin qu'un voleur me représente. J'ai ma propre opinion. C'est tout ce que vous avez à dire ? Je m'y attendais d'ailleurs. Personne ne supporte la contradiction. C'est exactement ça. Personne ne veut se voir dans un miroir. La contradiction est la force et la faiblesse de la démocratie. C'est pour ça qu'elle ne peut pas durer. C'est pour ça que la démocratie est condamnée à dégringoler dans le fascisme et la religion. Lisez les chroniqueurs. On ne le fait pas, tout bonnement parce qu'on ne le peut pas. Moi, si je pouvais choisir, je serais du côté des Américains. Mais maintenant c'est le tour des Chinois. Pas de finir, non. De commencer ! Oui. De commencer ! Sans contradictions. Les Chinois ne connaissent pas la contradiction. Et ils ont déjà commencé. Ils vont s'allier avec les Russes, avec les Iraniens, avec les Talibans, avec toute la clique, avec tous ceux qui ne peuvent pas s'allier aux Américains. Par pragmatisme. Pour de l'argent, bien sûr, c'est toujours pour du fric, vous vouliez quoi ? Vous ne voterez pas pour un croyant évangélique ? Tout le monde est au courant, c'est dans les journaux. Où est le problème ? Vous n'allez pas me dire que vous êtes de ceux qui trouvent qu'Internet est une entité du mal contrôlée par les grands moyens d'information dans le but d'en finir avec la vie privée ! J'ai toujours dit que les Chinois allaient conclure un accord avec les Talibans dès que les Américains quitteraient l'Afghanistan, pour gagner plus d'argent. Ils ne le quitteront pas ? Tout le monde, je le répète, tout le monde est dégueulasse. À commencer par les touristes. Ok, pardon. Vous n'aimez ni la politique internationale ni les gros mots ? Attendez seulement qu'ils débarquent. Et qu'ils se mettent à débiter des gros mots en chinois. C'est là que ça va chauffer un max ! Comme vous voudrez, mais après ne venez pas demander qu'on vous aide à traduire la confession qu'ils vous obligeront à signer quand ils vous arrêteront. En chinois ! La police sera composée uniquement de Chinois. Pas seulement la police.

Les gangsters aussi. Vous ne voulez pas savoir ? Quoi, la professeur de chinois ? À vrai dire, je n'ai jamais compris d'où elle sortait ces fringues. Sympa, non ? Il paraît qu'il y a des tas de nanas comme ça en Chine. Créatives. Le genre styliste, vous savez ? Qui font des miracles avec un bout de chiffon. Elle doit acheter ça dans la rue du Vingt-Cinq-Mars, car elle n'a même pas de fric pour se payer un chewing-gum, ou elle n'en avait pas, mais elle porte toujours des trucs comme ça, différents. C'est elle qui a dit qu'elle n'avait pas d'argent. Qu'elle devait être créative. Elle mélangeait des bouts de chiffon avec des trucs chinois. Si vous la voyiez dans la rue, vous ne diriez jamais qu'elle tirait le diable par la queue. Mais c'était la vérité. Maintenant j'aimerais bien savoir où elle a dégotté le fric pour s'acheter un billet d'avion pour la Chine. Deux billets, n'est-ce pas ? Au début, à un des premiers cours, elle m'a posé une question quelconque et ses yeux ont brillé en entendant ma réponse, j'ai oublié ce que c'était, tout comme j'ai oublié ce qu'elle m'avait demandé, ça ne sert à rien de vouloir le savoir, elle a dit qu'elle ne supportait pas non plus que les gens se mêlent de ses affaires, et ses yeux brillaient comme les vôtres en ce moment, sauf que ce n'était pas de haine, mais plutôt comme si elle avait enfin trouvé un ami – j'ai déjà compris, nous ne sommes pas des amis, pas besoin de me parler sur ce ton –, elle a dit que les Chinois étaient sans-gêne – et si vous voulez savoir, c'est vrai, vous venez de faire la connaissance d'un Chinois et aussitôt il veut savoir si vous êtes marié, pas besoin d'être flic pour ça, il veut immédiatement tout savoir. Vous ne voulez rien savoir ? Eh bien, elle a été ravie d'apprendre que je ne voulais rien savoir de sa vie ni rien raconter de la mienne. Et elle ne m'a plus rien demandé, évidemment. Plus rien, sauf une ou deux petites choses, évidemment. Du genre, quel est mon signe dans l'horoscope chinois. Nous avons eu un cours entier sur l'horoscope chinois. Vous ne connaissez pas ? Ah, il faut que vous connaissiez ça ! Pour moi ça a été une découverte. Ah, ça m'a drôlement aidé ! J'aime. À un autre moment, bien sûr. J'essaie seulement de vous expliquer sa méthode. Elle devait poser des questions, n'est-ce pas ? Elle est maligne. Quand elle voulait découvrir quelque chose, elle trouvait un moyen. Elle disait le nom d'un animal, en chinois bien sûr, sinon ce ne serait pas un cours de chinois, et je devais former une phrase. Du genre : le rat est résistant, le cheval est fort, le tigre est féroce, etc. En Chine, quand un garçon naît, son nom est toujours un attribut d'animal : vaillant, fort, brave. Une fille, elle, naît avec un nom de fleur. De fleur ou de plante. Inévitable ! Non, pas Evita. Elle s'appelle ciel. Ou alors elle porte un nom de petit oiseau. Ou de pierre précieuse. Il y a aussi un tas de femmes avec le nom d'une pierre précieuse. Elle-même. Liuli. C'est son nom. Exact. Et là, vers la fin, elle a demandé quel était mon signe dans l'horoscope chinois. Et j'ai dit : rat. Et elle : moi aussi ! Et alors, voyant que nous avions plus en commun que je n'imaginais, bien qu'elle soit chinoise, même si ça ne se voyait pas, nous souriant mutuellement, nous reconnaissant rat tous les deux, je lui ai demandé si elle aussi était née en 1960. Et elle a pris alors cet air totalement chinois. Non, pas le moindre préjugé. Dieu m'en garde, je suis brésilien. C'est ça, indéchiffrable. C'est ça. Godiche. Godiche et jeune. Merci. Parfois, surtout quand je suis nerveux, je ne trouve pas mes mots. Même si, à l'époque je comprenais déjà un peu, car ça faisait déjà trois ans que j'apprenais, n'est-ce pas ?, je me suis excusé : Ah, excuse-moi, tu es née en 1972 ! Vous savez que le cycle de l'horoscope chinois est de douze ans, n'est-ce pas ? Vous ne le savez pas, évidemment, vous ne saviez même pas qu'il y avait un horoscope chinois. Ah, vous le saviez ? Excusez-moi. C'est moi qui ai mal compris. Aucun problème. Pas le moindre problème. Alors vous savez que le même signe revient tous les douze ans. Et comme elle continuait à avoir ce même air – comment avez-vous dit ? Exactement ! Godiche. Non, ce n'était pas seulement un sourire indéchiffrable, c'était juste un air godiche et jeune, c'est mieux – j'ai dû m'excuser à nouveau, car elle était de 1984. Je m'étais gouré de vingt-quatre ans sur son âge ! Je suis d'accord. Les vieux devraient être exterminés. Ce vieux bonhomme a commencé à causer des problèmes, il a commencé à ne plus reconnaître… Les retraités sont un fardeau pour la société. Il suffit de faire des calculs. Pas une seule économie ne s'en tire. Pas même la Chine ! Alors, je ne suis pas un bon physionomiste. J'ai déjà fait ma déposition. Et je ne sais pas comment je pourrais faire pour aider plus que je ne l'ai déjà fait. J'ai même peur de gêner votre enquête. Ou de finir par avoir un ennui de santé ici. Vous imaginez ? Un passager innocent est victime d'une syncope dans les locaux de la police fédérale. Alors, je suis libre ? Écoutez, mon vol part… Bien sûr, dans la force de l'âge, non, vous avez tout à fait raison. En parfaite santé, oui. J'ai déjà compris, oui, le vol est secondaire, j'irai en Chine quand vous le voudrez bien. Bien sûr, bien sûr. Ah ! J'ai oublié de dire aussi qu'avant elle j'ai eu d'autres professeurs de chinois, toujours dans la même école et que, l'une après l'autre, elles disparaissaient sans explications. Oui ! Une enquête ? Ha-ha. Où avez-vous donc la tête ? Imaginez un peu ! Une enquête ? Il ne manquerait plus que ça. S'il y avait une enquête, les propriétaires de l'école seraient dans de beaux draps et moi je ne serais pas ici. Je serais en train d'étudier le chinois avec ma professeur. Mais ici, les bandits ne vont pas en taule. Vous ne lisez donc pas le journal ? Les bandits sont en liberté, pendant que vous autres arrêtez d'honnêtes passagers ! Comment ? Vous n'avez pas à me parler sur ce ton ! Bon, j'arrivais pour mon cours du matin et je me trouvais nez à nez avec une nouvelle enseignante. C'est ce qui s'est passé le jour où elle m'a reçu en chantonnant *huan ying, huan ying*. Non, je ne vais pas recommencer à chanter. Inutile de vous stresser. C'était juste pour vous faire comprendre. Car, sinon, tout reste très flou, il faut préciser les choses, non ? Pour qu'après il n'y ait pas de malentendu. Vous n'avez pas besoin de crier ! Je ne complique rien. Je ne pouvais pas continuer à raconter ce que j'ai à raconter sans expliquer d'abord que j'avais déjà eu d'autres professeurs avant elle et que je connaissais plus ou moins la prononciation du Nord, qui était celle des autres enseignantes qui avaient disparu sans explications, car pour moi ça a été un choc quand elle s'est mise à parler avec l'accent du Sud. Oui, du Sud. Elle est du Sud. Oui. En chinois, ou plutôt, dans le système de translitération sonore que les Chinois ont inventé pour que nous comprenions comment se prononcent les caractères, un tas de mots commencent par *ch* qui se prononce comme si c'était *tch* ; par *sh* et par *zh* qui se prononcent comme si c'était *j*, et un tas d'autres commencent par *c* qui se prononce comme si c'était *ts* ; par *s* qui se prononce exactement comme *s*, et avec *z* qui se prononce comme si c'était *tz*. Vous n'avez pas envie de savoir. C'est pourtant simple, il suffit juste… Très bien. Ok. Mais dans le sud de la Chine, ils confondent tout. Alors, elle disait saud et sapeau. Je disais : Ce n'est pas saud, c'est chaud ; Ce n'est pas sapeau, c'est chapeau. Et elle répétait : Qu'est-ce que j'ai dit ? Saud, sapeau. C'était à devenir dingue. En portugais, bon, ce n'est pas trop grave. Mais en chinois, une langue de monosyllabes, cha, sa, cho, so, zu, zhu, su, cu, ku ! Si avant… non, ce n'est pas un gros mot, si avant, avec les professeurs du nord de la Chine – je viens de dire que ce n'est pas un gros mot –, si avant déjà, je ne comprenais rien, maintenant je comprenais encore bien moins, avec une enseignante du Sud. Et ça m'a rendu fou dès le début. Normal, non ? Qu'était devenue ma professeur précédente, avec l'accent de Pékin ? Je vais devoir ouvrir une autre parenthèse, pour que vous compreniez, et ça sans aucun racisme, ne montez pas sur vos grands chevaux, pour l'amour du ciel, inutile de crier, mais un ami à moi, qui d'ailleurs est juif et qui, par conséquent, ne peut pas être antisémite (ce qui prouve que moi aussi je ne le suis pas, n'est-ce pas, car je suis son ami, un ami pour de vrai, un ami de cœur), m'a dit l'autre jour que les Chinois sont les juifs de l'Asie. Et figurez-vous que je suis d'accord. Les Chinois ont toujours détesté le communisme. Vous ne m'avez pas demandé mon opinion ? Mais si je ne vous la donne pas, vous ne comprendrez pas l'histoire. Très bien, ok, c'est vous qui commandez. Moi ? Raciste ? Non. A-t-on jamais vu un Brésilien raciste ? Il y a dix-neuf nouveaux millionnaires par jour dans notre pays. Ce que je voulais dire, c'est que les Chinois ne respectent pas les êtres humains. Et encore moins leurs employés. Les Chinois naissent pour exploiter les autres. Pour commettre des abus d'autorité. Et ça n'a rien d'étonnant. La vie en Chine ne vaut pas un clou. Ici ? Ici non plus elle ne vaut rien, mais ici au moins on parle la langue. Voyez combien de personnes sont exécutées chaque année en Chine, pour un rien ! Vous ne le savez pas ? Vous n'en avez pas la moindre idée ? Onze par jour ! Oui, c'est beaucoup. Et ce sont des gens qui ne pensent qu'au fric. Non, ce n'est pas mon avis personnel. Pas du tout. Tout le monde sait ça. Bon, je me tais. Ok, ok, je n'ouvre plus la bouche. Je n'insinue rien. Je suis entre vos mains. Ce que vous voudrez. Faites ce que vous voudrez. Vous n'avez pas besoin de crier. Tout ça juste pour dire que les propriétaires de l'école payaient si mal les enseignantes qu'aucune ne restait. Quand elles demandaient une augmentation, elles étaient flanquées à la porte, chassées. Et l'offre s'est peu à peu tellement réduite, évidemment, qu'ils ont dû engager une enseignante du sud de la Chine, qui appelait un chapeau, sapeau. Mais j'ai commencé à bien l'aimer, si vous voulez savoir, elle m'a bien plu, et pas seulement parce qu'au fond c'était un excellent professeur (même si le peu que je parle aujourd'hui est complètement incorrect, j'ai plus appris avec elle qu'avec n'importe quelle autre prof avec l'accent de Pékin). Comme elle n'aimait pas les gens sans-gêne, elle s'est mise à me parler de sa vie sans que je lui aie rien demandé. Pour éviter les questions, vous pigez ? Tout ça au compte-goutte, évidemment. À doses homéopathiques. Rien à voir avec homophonie. Même préfixe, mot différent. Vous voulez connaître l'histoire ou vous ne voulez pas ? Il suffisait que je m'intéresse, que je veuille en savoir plus et que je lui pose une question pour qu'elle interrompe ce qu'elle était en train de me raconter et reprenne la leçon. Et ça ne servait à rien d'insister, elle souriait, changeait de sujet et ne reprenait la conversation que plusieurs semaines plus tard, quand ça lui chantait et quand je m'y attendais le moins. Elle répétait : Un jour tu raconteras mon histoire. Et comment elle le savait ? Tu écriras mon histoire. Une histoire très triste. Évidemment. Je lui répondais : Toutes les histoires chinoises sont affreusement tristes. Vous n'avez jamais vu de films chinois ? Ils sont d'un déprimant. Des histoires de gens volant avec des épées. Et ça n'a rien d'étonnant. Vous pensez que ce n'est pas très rigolo de naître dans le Sud ? N'est-ce pas ? Vous ne savez pas ? Vous n'avez pas d'opinion. Eh bien, imaginez que vous naissiez dans un village dans l'intérieur du sud de la Chine, après la promulgation de la politique de l'enfant unique. Vous ne savez pas non plus de quoi il s'agit ? La Chine a plus d'un milliard trois cents millions d'habitants. Imaginez s'il n'y avait pas de contrôle de la natalité ! Les Chinois veulent avoir des enfants. À vrai dire, tout le monde veut des enfants, mais les Chinois encore plus – et ils veulent des garçons. Et parmi tous ces gens qui veulent avoir des fils, il ne naît que des filles ! C'est toujours comme ça. Dieu est le plus grand salopard que je connaisse. Quand elle est née, sa mère avait déjà deux filles ! Elle était déjà plus que hors-la-loi. Elle avait déjà dépassé son quota d'erreur. Mais elle n'allait pas s'arrêter avant d'avoir eu un fils. Exactement, et vous verrez quand ils nous envahiront. Un Chinois, c'est obstiné. Et si un homme ne vaut déjà rien en Chine, une femme vaut encore beaucoup moins. Car il y en a trop. Quand sa mère est tombée enceinte pour la troisième fois, elle est allée se cacher dans un autre patelin, où personne ne savait qui elle était. Elle a passé six mois dans la clandestinité. Elle est presque morte en accouchant. Elle a accouché toute seule, en cachette, hors-la-loi. Mais au lieu d'un fils, bien entendu, c'est ma professeur de chinois qui est née ! C'est toujours comme ça dans la vie. Les choses arrivent quand tu, excusez-moi, quand vous vous y attendez le moins. La femme ne savait que faire de cette saloperie de bébé maigrelet. En Chine, les femmes naissent déjà avec de l'ostéoporose. Et pas ici ? Un manque de calcium. Vous ne le saviez pas ? Vous imaginez la déception ? Liuli, Lapis-Lazuli. Encore une fille ! Oui ! Tuile Vitrifiée. C'est son nom, Liuli. De ces tuiles que les Chinois mettent sur les toits des palais. Une ironie pour quelqu'un qui naît avec de l'ostéoporose. Lapis-Lazuli. Ou Cristal, si elle était brésilienne. Traduction libre, n'est-ce pas ? Liuli veut aussi dire Mendiante Misérable. Double signification, n'est-ce pas ? Ça dépend du ton. Non, elle n'a rien dit. J'ai regardé dans le dictionnaire. Presque tout dans la vie ne veut-il pas dire la même chose et son contraire ? Alors ? En chinois, c'est pire. Liuli. Cristal et mendiante misérable. Ça veut dire aussi avortement. Et, pour ne pas la flanquer aux ordures, comme on fait ici, sa mère a donné la nouveau-née Liuli à sa voisine. Un cadeau empoisonné, n'est-ce pas ?

Putain de merde ! Pardon, pardon ! Cristal, Avortement ou Mendiante Misérable, tout dépend du point de vue. À vrai dire, en fonction du caractère, Liuli veut aussi dire Six Rites du Mariage, Triste et Angoissée, Élégante et Fluide, Lapis-Lazuli, Lazurita, Bruissement des Arbres dans le Vent, Yeux, Ciel et Neige. C'est-à-dire tout et rien. C'est absolument tout ce qu'on veut. En chinois, tout est possible. Pour la voisine, ça lui était bien égal. Elle était déjà complètement en dehors de la loi, mais elle était un cas irrécupérable, elle avait sept enfants, tous crevant de faim et suant sang et eau dans les champs à longueur de journée. La voisine était encore plus pauvre que la mère biologique de ma professeur de chinois. Mais c'était une femme au grand cœur dans ce trou du cul perdu. Excusez-moi. C'était un lapsus. Vous ne savez pas de quoi il s'agit ? Bien sûr que vous savez. Ah, cul ? Non, bien sûr. C'est que cul, pour moi, ce n'est pas un gros mot. J'ai une ascendance portugaise et chinoise. On ne dirait pas. Je sais. Cul, au Portugal, n'est pas un gros mot. Absolument pas. Vous pensez quoi ? Quoi ? La professeur de chinois ? Elle n'a découvert qu'elle était la fille de la voisine que lorsque ses petites camarades de classe ont commencé à se foutre de sa gueule, qui était le portrait craché de celle de la voisine. Elle devait avoir dans les sept, huit ans. Mais c'est seulement quand elle a eu vingt ans que sa mère adoptive lui a dit la vérité, à savoir qu'elle n'était pas sa mère, que sa mère était une autre, qu'elle habitait dans la même rue, que c'était une telle, et c'est alors seulement que ma professeur de chinois a dit à sa mère adoptive qu'elle le savait déjà depuis qu'elle avait sept ou huit ans, mais qu'elle ne lui avait rien dit pour ne pas lui faire de peine. Ma professeur de chinois aimait beaucoup sa mère adoptive. Toutes les deux se sont tombées dans les bras l'une de l'autre en pleurant. La vraie mère a aussitôt émigré, ou plutôt s'est enfuie au Canada avec son mari et ses deux filles, les sœurs aînées de ma professeur de chinois, les veinardes, et tout ce monde-là s'en est allé bosser dans un restaurant chinois à Toronto, et ce n'est que lorsque ma professeur de chinois a été ici, en train d'enseigner le chinois, qu'elle a enfin téléphoné à sa mère biologique au Canada, et toutes les deux ont beaucoup pleuré au téléphone, mais seulement jusqu'au moment où la mère s'est avisée que c'était elle qui devrait payer la communication et elle a dit alors qu'elle avait oublié le riz sur le feu et a raccroché. Je crois qu'elles ne se sont reparlé qu'une seule fois. La seule chose que voulait savoir la mère biologique c'était si ma professeur de chinois s'était déniché un mari. Or celle-ci avait horreur qu'on lui pose des questions personnelles. Non ! C'est elle qui m'a raconté qu'elle travaillait dans une église. Elle était la fiancée de Jésus. Je n'ai rien demandé. Je l'ai déduit. Elle racontait les choses dans le désordre, juste des épisodes, comme ça, tout à coup, et voilà pourquoi je n'ai jamais su comment elle était arrivée ici, dans ce pays, car elle a disparu avant de pouvoir le raconter, au beau milieu de la leçon 22 du quatrième livre du cours moyen. Quand je l'interrogeais, elle changeait de sujet et reprenait son cours. *Wo shi zhong guo ren. Ni shi ba xi ren.* Ok, ok. Ni chinois ni gros mots. Elle était missionnaire de son Église. Elle allait de maison en maison, frappant à la porte de Chinois dans la merde comme elle, pardon ! Pardon ! Là-bas, dans la rue du Vingt-Cinq-Mars, avec la Bible sous le bras, pour les amener à l'église, comme on avait fait avec elle avant, en Chine. Elle a déclaré qu'elle avait commencé ici, qu'avant elle n'appartenait pas à l'Église, qu'elle n'avait jamais entendu parler de l'Église, mais il est impossible de le savoir, car en Chine l'Église est interdite et elle n'allait pas divulguer le travail clandestin des missionnaires en Chine en déclarant qu'elle avait été lobotomisée par des collègues là-bas, n'est-ce pas ? Vous voulez savoir ? Pour moi, elle est entrée dans l'Église déjà en Chine. Et elle avait le choix ? Un de ses frères crapahutait dans la montagne tous les matins à l'aube et revenait en fin de journée, parfois seulement le lendemain, avec un sac de bois sur le dos. Deux autres passaient toute la journée pliés en deux, à planter du riz sous le soleil, les pieds dans la boue. La sœur aînée vivait avec des mains ensanglantées. Elle vendait des cochons au marché. Et elle tuait les bêtes sur place, devant les clients, dans une criaillerie pas possible, des hurlements horrifiques. Ah, c'était une sacrée fiesta ! La sœur était connue sous le nom de Zhang, l'étripeuse. Une grosse dondon. Il n'y a rien de plus injuste dans ce bas monde que les gros. La professeur de chinois m'a dit que si elle-même était restée là-bas elle serait déjà morte, car elle était maigre. Un jour où elle avait été absente, parce qu'elle était malade, et elle était sans arrêt malade, étant née avec de l'ostéoporose, le directeur de l'école m'a appris un tas de gros mots en chinois – non, non, je n'en répèterai aucun, soyez tranquille, ne serait-ce que parce que vous ne les comprendriez pas –, mais il m'a demandé de ne pas le raconter à ma professeur au cours suivant, parce que ça pourrait l'offenser. Ça, c'est pas possible ! Vous, je veux bien, mais une nana de vingt et quelques années, ne pas pouvoir entendre un gros mot en chinois simplement parce qu'elle fait partie de l'Église, surtout une Église chinoise, qui est née en parlant la langue du diable. Ce n'est pas par hasard qu'il ne peut pas y avoir d'Église en Chine. Vous avez déjà réfléchi à ça ? Elle m'a refilé une revue de l'Église et là-dedans, en chinois, dans la langue du diable lui-même, il était écrit : "Satan est le maître invisible de l'univers." Je suis d'accord. Pourquoi personne ne pense que le monde a été créé par le diable ? L'idée m'a plu. Un jour, quand je suis entré dans la salle de classe, elle était en train de pleurer. Elle voulait savoir si ses cours étaient mauvais, si j'estimais qu'elle était un mauvais professeur. Non, non ! Absolument pas ! Et pourquoi elle le serait ? Elle avait découvert qu'aucune enseignante dans cette école ne gagnait aussi peu qu'elle. Elle était allée demander une augmentation et la propriétaire de l'école, avide d'argent comme toute bonne Chinoise, et il n'entre aucun préjugé dans cette affirmation, Dieu m'en garde, c'est dans tous les journaux, lisez les reportages, la propriétaire a rétorqué qu'elle gagnait ce qu'elle méritait et qu'aucun élève ne voulait avoir cours avec elle. À part moi. J'ai tenté de lui expliquer avec habileté que c'était peut-être dû à cette histoire de *s* et de *ch*, mais que ça n'avait vraiment aucune importance car elle était un excellent professeur. Elle m'a remercié. Elle a même dit que sans moi, elle aurait déjà quitté l'école et serait retournée en Chine. Et voilà pourquoi je ne comprends pas comment elle a pu m'abandonner au beau milieu de la leçon 22 du quatrième livre du cours moyen. Et maintenant, quand elle reparaît et a la possibilité de m'en expliquer la raison, elle est kidnappée par votre collègue. Quel collègue ? Celui qui l'a sortie de la queue ! L'agent, si vous préférez. Pour moi c'est bonnet blanc et blanc bonnet. Je ne connais pas les grades, je ne suis pas de la police. Où avez-vous donc fourré mon ex-professeur de chinois ? Comment ? De la drogue ? Quelle drogue ? ! Elle est croyante ! Mais enfin, quelle langue nous parlons ici ? Alors, nous sommes deux. Vraiment une coïncidence. Car les croyants me donnent le frisson à moi aussi. Je sais comment ça se passe. Plus la religion reste lointaine, plus elle paraît belle. Dites-moi si je me trompe. Je parie que vous trouvez le bouddhisme séduisant. Je parie que vous êtes bouddhiste. Et végétarien. Que vous pratiquez la religion des plantes. Juif ? Vraiment ? Non, rien. Excusez-moi. Vous n'en avez pas l'air. Un flic juif. Aucun racisme, pour l'amour du ciel ! C'est simplement que je n'ai jamais vu de policier juif. Bien sûr que je suis nerveux. J'ai dit ça comme ça. Vous ne savez donc pas que les Brésiliens sont inconséquents ? Sémite ? Mon nom ? Non, non. Oui, il semble arabe, mais il ne l'est pas. Non, il ne l'est pas. J'en ai la certitude absolue. Vous voulez en venir où ? Vous n'allez tout de même pas me confisquer mon passeport ? Vous allez le confisquer ? Mon nom n'est pas arabe. Qu'est-ce que vous dites ? Faux ? Eh bien, je vais parler, parfaitement, tout ce que j'ai retenu jusqu'à présent, je vais le dire : les effets de tout ça sur une personne innocente sont pires que ceux de n'importe quel stupéfiant, si vous voulez savoir. Vous voulez tous me rendre fou ? C'est ça ? Car, si c'est ça... Les nouvelles quoi ? Les nouvelles directives de la brigade antiterroriste ? Regardez bien ma tronche ! Vous trouvez que j'ai l'air d'un idiot ? Quoi ? D'un djihadiste ? Jeter quoi ? Vous pensez que j'ai l'intention de jeter un avion chinois sur la statue du Christ Rédempteur ? Si j'embarque, évidemment, si j'embarque ! Vous pouvez fouiller mes bagages ! Vous pouvez fouiller ! Fouillez tout ! Ce n'est pas parce que vous êtes juif que je ne dirai pas ce que je pense. Vous avez lu la dernière déclaration du vice-président de l'Iran ? Vous ne l'avez pas lue ? Eh bien, vous devriez le faire. Vous ne lisez pas les journaux ? Ici, il n'y a pas le wifi ? Et qui a dit qu'on pouvait faire confiance au vice-président de l'Iran ? Moi, j'ai dit ça ? J'ai dit ça ? Alors, vous devez savoir que des milliers de juifs vivent en Iran. Non ? Il a dit que le Talmud est coupable du trafic de stupéfiants. Pas qui, quoi. Exactement. Tal-mud. Bon, je l'ai dit. Comment ça, non ? Bien sûr que vous savez. Ah oui ? Alors, excusez-moi. Oubliez que j'ai dit ça. Non, j'ai déjà dit que je ne suis ni raciste ni djihadiste. Un raciste ça entre dans une synagogue, un temple hindou et une mosquée, en mitraillant au nom de Dieu. Je suis brésilien. Alors, le Talmud – et ne voyez là-dedans aucun préjugé, ce n'est pas personnel –, le Talmud est responsable du trafic

international de stupéfiants. Ce n'est pas moi qui le dis.
C'est le vice-président de l'Iran. Une blague ? Vous le
pensez vraiment ? Mais c'est dans le journal ! Il – qui ça,
il ? –, le vice-président de l'Iran, demande si vous avez déjà
vu un sioniste drogué. Non ? Eh bien, voilà la réponse. Ce
sont eux qui contrôlent le trafic de stupéfiants. Les
sionistes. Comment ? Non, je n'ai jamais vu de croyant
drogué. Et alors ? Et alors ? Comprenez, je n'ai rien à voir
avec ça. Je ne suis pas antisémite. Ce n'est pas moi qui ai dit
ça. C'est le vice-président de l'Iran. Je ne fais que répéter ce
que j'ai lu. Ce sont ses arguments à lui. C'est dans les journaux, dans les revues, sur Internet. En tout cas, les croyants
ne sont pas des trafiquants. Ça, c'est sûr et certain. Ok, les
salafistes financent peut-être la guérilla dans le Sahel avec le
trafic de drogue, le banditisme et tout ce qui s'ensuit, mais
mon ex-professeur de chinois n'est pas salafiste ; elle est
croyante. Et nous ne sommes pas liés sur ce plan-là ! Elle
pourrait même être droguée, pourrait, disons, hypothétiquement, et dans ce cas elle serait une victime, peut-être
une consommatrice, ce qui, à mon avis, serait déjà complètement invraisemblable, a-t-on jamais vu une consommatrice croyante ? Mais trafiquante ? Pour l'amour du ciel !
Mon ex-professeur de chinois est phobique. Elle n'allait pas
se risquer à aller à l'aéroport pour être flairée par les chiens
de la brigade des stups. Les Chinois adorent les bêtes. Ils
bouffent tout ce qu'on leur met sous le nez. Mais ma
professeur déteste les animaux. Elle les a toujours détestés,
depuis sa plus tendre enfance. Juste pour que vous sachiez.
C'est une information supplémentaire, n'est-ce pas ? Elle
pourra peut-être s'avérer utile. Alors ! Un jour, on lui a
fait manger de la viande de chien au petit-déjeuner parce
qu'il n'y avait rien d'autre dans la maison, mais on ne le
lui a pas dit, sinon elle n'en aurait pas mangé, évidemment.
Et si vous voulez savoir. Moi non plus. Mais vous savez

comment sont les enfants ? Elle a mangé sans savoir ce que c'était. Elle a trouvé ça délicieux. Et quand elle est partie pour l'école – elle y allait à pied, n'est-ce pas ? Dans le sud de la Chine, il n'y a pas cette manie de chauffeurs par-ci, de gardes du corps par-là, non, non, c'est une tout autre réalité, et encore plus en ce temps-là, et dans ce genre de trou merdique, excusez-moi, on allait à pied ou à bicyclette, et voilà qu'elle remarque soudain qu'elle était suivie par un chien ? Ça a commencé par un chien. Et bientôt ils étaient deux, puis trois et quatre. Et, à la fin, tous les chiens du village suivaient mon ex-professeur, pour venger le chien qu'elle avait dévoré au petit-déjeuner. Car elle exhalait l'odeur de leur copain disparu. Et, avant qu'elle puisse comprendre ce qui se passait, elle était entourée par une meute de plusieurs dizaines de chiens qui n'aboyaient pas, ne mordaient pas, qui se contentaient de flairer et de suivre mon ex-professeur jusqu'à l'école. Ils flairaient tous mon ex-professeur de chinois. Pour l'humilier, évidemment. Les bêtes, c'est merdique. Ouille ! Excusez. Cette menace silencieuse, vous imaginez ? Pas étonnant qu'elle soit devenue comme elle est, pas vrai ? Et ce n'est pas par hasard qu'elle a fini dans une Église. C'est à cause des chiens, ça ne fait pas un pli. Je trouve que ça explique tout. Ça ne peut être que pour ça. Pour quelle autre raison ? D'ailleurs, si vous voulez savoir autre chose sur elle, vous n'avez même pas besoin de moi, si vous voulez la faire parler, je vous file le tuyau, ça ne coûte rien, vous n'avez qu'à mettre un chien à côté d'elle. Je pense que tout dans la vie s'explique par un traumatisme remontant à l'enfance. Et la religion, ça sert à affronter ces moments difficiles dans la vie des gens, vous ne pensez pas ? C'est une stratégie de combat et de défense. Savez-vous qu'en vingt ans le pourcentage de gens religieux dans l'armée israélienne est passé de deux pour cent à quarante-deux pour cent ? Et que les personnes ayant des tendances à la spiritualité, mais non affiliées à une quelconque Église, sont davantage susceptibles de souffrir de troubles psychiques ? Pas moi. Dans le monde. Oui, les indépendants. Les autonomes. Des troubles mentaux. Vous ne le saviez pas ? Eh bien, lisez. Sur la Toile. Absolument rien d'antisémite ! Je vous ai déjà dit que ce n'est pas personnel. Vous n'avez rien compris. Par bêtise ? C'est votre problème. Non, non ! Le niveau est très bas. Quarante-deux pour cent ! Vous savez d'où ça vient ? De nouveau, du vice-président de l'Iran. C'est ma source, parfaitement. Et alors ? Et pourquoi il ne devrait pas le savoir, puisqu'il vit à côté ? Qui ça ? Le vice-président de l'Iran. Heureusement que vous l'avez dit. Vous avez peur de ce qu'ils peuvent faire avec la bombe ? Et Israël ? Vous n'avez pas peur de ce qu'Israël peut faire avec la bombe ? Pourquoi ? Vous n'avez pas la trouille ? Vraiment ? Allons donc, pour l'amour du ciel ! Ils ne le disent pas, mais tout le monde sait. Démocratique ? Vous préférez ? Eh bien, moi aussi. Vous voulez savoir ? Eh bien, moi aussi, je préfère Israël, avec colonies, territoires occupés, mur et tout le bataclan, je préfère ça. De loin. Sérieusement ! Les islamistes me donnent le frisson. Les femmes voilées, en burqa. Je suis un mec qui aime s'amuser, un fan de samba. La beauté de la femme doit se voir. Les croyantes aussi, avec leurs jupes longues. Leurs cheveux jusqu'aux fesses. Elles n'ont pas le droit de les couper. Ça me flanque la trouille. Un colon, par contre, ça vous a une tout autre dégaine ! Avec ces grands chapeaux d'hiver en plein désert. Et ces perruques bizarres. Un sacré carnaval. Les djihadistes n'ont aucun sens de l'humour. Les Talibans croient maintenant que les travailleurs sociaux qui essayent d'éradiquer la polio au Pakistan sont des agents de la CIA. Juste parce que quelque temps auparavant un agent de la CIA s'est infiltré dans la campagne contre la polio au Pakistan pour obtenir des informations sur l'endroit où se trouvait Oussama Ben Laden. Franchement ! Vous trouvez ça drôle ? Ce n'est pas drôle. Pas drôle du tout. Vous pensez que ça n'a pas d'explication ? Eh bien, les scientifiques ont découvert que ça en a une. Ils ont découvert que plus une religion est stricte, plus elle a de chances d'avoir du succès. Qu'elle soit ultra-orthodoxe ou fondamentaliste. Que préférez-vous ? Charybde ou Scylla ? C'est l'avenir. Quoi ? Dans le Coran ? Vraiment ! Allah l'a dit ? Allah ? Vous ne blaguez pas ? Vous en êtes sûr ? Il a dit dans le Coran qu'Israël est la terre des juifs ? Je ne le crois pas ! Et des colonies ? Il n'en a pas parlé ? Alors, il faut avertir le vice-président d'Iran. Il n'est pas au courant. Non ! Ils ne sont pas au courant. Quelqu'un a dû arracher cette page du Coran dans l'édition qu'ils ont achetée pour la distribuer en Iran. Vachement dégueulasse, non ? Excusez-moi. Je ne vous insulte pas. C'est un vrai tour de cochon de vendre un bouquin auquel il manque une page. Vous savez comment ça s'appelle ? Censure. Les chroniqueurs non plus ne sont pas au courant. Ni les commentateurs. Sur la Toile. Et dans la presse. Quelqu'un doit l'annoncer sur la Toile ! Il n'y a pas le wifi ici ? Quelqu'un doit le faire savoir ! Ça figure dans le Coran ! Vous ne lisez pas le journal, mais vous lisez le Coran ! C'est ça qui importe. Vous lisez aussi le journal ? Ah. Vous ne lisez pas le Coran. Vous lisez seulement le journal. Pas de problème. Les chroniqueurs ? Des imbéciles ? Vous trouvez ? Vous trouvez ça facile ? Ah oui ? Il suffit de faire quoi ? De reproduire les préjugés des lecteurs ? C'est ce que vous pensez. Des irresponsables ? Et pourquoi vous n'écrivez pas pour protester ? Bien sûr que vous le pouvez. Demandez qu'on les flanque à la porte. Créez un blog. C'est le lecteur qui commande dans le journal et les hebdomadaires. Vous ne le saviez pas ? Dans le journal lui-même. Et dans les revues. Les chroniqueurs ne restent que si les lecteurs le veulent bien. La loi de l'offre et de la demande. Les marchés financiers. Sans vouloir vous offenser, vous ne savez vraiment rien. À l'exception de cette histoire de Coran, qui pour moi est une nouveauté. Ah oui ! Je vais écrire. J'écris toujours dans le courrier des lecteurs. J'ai aussi un blog. Je suis sur Facebook. J'ai des opinions très arrêtées. Et des followers. L'adresse est facile. Vous ne la voulez pas ? Bon, si vous ne la voulez pas, pas besoin de la noter. J'ai des milliers d'amis et de followers. Un de plus, un de moins, ça m'est égal. Mais je vais quand même donner mon opinion. C'est mon droit de citoyen. Nous sommes dans une démocratie. Ou ce n'est pas le cas ? Dites-moi. Non, j'insiste. S'il vous plaît, dites-le-moi. Bien sûr, la liberté d'expression vient en premier. Et celle d'aller et venir ! Jusqu'à ce qu'ils nous envahissent. Les Chinois n'ont aucune notion de l'espace, ils ne savent pas lire un plan. Ils fabriquent des GPS uniquement pour l'exporta-tion. En Chine, on ne peut pas se déplacer d'un endroit à un autre sans autorisation, comme ici. On doit rester là où on est né. Elle-même, ma professeur de chinois, même après des années ici, ne connaissait que les quartiers situés le long de la ligne de métro qu'elle prenait. Elle n'avait pas la notion d'un ensemble, elle ne parvenait pas à relier entre eux les endroits par lesquels elle passait, elle ne réussissait pas à concevoir dans sa tête une représentation générale de la ville. Quand elle a disparu, j'ai même pensé qu'elle s'était peut-être perdue. Bien sûr. Et que quelqu'un devait la sauver. Donnez un plan à un chauffeur de taxi chinois et vous verrez où il vous conduira ! J'attends l'heure où tous les chauffeurs de taxi seront chinois. Après, dites encore que c'est moi le terroriste ! Attendez seulement qu'ils nous envahissent ! Plus personne ne réussira à aller où que ce soit. Écoutez, je sais comment vous vous sentez. Moi aussi j'avais peur de la Chine, tellement peur que je me suis mis à apprendre le chinois pour les accueillir dans leur propre langue, mais réfléchissez un peu et dites-moi maintenant : et si les Français élisaient un gouvernement d'extrême droite, oui, en France, le pays des Droits de l'homme ? En Chine, il n'y a pas de Droits de l'homme, n'est-ce pas ? L'être humain n'existe pas en Chine. En tant que catégorie, disons. Mais, si dans le pays des Droits de l'homme on élit comme président le candidat d'extrême droite ? Hein ? Vous avez déjà réfléchi à ça ? Dites-moi maintenant si je n'ai pas mis le doigt sur la plaie ? Ça faciliterait les choses, non ? Et la France, elle n'a pas la bombe ? Quelle bombe ? Ça alors, quelle bombe ? De quelle bombe nous parlons ? Nous parlons de la fin du monde. Moi ? Je sais que les Chinois en ont aussi, mais là-bas, c'est toujours la même chose, la même dictature, ils ont de la tradition, ils apprécient la tradition. Confucius. En France, ça change à tout bout de champ. C'est ça la démocratie. Une chose différente toutes les heures. Jusqu'à présent les Chinois n'ont lancé la bombe sur la tête de personne. Les moines tibétains ? Mais aussi qu'est-ce qu'ils veulent ? Le dalaï-lama ? Celui qui a réussi à s'échapper du Tibet en se métamorphosant en nuage ? Pour l'amour du ciel ! Ah, oui ? Je ne l'avais pas dit ? Je savais bien que vous aviez un faible pour le bouddhisme. Vous êtes sûrement un juif végétarien. Bon, je l'ai dit. Naïf, oui. Comme la plupart des gens. Vous ne pensez pas. Oui, vous ne réfléchissez pas, comme la majorité des gens. Dans une démocratie, tout peut changer d'un moment à l'autre. Vous avez déjà réfléchi à ça ? Vous avez déjà imaginé un gouvernement fasciste dans le pays des Droits de l'homme ? Pour ne pas parler des néonazis russes, grecs, allemands, hongrois, danois et toute la clique. C'est là que je veux voir si vous n'allez pas préférer vous allier avec la Chine, pays des dictatures, et recevoir les Chinois les bras ouverts, en chantant comme moi en chinois *huan ying, huan ying* ! Vous allez marcher tout doucement, comme les

43

Chinois. Vous avez déjà vu une parade militaire sur la place de la Paix Céleste ? On n'arrête pas de dire que la Chine est ceci et cela, que le budget militaire de la Chine est ceci et cela. En donnant ainsi l'occasion à un artiste chinois de parler contre le régime. Mais j'attends de voir ce qui se passera quand le pays des Droits de l'homme deviendra fasciste ! Et par-dessus le marché en ayant la bombe. Je vous garantis alors qu'il deviendra beaucoup plus chic d'étudier le chinois que le français. Plus personne ne voudra parler français. Ça, bien sûr, si les Français ne nous balancent pas la bombe sur la tête et sur celle du reste de l'Europe avant que nous ayons le temps d'annoncer l'annulation de notre inscription à l'Alliance française, parce que c'est ça quand on met le rat au pied du mur. Il vous saute dessus avant que vous puissiez annoncer que vous ne voulez plus parler français. Et il ne restera plus d'autre langue en dehors du chinois. Car il y a davantage de Chinois dans le monde, évidemment. Un tiers de la population mondiale ! Il n'y a qu'à faire le calcul. Vous avez déjà réfléchi à ça ? Alors, ils auront davantage de chances de survivre quand le pays des Droits de l'homme deviendra fasciste et nous balancera la bombe sur la tête, nous qui ne faisions pas gaffe en parlant français. Vous ne le parlez pas ? Vous ne l'avez jamais parlé ? Ça vaut mieux, de toute façon il y aura davantage de Chinois qui survivront quand tout le monde commencera à se flanquer mutuellement la bombe sur la tronche, c'est purement mathématique, vous avez déjà réfléchi à ça ? Vous n'y avez pas réfléchi. Vous ne lisez pas le journal. Darwin ? Bien pire. Et alors, au bout de nombreuses années, au bout d'une cinquantaine d'années, une cinquantaine bien sonnée, un Chinois ouvrira la petite porte de l'abri nucléaire où il est resté tapi pendant plus de cinquante ans avec des milliers d'autres Chinois, que dis-je, des milliers, des millions, serrés comme des sardines, des millions de Chinois ensemble, et ils émergeront et se remettront à procréer comme avant la politique de l'enfant unique imposée par les communistes – et c'est alors que je veux voir celui qui n'aura pas la nostalgie des communistes et de la Révolution culturelle et de la peine de mort et de la révolution russe et des sionistes ! Même le vice-président iranien cessera de dire pis que pendre des communistes – et en un clin d'œil ce ne sera plus un tiers de l'humanité qui parlera chinois, ce sera la planète tout entière, et c'est là que je veux voir celui qui ne parlera pas chinois. Si tant est que qui ce soit ait survécu, bien entendu. Ils ouvriront la petite porte de l'abri antiatomique et se précipiteront dans le monde entier, procréant comme Dieu l'a ordonné. Et nous autres nous n'avons pas obéi, simplement parce que nous sommes des ânes. Les Brésiliens sont des ânes. Maintenant les gays et les lesbiennes allemandes et américaines se sont mises à adopter des enfants chinois. Je ne vous dis pas les problèmes que ça va créer. J'attends de voir ça. Plus personne ne veut avoir d'enfant, en dehors des Chinois. Les Chinois ouvriront la petite porte, sortiront et feront des mômes, comme Dieu l'a ordonné. Même Jésus se mettra à parler chinois. Si tant est qu'il ne le parle pas déjà depuis toujours, car seuls les Chinois ont compris qu'il fallait procréer. Et remarquez qu'ils n'ont même pas de dieu. Tant et si bien que l'Église de ma professeur est interdite en Chine. Archi interdite ! Car s'ils procréent déjà avec cette facilité, imaginez s'ils avaient une Église proclamant que c'est Dieu qui l'a ordonné ! Une armée de femmes chinoises. Quoi ? Procréer ! Putain de merde ! Excusez-moi. Je suis énervé et je m'emporte. Ça arrive. Croissez et multipliez-vous. Et alors on n'arrêtera plus de voir naître des Chinois. Un Chinois et Jésus, ça ne peut pas devenir amis. Entre eux, évidemment. C'est une affaire qui ne peut pas réussir. Vous n'avez pas lu cette histoire que les Chinois ont stérilisé de force des centaines de Chinoises ? Et, en plus, ils ont roué de coups l'avocat qui a dénoncé ce crime. Vous ne lisez pas le journal ? L'avocat aveugle ? Maintenant il est à New York, en train de se la couler douce. Mon Dieu ! Aussi innocent que moi. Vous pouvez écrire : d'ici cinquante ans, même votre petit-fils sera chinois. Chinois, parfaitement, monsieur ! Que vous le vouliez ou non. Personne ne l'a demandé. Il est évident que personne ne l'a demandé. Et c'est bien là le problème. Personne ne pose la question. Vous ne ferez aucune différence. Car d'ici là vous serez déjà mort. Quel âge vous avez ? Je sais déjà que je ne suis pas ici pour poser des questions. Je voulais juste connaître votre signe dans l'horoscope chinois. Car il y a des signes qui ne s'entendent pas avec d'autres et alors il est inutile de continuer à discuter car on ne s'entendra jamais, dans aucune langue, même pas en chinois, qui est la langue de l'horoscope chinois. Si je suis rat et vous cheval, par exemple. Et alors ? Et alors ? Comment ça, et alors ? Ce que je veux dire, c'est que ça ne sera pas pour nous, ça sera pour nos petits-enfants. Cette conversation que nous avons ici. Elle aura lieu seulement entre nos petits-enfants. Je veux dire, hypothétiquement. Sans vouloir vous offenser. Ils seront les seuls à comprendre, car elle aura lieu en chinois. Et mieux vaut commencer à apprendre quand on est petit. Vous n'avez pas d'enfant ? Adoptez-en un. Bon, calmez-vous, inutile de parler comme ça. Moi non plus je n'en ai pas. Mais si j'en avais un, je ne lui parlerais qu'en chinois. C'est vrai que je ne parle pas chinois, vous n'avez pas besoin de m'humilier. Je redoublerais d'effort, je prendrais des cours intensifs au lieu de deux fois par semaine, pour que le gamin apprenne à la maison dès son plus jeune âge. Un enfant bilingue est une nécessité. Vous ne le savez pas, parce que vous n'avez pas d'enfant. Oui, mais une nounou doit être traitée avec objectivité. Les gens mettent leurs rejetons dans une école anglaise, une école américaine, une école allemande, une école française et ainsi de suite. Qui forment des délinquants bilingues. Vous mettez vos enfants dans quelle école ? Ok, ok ! Vous n'avez pas d'enfant. Mais vous pourriez faire comme les gays et les lesbiennes. Je ne me paye pas votre tête. Vous pourriez adopter un enfant chinois. Je vous donne ce tuyau. Ça va ! Ça va. Mais j'attends de voir ce qui se passera quand le pays des Droits de l'homme deviendra fasciste et que vous (je ne veux pas dire vous-même en personne, c'est juste une hypothèse, une façon de m'exprimer)… Là, vous m'avez eu. Comment est-ce que je peux expliquer ? Vous n'avez pas eu de cours de portugais à l'école ? C'était une école bilingue ? Ok, ok. Bien sûr que vous savez ce qu'est une hypothèse. Vous le savez très bien, très très bien même, évidemment, évidemment. Je n'avais pas compris, ok ? Excusez-moi. Vous pouvez ? Vous voulez connaître mon opinion ? Vous ne voulez pas ? Bon, malheureusement je vais vous la donner. C'est vous qui m'avez ordonné de parler. Et maintenant vous voulez que je la ferme ? Je ne vais pas la fermer. Et vous voulez savoir quel est le problème ? L'éducation n'existe plus au Brésil. Elle n'existe tout simplement plus ! Le niveau est on ne peut plus bas. Il ne permet même pas d'avoir une conversation. Il n'y a pas d'interlocuteur. Personne ne sait rien. J'ai un mal fou à trouver quelqu'un de mon niveau. Je suis un mec qui s'informe. Voilà, j'ai dit ce que j'avais à dire. Vous lisez les hebdomadaires ? Ok, ok. Ça n'a rien à voir avec l'affaire qui nous occupe ? Eh bien, moi je trouve que si. Autrement, je ne me serais pas mis à apprendre le chinois. Pour avoir quelqu'un avec qui discuter ! Pourquoi vous croyez que le pays est dans cet état ? Parce qu'il n'y a personne avec qui avoir une conversation. Ok, alors, revenons à ce que je disais. Imaginez que vous ayez payé des années de lycée français à votre fils pour finir par découvrir que le pays des Droits de l'homme est devenu fasciste et que par-dessus le marché il a la bombe atomique ! Vous trouvez ça drôle ? Non, ce n'est pas drôle du tout. Ok, nous n'allons plus rien imaginer. Nous ne travaillons pas sur la base d'hypothèses. Moi aussi, je les ai en horreur. Je déteste les hypothèses. J'ai déjà dit que je travaillais sur les marchés financiers et que j'ai tout perdu ? Ok, je ne vais plus rien imaginer. Vous imaginerez ce que vous voudrez. Tout le monde se bat pour sa patrie, fait tout pour sa patrie, donne sa vie pour sa patrie, invente la bombe atomique pour sa patrie, mais quoi ? Et au moment où le pays des Droits de l'homme devient fasciste, avec la bombe et tout ? J'attends de voir. Que diront les Français ? Je n'ai rien contre les Français. Et les Américains ? Qui garantit que les Américains ne deviendront pas fascistes ? Qui ? Le Parti du thé ? Comment ça, non ? Rien à voir avec la Chine. Tea Party ! Tous passent leur temps à dire que c'est impossible. Rien n'est impossible. Voyez seulement : quand est-ce que j'aurais pu imaginer qu'au lieu de m'envoler pour la Chine, ce que je pensais faire jusqu'à il y a moins d'une heure, je finirais par papoter ici avec vous ? Par nouer une amitié. Quand ça ? Dites-le-moi. Ce n'est pas du papotage. D'accord. Ce que je veux dire, c'est que rien n'est impossible. On ne se connaissait même pas. Quand est-ce que j'aurais pu imaginer tout ça ? Moins d'une heure, et j'ai déjà plus parlé avec vous que pendant les trois dernières semaines avec n'importe qui d'autre. Rien n'est impossible. Foutue solitude, oui. Quoi ? Excusez. Et voilà aussi pourquoi j'ai décidé d'apprendre le chinois. En Chine il y a beaucoup d'habitants. Je n'ai pas appris jusqu'à présent, je le reconnais, mais je vais apprendre. Ça, évidemment, si ma professeur de chinois refait surface. Et d'abord, si elle n'avait pas disparu au milieu de la leçon 22 du quatrième livre du cours moyen, sans la moindre explication. Moi ? Pourquoi ? J'éprouve de la sympathie, oui. Et alors ? Pas seulement des hebdomadaires. Des quotidiens aussi. Je lis des blogs. Je suis de près tout ça. Je sais de quoi je parle. Je lis les chroniqueurs. Oui ! Les éditorialistes dans les journaux, parfaitement, monsieur. Les chroniqueurs, les commentateurs, les éditorialistes. Revues, journaux, blogs. Des gens bien informés, qui parlent correctement parce qu'ils savent de quoi ils parlent. Et ce n'est pas par hasard, ou c'est par hasard ? Dites-le-moi. Non, non, j'insiste. Vous devriez mieux vous tenir au courant. Les éléphants sont en train de mourir. Le Talmud est derrière le trafic international de stupéfiants. Et vous trouvez que j'ai une tête de djihadiste ? Pas moi. Le vice-président de l'Iran, celui qui a acheté le Coran auquel il manque une page. Justement celle où Allah disait qu'Israël était la terre des juifs. J'aime cette histoire. Et où vous croyez que va l'argent du trafic international de stupéfiants ? Où il va ? Dans les banques ! Oui, parfaitement, monsieur. Où vous pensiez qu'allaient toutes ces montagnes de fric ? Sous les matelas des trafiquants dans les favelas ? Ma professeur de chinois ne peut pas être une trafiquante parce qu'elle est croyante. Comment ? Une guitare ? Pas que je sache. À l'église ? Je n'ai jamais vu de Chinois jouer de la guitare. Mais il doit y en avoir, bien sûr, il y en a sûrement. Il y a toujours une guitare dans les églises. Je ne vais pas généraliser et dire que les Chinois ne jouent pas de la guitare, simplement parce que je n'ai jamais vu de Chinois en jouer. Là, oui, ce serait du racisme. Là, oui ! Je n'avais jamais rencontré non plus de Chinois croyant. C'est de là que viennent les préjugés. Des gens qui parlent de ce qu'ils ne connaissent pas. Le racisme est une merde. Comme l'envie, n'est-ce pas ? Moi ? Non. Jamais. Je ne suis pas raciste et je n'ai pas de préjugés. Simplement, je n'aime pas ce qui n'est pas correct. Et là-dessus nous

sommes d'accord, moi, les commentateurs, les éditorialistes, les croyants et mon ex-professeur de chinois. Nous
n'aimons pas ce qui n'est pas correct. Je connais. Je connais
des racistes. Je les flaire de loin. Et je m'en éloigne. Ah oui,
je préfère. Pour ne pas me quereller. Je sais de quoi je parle.
Les chroniqueurs aussi le savent. Ou plutôt, ils savaient,
jusqu'à cette histoire d'Allah. Incroyable. Mais vous
m'étonnez, vous, un homme informé, comment se fait-il
que vous ayez fini comme ça ? Ce qui est un péché, c'est ce
qu'on fait aux enfants ! Vous autres, vous ne pensez qu'à
ça ? Qui a parlé de pédophilie ici ? S'il vous plaît, vous avez
entendu quelqu'un parler de pédophilie ? Est-ce que j'ai
parlé de pédophilie, par hasard ? J'en ai parlé ? Est-ce que
vous m'avez entendu parler de pédophilie à un moment
quelconque ? Je ne suis pas nerveux ! Je ne suis pas nerveux
du tout ! Ne me faites pas dire ce que je n'ai pas dit ! Je n'ai
aucun préjugé contre les noirs, et encore moins contre les
juifs qui, en général, sont blancs. Mais quand on voit ces
gosses avec ces coupes de cheveux ! Et après, ils viennent
nous parler de l'Église catholique ! Ils ne se sont pas
regardés ? Quelle horreur ! Ça, oui, c'est de la pédophilie.
Mais alors, ce n'est vraiment pas possible ! Vous n'avez
jamais vu ça ? Ces fillettes avec des cheveux comme la
perruque de leur mère ? Sur les mères, ça peut être marrant,
au milieu du désert, quand on occupe la terre des Palestiniens, mais sur des fillettes ? Et les petits garçons, avec une
petite natte comme leur papa ? Comment on peut les laisser
faire ? C'est un exemple pour la jeunesse ? Ensuite le
monde pullule de gays et personne ne sait pourquoi. Moi ?
Un crime ? Je ne juge pas. Je décris ce que je vois. Dites-moi
donc si ce n'est pas de la pédophilie ! Bien sûr que le monde
regorge de prêtres pédophiles et de catholiques pédophiles.
Évidemment ! Est-ce qu'il y a un antre de pédophilie plus
vaste que l'Église catholique ? Le plus vaste de la pédophilie

universelle ! Là-dessus nous sommes d'accord, vous, moi, les salafistes et les évangéliques. Et les chroniqueurs. Et les éditorialistes. Mais ce n'est pas une excuse. Ce n'est pas une excuse pour ce que les parents font à leurs enfants ! Une imitation grossière. Et pas seulement les juifs orthodoxes, non. Le même petit garçon, élevé par des salafistes ou des évangéliques, se répandrait partout en hurlant un tas de saloperies au nom d'Allah ou de Jésus, au lieu de porter une petite tresse et d'occuper la maison des autres. Vous trouvez ça évident ? Vous n'avez pas d'enfant, mais si vous en aviez, je parie que vous iriez lui acheter ce même pantalon en microfibre, taille garçonnet. Il n'est pas en microfibre ? Ça y ressemble. Je suis déjà prisonnier. Non, et alors ? Je n'ai pas de victime d'attentat dans ma famille. Je sais où vous voulez en venir. Je n'ai jamais perdu qui que ce soit dans un attentat terroriste. ! Et c'est pour ça que je serais un terroriste ? Et juste pour cette raison, je ne pourrais pas parler ? Il ne manquerait plus maintenant que la police me dicte mes opinions ! D'abord, on m'oblige à attacher une ceinture de sécurité dans ma bagnole, puis à arrêter de fumer, il ne manque plus maintenant que de me dire comment je dois penser, juste parce que je n'ai pas de victime d'attentat dans ma famille ! Vous ne l'avez pas dit, mais vous avez eu envie de le dire. Raciste, mon œil ! Je suis brésilien. C'est vous qui êtes un sale raciste, à me garder ici sans explications, juste parce qu'un jour j'ai eu envie d'apprendre le chinois et parce que je ne l'ai pas appris assez bien pour savoir ce qu'a dit mon ex-professeur de chinois pendant que vous la kidnappiez. C'est vous les racistes. Comment une Chinoise peut être évangélique et trafiquante ? Mais j'attends l'heure où ils nous envahiront. Je l'attends avec impatience. Et ça ne vous avancera à rien de dire que vous êtes mon ami, que vous me connaissez, etc., etc., car si vous étiez vraiment un ami, je ne serais pas ici, juste parce que je n'ai pas compris ce qu'elle a dit en chinois ! Les amis sont les amis. Les affaires, c'est autre chose. *Qing xiong di, ming suan zhang.* Finalement, il y a le wifi ici ou non ? J'ai déjà dit que je veux un avocat. Maintenant. Oui, immédiatement. Je ne vais pas me compromettre, je ne dirai plus un seul mot avant d'avoir parlé à un avocat. L'homme meurt par la bouche. Le poisson, c'est du pareil au même. Je sais très bien ce que vous autres êtes capables de faire de mes déclarations. Vous allez tout dénaturer. Dire que je suis raciste, salafiste, djihadiste, que je ne blaire ni les noirs ni les juifs. C'est ça que j'ai dit ? Ça ? Ah, oui ? À quel moment ? Allez-y mollo ! *Fang song yi xia !* C'est comme ça que vous procédez avec les pauvres innocents ignorants que vous arrêtez pendant que la crapule se balade en toute liberté dans ce pays ? Un gangstérisme endémique ! À commencer par les politiciens. Une honte. À mon avis, ça suffit ! J'en ai ma claque. Vous croyez que je ne lis pas les journaux ? Que je ne participe pas à des manifs contre tout ce merdier ? Vous le croyez ? Excusez-moi. Vous croyez que je ne suis pas les chroniqueurs ? Vous croyez que je ne suis pas au courant pour les politiciens ? Et pour la police ! Et pour la police ! Eh bien, vous vous trompez. Et lourdement ! Vous êtes tous compromis. Vous n'avez pas le wifi ? Pas besoin de me le dire. Je sais très bien où je suis. Et même dans un commissariat de police j'ai des droits – ou bien je n'en ai pas ? Et la législation de Miranda ? Vous croyez que je ne suis pas au courant ? Vous croyez que je ne lis pas ? Je veux raconter ce qui m'arrive. Sur les réseaux sociaux. Je vais envoyer un tweet pour voir si on me trouve un avocat. Avertir mes amis sur Facebook de l'endroit où je me trouve. Oui, j'en ai. Des milliers. Inutile de m'humilier. Quoi ? Elle travaillait pour l'Église. Elle donnait son sang, parfaitement. Je sais à quoi vous pensez. Au Coran. Aux paroles d'Allah. Vous ne l'avez pas dit, mais vous alliez le dire. C'est

Allah qui l'a dit. Les chroniqueurs le disent. Moi aussi, je le pense. Je suis à cent pour cent d'accord avec tout ce que vous pensez et ne dites pas. Tout peuple qui se respecte se croit supérieur. Iranien. Sioniste. Un Chinois, quand il naît homme, est soit Vaillant, soit Fort, soit Brave. Une femme, en Chine, naît avec un nom de fleur ou d'oiseau. Vous avez vu comment les Iraniens traitent les Arabes ? Vu comment les Égyptiens traitent les Marocains ? Comment les Jordaniens traitent les Palestiniens ? Vous avez vu ça ? Vu comment les wahhabites traitent les soufis ? Non, soufis ! Laissez tomber. Vous voyez pourquoi il est impossible de parler avec un Brésilien. Putain de peuple ignorant. Bien sûr que c'est un problème d'éducation. Les Portugais sont les seuls à ne pas se croire supérieurs. Je peux parler ? Car j'ai des ancêtres portugais. Ce n'est pas un préjugé. Un discours haineux ? Moi ? Vous m'arrêtez sans explications, juste parce que je n'ai pas compris ce qu'elle a dit en chinois : vous, vous ne savez même pas dire bonjour en chinois et vous me parlez de discours haineux ? Éducation, parfaitement, monsieur. Vous n'avez pas lu ce qui est arrivé en Turquie ? Vous n'êtes pas au courant ? Bien sûr. Vous n'avez rien lu à propos des programmes dans les écoles primaires turques ? Des écoles publiques, oui. Voilà : 'Einstein était un gamin sale et vêtu de haillons, qui marchait nu-pieds et mangeait du savon ; Darwin était un juif clandestin qui détestait son propre nez ; Freud est le père des pervers et le père Noël devrait être traîné devant les tribunaux pour violation de la propriété privée.' Vous n'avez pas lu ça ? Et vous me traitez de raciste ? Et vous me prenez pour un terroriste islamique ? Vous cherchez à me ridiculiser ? Je suis un homme informé ! Et qu'est-ce que j'ai à voir avec ça ? Qu'est-ce que j'ai à voir avec cette saloperie de programme pour les écoles primaires d'Istanbul ? École islamique ? Et qu'est-ce que j'ai à voir avec les islamistes et cette merde de programme pour l'école primaire ? Excusez-moi. Qu'en pensez-vous ? Quoi ? Que voulez-vous que je ressente ? Je parle de chroniqueur. D'analyse. De choses sérieuses. Je ne lis pas n'importe quelle merde publiée dans les journaux. Les marchés financiers. Oui monsieur, une merde. Tous les peuples essaient de se trouver supérieurs aux autres pour pouvoir survivre à la dépression de devoir faire face à ce qu'ils sont réellement. Pour se convaincre. Oui. À vrai dire, même les Portugais ont essayé de se convaincre, mais pour eux il ne restait plus qu'à se sentir supérieur aux Brésiliens, et même là ! Quelle blague ! Même pas aux Brésiliens ! Ils ont invoqué le passé, mais ça n'a pas marché. Ils sont les seuls à en avoir la nostalgie. Personne d'autre n'en a la nostalgie ! Et qui donc voudrait en éprouver ? La nostalgie de quoi ? De la vie coloniale ? Des noirs transbahutant de grosses mémères affalées sur des litières ? Il n'y a rien de plus injuste que d'être gros. Attention : je ne vous ai traité ni de gros ni de noir. Comment vous avez dit ? La brigade antiterroriste ? Ne me sortez pas cette connerie édifiante de la résilience de l'esprit humain. Le pays a changé, il a grandi. Et alors ? Qui croit encore au triomphe de l'esprit humain ? Qui ? Sauf du bout des lèvres. Pour jouer un sale tour aux autres. Est-ce que j'ai l'air d'un idiot ? Vous avez dit quoi ? Idiot de l'information, mon cul ! Mais c'est quoi, ça ? Comment ? L'espoir, mon cul ! Donnez de l'espoir à ces gens-là et vous verrez ce qu'ils en font, eux, de l'espoir ! Ça n'a rien d'un discours haineux. Donnez-leur donc de l'espoir pour voir s'ils ne se prennent pas pour des caïds. Exactement. Après on dira qu'ils détruisent la planète et je ne sais quoi encore. Tout et n'importe quoi, mon cul ! Je parle en connaissance de cause. Il y a le wifi ici, oui ou non ? J'ai aussi des origines chinoises. Et portugaises. Je peux parler en connaissance de cause. Oui, portugaises et chinoises. Bizarre ? Ce qui est bizarre c'est ce que les Portugais ont fait à mes ancêtres. À ma famille ! On n'arrête pas de parler des Africains, mais quid de ma famille ? J'ai déjà dit que non. Le nom n'a rien à voir. Il n'en a pas l'air, mais il est chinois. Je vous le certifie, c'est bien mon nom. C'est moi qui le dis. Le même nom ? Bon, votre ami peut être ce qu'il veut, turc, arabe, salafiste, djihadiste, mais moi je suis chinois. Les Portugais ont importé mes ancêtres pour planter du thé. D'où ailleurs, sinon ? Qui plante du thé ? Je n'en ai pas l'air ? Tu parles d'un préjugé ! Voyez un peu le préjugé ! Je parie que vous ne savez pas que James Joyce est un best-seller en Chine. Parfaitement. *Ulysse* s'est vendu à quatre-vingt-cinq mille exemplaires en Chine. Quand est-ce que ça se produirait ici ? Moi ? Je ne sais pas. Je ne l'ai pas lu. C'est un truc grec. Je n'allais rien dire, mais je n'ai pas pu m'en empêcher. Chinois, oui, monsieur. Je suis chinois ! Juste pour vous montrer comme vous êtes raciste. Je n'en ai pas l'air. Ça devrait être dans le sang ? C'est ça que vous voulez dire, n'est-ce pas ? Ça devrait être dans le sang ! Je vous entends dire ça ! Vous ne l'avez pas dit, mais vous avez voulu le dire ! Et il n'y a rien de pire. Un discours haineux silencieux. Vous l'avez insinué avec les yeux. Vous avez voulu dire que j'aurais dû comprendre ce qu'elle a dit parce que c'est dans mon sang. Je devrais parler chinois parce que c'est dans le sang ! Vous ne l'avez pas dit, mais vous l'avez fait comprendre ! Non seulement je l'ai compris, mais je veux un avocat ! Immédiatement ! Raciste, parfaitement, monsieur. Et un sacré raciste, encore ! Quoi ? Moi ? Sacré, excusez-moi. Excusez-moi ! Excusez-moi ! Exalté, oui. Et vous voudriez quoi ? Un discours haineux ! C'est ça qui arrive quand on ne laisse pas les gens aller où ils veulent. Mon vol part à six heures ! J'ai payé les yeux de la tête pour aller à la recherche de mes origines en Chine. Je ne crois pas à la réincarnation. Qui a parlé de vies antérieures ? Moi j'ai parlé de vies antérieures ? Je n'ai pas été, je suis chinois ! Je n'en ai pas l'air, mais je peux le prouver ! C'est vous qui tenez un discours haineux. Mon ex-professeur de chinois n'a pas une tête de Chinoise, mais elle est chinoise. Il suffit de l'entendre chanter *huan ying, huan ying* à la porte de l'école. Personne n'en doute. Chinoise du sud de la Chine ! Et alors ? Oui, monsieur. C'est le Brésil qui est le pays de l'arriération. Personne n'a besoin d'être en avance sur son temps pour échouer au Brésil. Il suffit d'être dans le présent. Il faut toujours croître. Croissez et multipliez-vous. J'aime. Les chroniqueurs savent ça. Et ce qu'ils ne savent pas, je le dirai dans le courrier des lecteurs et sur mon blog, quand je sortirai d'ici. Car j'ai une pensée indépendante. Pas besoin de lire la Bible. Ni d'écouter Jésus. Il suffit de suivre le cours élémentaire de n'importe quel MBA de banlieue. Pourquoi vous faites cette tête ? Vous allez me dire que vous n'avez pas non plus un Master of Business and Administration ? Vous vous foutez de ma gueule ? Rien dans ce monde n'est possible sans MBA. Celui qui ne sait pas ce qu'est un MBA ne devrait pas avoir vu le jour. J'aime. Alors, si vous savez ce qu'est un MBA, vous devez aussi savoir qu'il faut toujours se développer. Tout le monde sait qu'on ne peut pas arrêter de se développer. C'est humain. C'est ce qu'on enseigne dans le cours élémentaire de n'importe quel MBA et dans la Bible. C'est ce qu'a dit Jésus. Ou Dieu, c'est du pareil au même. Tous les économistes savent ça. Et si vous voulez mon avis, je suis d'accord. À cent pour cent. Je suis d'accord à cent pour cent avec les éditorialistes et les commentateurs. L'économie l'exige. Il faut croître. C'est humain. Croissez et multi-pliez-vous. N'est-ce pas vous-même qui venez de dire tout fier que le pays s'est développé ? Avec une brigade antiterro-riste et tout le tremblement ! Le Premier Monde ! Et ces travaux ici, dans l'aéroport ? 'Nous nous agrandissons pour vous faire arriver plus vite au ciel.' Et ces imbéciles qui parlent maintenant de limite des ressources, de réchauffement de la planète, etc. Qu'est-ce que c'est encore cette connerie de limite des ressources ! La fin du monde. Voilà que je m'emporte. Dieu a créé un univers en expansion ! Qui continue à croître ! La fin du monde, c'est une invention des populations des pays développés, qui crèvent de peur devant notre croissance. Bien sûr. Notre croissance et celle de la Chine. Nous, on répète la litanie parce que les Brésiliens sont des ânes, ils croient n'importe quoi, même les pasteurs, mais en Chine il ne peut pas y avoir d'Église, ce n'est pas par hasard, les Chinois ne se laissent pas embobiner. Pas même par le pape. Bon, le pape, lui, veut la croissance. Bon, il y a contradiction. Mais si on se met à croire à une limite des ressources et au réchauffement de la planète, la Chine devrait s'arrêter et c'est ce que veulent les États-Unis. Il y a deux cent cinquante millions d'années, la terre n'était qu'un unique continent et l'océan bouillonnait dans les tropiques – et, si vous voulez savoir, nous avons survécu. Parfaitement ! Et alors l'homme n'existait pas à l'époque ? Et alors ? Il y avait une flopée de bêtes. Elles sont mortes, j'aime, mais d'autres sont nées à leur place. Les Américains vont mourir, et les éléphants aussi, mais les Chinois sont là, en train de lire *Ulysse* de James Joyce. Les Chinois en ont déjà vu de toutes les couleurs. Plan Quinquennal, Grand Bond en Avant, Révolution Culturelle. Cinquante millions sont morts dans cette plaisanterie. Darwin ? Peut-être ? Sélection naturelle ? Maintenant, qui est-ce qui dit que les animaux des tropiques vont migrer vers les pôles ? Qui ? Qui dit que les océans vont bouillir aux tropiques ? Qui ? Les Américains ! Exactement ! Les Américains ! Il n'y a que les Brésiliens pour croire à une limite des ressources et au réchauffement de la planète. Il y a dix-neuf nouveaux millionnaires par jour dans notre pays.

Voyez la quantité de pétrole qu'il y a partout ! Et il suffit que quelques-uns pensent que tout ça va finir. Quelques imbéciles entre les mains d'intérêts internationaux, il suffit que quelques-uns gueulent là où il faut pour qu'on approuve une loi contre la déforestation et tout le bazar. Si Israël se trouvait en Amazonie, j'aimerais bien voir si qui que ce soit se mettrait à parler de déforestation. On n'arrête pas de répéter que le monde va finir juste parce qu'on a découvert cinq cents pingouins dans le Rio Grande do Sul. Morts, bien sûr. Mais aussi, qu'est-ce qu'ils allaient foutre dans le Rio Grande do Sul ? Pour l'amour du ciel ! Des pingouins ! Vous n'avez pas vu ce film débile ? Comment il s'appelle ? Il a remporté l'Oscar. Il ne l'a pas remporté ? La campagne pour assimiler le pingouin à l'homme a commencé là. Je le sais, car je travaille sur les marchés financiers. Je travaillais, ok. Des pingouins dotés de sentiment. Et voyez ce que ça a donné. Cinq cents pingouins sont découverts morts dans le Rio Grande do Sul. Les pingouins maintenant sont plus proches des Brésiliens que du reste de l'humanité. Plus proches des Brésiliens que des Argentins. Ce n'est pas un hasard s'ils ont fini dans le Rio Grande do Sul. Qu'est-ce qu'on peut bien aller fabriquer dans le Rio Grande do Sul ? Les Brésiliens sont bêtes et ignorants. Impossible d'avoir une conversation avec eux. L'atmosphère n'est pas propice. Il y a dix-neuf nouveaux millionnaires par jour ! Ce n'est pas un hasard si les Portugais se sentent supérieurs. Évidemment ça ne prouve rien, les Brésiliens comptent pour du beurre. Où ? Une contradiction ? Pays attardé. Raison de plus pour additionner, additionner sans cesse, sans s'arrêter. Maintenant, les agents du monde développé, ces crétins des ONG de ceci et de cela, des crétins, oui, et ça ne prête pas à rire, car elles vous diront que si vous n'arrêtez pas d'additionner les chiffres entre eux, vous finirez par réduire la somme à un chiffre unique.

Par exemple, six plus huit, quatorze ; plus trente-trois, qui est l'âge de Jésus, vous ne le croyez pas, vous pensez que Jésus n'est pas le fils de Dieu, que Jésus est un traître, arriviste et mégalomane, alors va pour trente-deux, plus trente-deux au lieu de trente-trois ; quatorze plus trente-deux, quarante-six. Et là, si on continue à ajouter un chiffre à un autre : quatre plus six font dix, et un plus zéro donne un. Vous avez vu ? C'est ce qu'ils disent, si on continue à additionner, on arrive toujours à une réduction. Un exemple idiot ? J'aime. Ils prétendent que l'équation de la croissance permanente mène à la pénurie. C'est un mensonge. Il y a dix-neuf nouveaux millionnaires par jour dans notre pays. C'est un sophisme. Quoi ? Vous allez dire que vous ne savez pas ce qu'est un sophisme ? Pour l'amour du ciel ! Bien sûr que vous le savez. Non, vous ne l'avez pas dit, mais votre tête l'a dit. À votre visage ! Excusez-moi. Tant mieux, je n'ai pas besoin d'expliquer. Vous savez ce qu'est un sophisme. Vous avez étudié le portugais. Sophisme, c'est du grec. Oui, du grec. Ok. Je vais à la recherche de mes origines. Qu'est-ce qu'il y a de drôle là-dedans ? Vous-même, vous n'êtes pas de la Mooca ? À l'accent. Et je n'en ris pas. Je ris ? Alors ? Alors quoi ? Vous n'avez pas compris ? Vous n'êtes pas de là ? De quoi vous riez ? Vous ne venez pas de la Mooca ? Bon, Mooca, Butantã, c'est kifkif, vous ne pouviez pas savoir que le roi dom João VI voulait planter du thé à Santa Cruz, dans l'ancien collège des jésuites à Santa Cruz, Rio de Janeiro. Vous n'êtes jamais allé là-bas ? Marambaia ? Sepetiba ? Vous êtes vraiment juif ? Sérieusement, vous n'êtes pas de la Mooca ? Pas seulement l'accent, la manière d'être aussi. Bon, il a fait venir une poignée de Chinois pour planter du thé. À Rio, à Santa Cruz. Vous voyez, maintenant ? Et après, vous protestez. Les Brésiliens ne connaissent pas leur propre histoire. Ils ne connaissent pas leur propre pays. Ça ne les intéresse pas. Les Brésiliens sont comme des enfants. Ils ne se sont battus pour rien. Ils n'ont pas besoin de se développer. Mais il faut toujours croître. L'économie mondiale l'exige. Mon arrière-arrière-grand-père est venu planter du thé à Santa Cruz, dans l'ancien collège des jésuites, et il a fini marchand ambulant dans les rues de Rio de Janeiro. Oui, au XIXᵉ siècle. Mais en parlant chinois, qui était la seule langue qu'il connaissait. Il est arrivé en parlant seulement le chinois, c'est logique. À l'époque, au XIXᵉ siècle, chacun parlait sa langue. Ce n'était pas comme aujourd'hui, des gens qui n'ont rien à voir et qui veulent parler chinois ou Dieu sait quoi. Moi ? Je vais à la recherche de mes racines. Je n'en ai pas l'air, mais je le suis. Pays du métissage. Et vous me traitez encore de raciste ! Mon vol part à six heures, comprenez que c'est une question d'identité. J'ai déjà compris. Quand vous le voudrez. Je ne répèterai pas. Je ne répèterai rien. Inutile de me demander de répéter. Je ne répèterai pas. Pas besoin de crier. Je parle portugais. Je ne suis sous l'emprise d'aucune drogue. Des plantations de thé royales. À Santa Cruz, à Rio de Janeiro. Non, du thé ! Chinois. En 1817. Il n'y avait pas de marijuana en 1817. Oui, des preuves historiques. Vous n'avez jamais entendu parler de plantations de thé à Santa Cruz ? Alors ? Alors, c'est parce que ça n'a pas été une réussite. Pour la marijuana je ne sais pas. Il fallait que je raconte l'histoire de mon arrière-arrière-grand-père. Il a si mal réussi qu'il a fini par devenir marchand ambulant dans les rues de Rio de Janeiro où il a fait la connaissance de mon arrière-arrière-grand-mère. Brésilienne, bien sûr. Portugaise ou brésilienne. Peu importe. Où est la différence ? Tout le monde est brésilien, sauf l'arrière-arrière-grand-père. Tout le monde naît brésilien jusqu'à preuve du contraire. Personne ne veut être brésilien. Mais pour prouver qu'on n'est pas brésilien, c'est la croix et la bannière. Mais ici il n'y a pas de bannière. Tout le monde naît brésilien, innocent, sans mémoire, sans éducation, sans poids, sans lutte, sans effusion de sang. Pays *light*, pays du métissage. Sans racisme. Voilà pourquoi vous n'avez pas reconnu aussitôt mon sang chinois. Mais un Chinois le reconnaît de loin. Je suis certain que, le jour où ils nous envahiront, ils verront immédiatement que je suis un des leurs, aussi chinois qu'eux. Les Chinois vont se venger de ce qu'ils ont souffert du fait d'être chinois, entre les mains des Occidentaux et des Japonais. Obsédés par l'argent ? J'ai dit ça ? Vous voyez ? Si mes ancêtres ont des défauts, je ne le cache pas. Je ne cache pas d'où je viens. Mais ne m'attribuez pas des paroles que je n'ai pas prononcées ! Je veux un avocat ! J'ai beau être chinois, je connais mes droits. Vous n'allez pas abuser de ma bonne foi comme vous avez abusé de la bonne foi de mon ex-professeur de chinois. De la bonne foi, parfaitement, monsieur. Une grande bonne foi, mais qui est en train de s'épuiser ! Aucune menace. Je ne menace pas. Croyante et trafiquante ! Il ne manquait plus que ça. Et elle est tellement croyante que si on lui disait qu'elle est une trafiquante, elle serait capable de le croire. Où est-elle ? Et je vous avertis tout de suite que si c'est pour me tuer ensuite, je préfère ne pas savoir. Mieux vaut ne rien me dire d'autre. Je vais me boucher les oreilles. Je n'entends rien. Rien du tout ! Je ne veux pas savoir où est ma professeur de chinois ! Je n'ai pas demandé où est ma professeur de chinois. J'ai changé d'idée. Elle avait tout le temps mal aux dents. Quoi ? Un artiste ? Moi ? L'art est un crime. Oui, un crime. La beauté est un crime. Croissez et multipliez-vous ! L'homme est venu pour détruire. Vous ne croyez pas ? Contradictoire ? Et est-ce que je vous ai demandé d'écrire ? Vous avez écrit parce que vous l'avez voulu. Ce que je dis ne s'écrit pas. Il est clair que je suis fou. Et vous vouliez quoi ? Des tas d'informations. Personne ne supporte ça. Si l'homme est vraiment venu pour détruire, comme disent les agents des pays développés, toute espérance est une consolation et un encouragement à un suicide inconscient de l'espèce. Voilà pourquoi il faut en finir avec l'art. La beauté fait office d'œillères. Celui qui trouve tout beau n'a pas conscience de l'horreur. Comment ça, quelle horreur ? Vous voulez rigoler ? Tout ça, ici, est un cirque d'horreurs. Quoi ? Vous-même, vous ne travaillez que dans l'horreur. Toute la sainte journée. Vous voyez ? Des œillères. Vous savez ce que c'est des œillères ? Vous savez tout. Alors, pourquoi vous n'arrêtez pas de me poser des questions ? Pourquoi ? Parce que l'art pousse l'homme à croire en lui-même. Et à se sentir mieux. L'art grandit l'homme. Une erreur ? Je ne vois rien de pire que ça. Croissez et multipliez-vous. Et vous voulez savoir ? Contrairement à ce que Jésus disait, en mourant sur la croix pour les hommes, les Chinois savent très bien ce qu'ils sont en train de faire. Tout est parfaitement calculé. Jésus connaissait un tas de gens. En finir avec l'art devrait être la première mesure pour sauver la planète. Interdire la beauté. Comment ? C'est de la démagogie. On accorde l'asile à un avocat aveugle qui combat son gouvernement et défend le droit des Chinois à se reproduire. Ce n'est pas ça ? Et c'est quoi, alors ? Je lis les chroniqueurs. Les Américains accordent l'asile à un avocat aveugle pour qu'il se la coule douce à New York, mais ils prient pour que les Chinois cessent de croître et de se reproduire. Je me contrefous du calendrier maya ! Vous pensez quoi ? Que les Mayas ont disparu parce qu'ils se sont trop développés ? Parce qu'ils ont détruit les ressources dont ils dépendaient pour vivre ? Ils ont disparu sur ordre de Dieu ? Vous pensez que ma professeur de chinois a disparu sur ordre de Dieu ? L'homme est un euphémisme pour le suicide. Contradictoire ? Et vous ? L'homme est le seul animal à avoir conscience que sa reproduction est un suicide et malgré cela il continue à se reproduire, sans pouvoir s'arrêter. Il ne reste plus qu'à prier contre l'irresponsable qui a ordonné à l'homme de croître et de se multiplier. Ou flanquer une bombe sur la tête des Chinois. Vous ne priez pas ? Ah, oui ? Eh bien j'attends de voir le moment où il n'y aura plus que des Chinois dans le monde. J'aimerais voir ça. Je pense qu'il vaut mieux commencer à prier dès maintenant. En chinois. Pour voir si Jésus entend. Vous croyez au réchauffement de la planète ? Il n'y a que les évangéliques pour y croire. N'est-ce pas la Bible qui parle de la fin du monde ? De l'apocalypse et de tout le tremblement ? N'est-ce pas ? Les Mayas n'intéressent personne. Dites-moi maintenant ce qu'ils voulaient. Que les hommes se répandent dans le monde et procréent et que le monde ne finisse pas ? Les mathématiques n'existaient pas au temps de la Bible ? Il suffit de compter ! C'est de la manipulation, ça ne fait pas un pli. C'est Dieu qui a ordonné la fin du monde. Des armées d'êtres humains. Les unes contre les autres. Dieu est l'agent de la zizanie. Un saint de bois creux. Seulement en sourdine. Ce qui explique que les ultra-orthodoxes ne fassent pas le service militaire. Mais les chroniqueurs ont révélé la supercherie. Il n'y a aucun réchauffement. Ou s'il y en a un, ce ne peut pas être la faute des hommes, car c'est Dieu qui l'a ordonné. Dieu, parfaitement, monsieur. Les chroniqueurs l'ont compris. Une ironie, absolument. C'est exactement ça. Une foutue ironie. Excusez. La fin du monde, c'est pour les évangéliques. Moi, je travaille avec des chiffres. Un scientifique ? Non, non. Je vous l'ai déjà dit. Les marchés financiers. Ou plutôt je travaillais. Économie et droit. Mais j'ai laissé tomber au beau milieu. Les Chinois sont bons en calcul. D'ailleurs, après-demain, n'est-ce pas le jour de l'Économiste ? Et voyez un peu ! J'avais prévu de passer le jour de l'Économiste à Shanghai. Sans le vouloir. Non, c'est elle qui a abandonné le cours de chinois. J'ai continué. Moi ? Divorcé. Mais c'est une question qui relève de la vie privée. Je veux un avocat. Tout de suite. Je n'ai pas à répondre à des questions concernant ma vie privée. Elle m'a quitté. Mais pas uniquement parce que je ne voulais pas avoir d'enfants. À quoi ça sert, pendant la lune de miel, d'attacher des cadenas aux ponts de toutes les villes où vous passez, jusqu'à la maison de Juliette à Vérone ? Mon ex-femme est actrice. Il fallait qu'elle passe par la maison de Juliette à Vérone ! Un voyage infernal. Mon ex-femme est tombée amoureuse d'un chiropracteur, si vous voulez tout savoir. Un Américain. Et alors ? Exactement. Le bien-être de votre colonne. Depuis sept ans, le pays est devenu trop petit pour nous deux. Qu'est-ce que j'en sais ? Quelle différence ça fait s'il est beau gosse ou pas ? Je ne suis pas sourd. Moi ? Je crois à la science. Je ne crois pas à la sorcellerie. On n'est pas les seuls à avoir cinéma, musique, littérature, théâtre, chiropractie et tout le tremblement. Avant de disparaître il y a quarante mille ans, l'homme de Neandertal avait lui aussi développé sa propre culture. Je ne change pas de sujet. Oui. Vous pensiez quoi ? Que c'était un singe ? En réalité, c'est la culture de l'homme moderne qui a tué l'homme de Neandertal. Je ne m'égare pas. Ils ont coexisté, oui. Quelques petites années, mais ils ont coexisté. Pas longtemps, si on pense en termes de création du monde. Au fond, on n'a même plus besoin de bombe. Vous ne regardez pas la télévision ? Ah, oui ? Seulement ? C'est une série super. Moi non plus je ne rate pas une saison. Ou plutôt, je n'en ratais pas une seule, avant de décider de changer de centre d'intérêt et de me concentrer sur le chinois pour oublier mon ex-femme. Ou bien vous étudiez, ou bien vous regardez la télé, ou bien vous pensez à la femme qui est tombée amoureuse d'un chiropracteur américain. On ne peut pas tout faire en même temps. Alors, si vous n'étudiez pas le chinois et si vous regardez la série, vous devez savoir que depuis 2004 les Américains ont déjà tué plus de trois mille personnes avec leurs drones dans le Waziristan du Sud. Oui, quelque part là-bas, Pakistan, Afghanistan. Je crois que ça s'est passé pendant la deuxième saison, non ? Ça, c'est l'avenir. La bombe, c'est le passé. Un pilote lâchant une bombe sur un minuscule patelin de pêcheurs vietcongs, c'était déjà du passé, tout juste bon pour un film d'art et d'essai. Aujourd'hui, un pilote, ça reste dans le centre de télécommandement. TV. Et sur ces plus de trois mille victimes des drones, seulement huit cents étaient des civils. Selon certaines sources, quatre cents. Dommages collatéraux, évidemment. Pourcentage collatéral de civils. C'est le prix à payer, évidemment, mais bien moindre qu'avec la bombe. C'est beaucoup plus hygiénique. Quel est le problème ? Entre 2004 et 2008, Bush a utilisé plus ou moins cinquante drones dans le Waziristan du Sud, oui, au Pakistan. Je n'ai pas raté un seul épisode. La série est vraiment très bien faite. Et, en moins de quatre ans, Obama s'est servi de trois cents drones. Et quels acteurs ! Moi je dis que c'est l'avenir. Vous trouvez qu'Obama est plus à droite que Bush ? Ce vrombissement des drones approchant, les gens qui s'enfuient. C'est formidablement filmé. Et la terreur des mecs, n'est-ce pas ? Ils sont formidables. Pour moi, c'est le vrombissement des appareils. Plus que tout le reste. Beaucoup plus ! Imaginez. Les gens qui tentent de se mettre à l'abri, galopent dans toutes les directions, émergent de leurs cachettes. Des terroristes, n'est-ce pas ? Évidemment, un terroriste aussi, ça se marie et ça a des enfants, mais ça ne fait pas d'eux des hommes meilleurs. Dans la série, ça ressort très clairement. Dire quelque chose ? Moi ? Je suis ravi que vous l'ayez remarqué ! Il était temps. Oui, je veux m'exprimer. J'ai une opinion indépendante. Absolument. Je lis beaucoup de chroniqueurs, de commentaires, de blogs. Alors, nous parlons la même langue ? Bon, au moins nous regardons la même série. Quoi ? Oui, ça fait des heures que je veux dire quelque chose. Comment ça, quoi ? Mon vol part à six heures. Finalement, on parle quelle langue ? Aucune contradiction. Voilà un mot qui n'existera dans aucune langue du futur. Cohérence non plus. Dans la langue du futur, vous allez pouvoir dire ce que vous voudrez, sans conséquence, sans responsabilité, ni contradiction. Vous voulez dire que les éditorialistes des journaux écrivent ce que les lecteurs veulent lire, pour ne pas être renvoyés ? C'est bien ça ? Vous voulez dire que les chroniqueurs des journaux ont peur et comptent sur le fait que les lecteurs sont des imbéciles ? Ce n'est pas ce que vous dites ? Non ? Figurez-vous que moi non plus je ne le savais pas et maintenant je le sais. Et c'est pour ça que tout ce vous direz ne vaudra plus la peine d'être dit dans la langue du futur. Aucune contradiction. Vous finirez par dire que tout le monde parle la même langue et que chacun n'a qu'à comprendre ce qu'il voudra. Vous croirez ça. Que tout est pareil et équivalent. Mais au fond, ce que vous direz c'est autre chose, le contraire, dans la langue du futur. Un mot pour un autre, dans la langue du futur. La langue du futur dira toujours le contraire. L'assassin réclamera la justice, dans la langue du futur. Le fasciste sera le porte-parole de la démocratie, dans la langue du futur. Le loup dans la peau de l'agneau, dans la langue du futur. La haine au nom de l'amour, la mort pour la vie, dans la langue du futur. Dramatique ? Pas du tout ! Pas besoin de fréquenter des écoles de langues. Vous apprendrez dans n'importe quel cours élémentaire de MBA. La langue du futur donne à l'homme ce qu'il veut entendre. Sans contradiction ni hypocrisie. Déjà ? Vous avez entendu ça ? Vous en êtes sûr ? Ça se peut. Le son de la langue du futur est un son fascinant. Par exemple : vous voulez savoir pourquoi je vais en Chine, n'est-ce pas ? Dans la langue du futur ? Car je ne suis pas chinois, contrairement à ce que j'ai dit. Oui. Je ne le suis pas. Aucun Chinois n'est jamais venu planter du thé au Brésil, à aucun moment. L'histoire n'existe pas. Le passé n'existe pas. Seulement le futur. Je n'ai jamais perdu quiconque dans un attentat suicide. C'est ce que j'ai dit, oui. Je n'ai personne à perdre. Et, contrairement à tout ce que j'ai dit, j'ai perdu tout ce que j'avais. Les deux choses en même temps. Tout. Maintenant, il ne me reste plus qu'à rater mon avion, qui part à six heures. Je suis sûr que si vous étiez à ma place, vous aussi vous voudriez aller en Chine. Et, pour couronner le tout, l'homme qui a loué l'appartement au-dessus du mien hurle toute la journée. Oui. Il hurle comme un loup. Vous imaginez ce que c'est ? Il vient d'emménager. Ou plutôt, il a emménagé il y a six mois. Tous les jours, à six heures du soir, l'horaire de mon vol, et à six heures du matin. Quand il rentre chez lui et avant de partir bosser le lendemain. Tous les jours. Comme l'homme de Neandertal. Et qui peut supporter ça ? Personne ne mérite ça, n'est-ce pas ? Encore une raison supplémentaire. Vous avez vu combien la famille du Premier ministre chinois a empoché ? Deux virgule sept milliards de dollars ! Confus ? Vous trouvez ? Moi ou vous ? Moi, fou ? Normal. Dites-moi comment vous seriez à ma place. Juste ça. Dites-le-moi. Ce n'est pas mon avis. Je suis un mec hyper informé. Et j'ai une opinion personnelle. Gardez la vôtre. Et soyez tranquille. Vous l'apprendrez en un rien de temps. Le chinois ? Non, la langue du futur. Ce que je veux dire ne peut se dire que dans la langue du futur."

II. LA LANGUE DU PASSÉ

Tous les peuples taisent une chose afin de pouvoir en dire une autre.
Car autrement tout serait indicible.

Ortega y Gasset

Le commissaire est prêt à frapper l'étudiant de chinois quand le téléphone interrompt le passage de l'intention à l'acte. Il raccroche et pense à haute voix : "Merde de merde de merde !" L'étudiant de chinois écarquille les yeux, saisissant enfin l'occasion qui manquait pour réclamer justice et égalité de traitement – et qui sait, être relâché de façon à embarquer sur le vol de six heures pour la Chine. Pour ce faire, il se métamorphose en professeur, tout en ne parvenant pas à se débarrasser complètement de son rôle d'élève et il ébauche un timide mouvement de la main, comme s'il voulait poser une question, pour rappeler au commissaire la règle qu'il avait établie lui-même et enfreinte. Mais avant même que l'étudiant de chinois, d'une main hésitante, à moitié levée, puisse dire quoi que ce soit, le commissaire sort de la pièce en claquant la porte derrière lui. Quelques secondes plus tard, l'étudiant de chinois entendra une voix féminine (ou c'est ce qu'il voudra croire, troublé comme il est après la brève rencontre inattendue avec la professeur de chinois dans la queue pour l'enregistrement – et surtout après que cette rencontre s'est révélée n'être que l'avant-goût d'une autre disparition inexplicable), venant de la pièce d'à côté, étouffée par les mêmes cloisons minables que celles qui séparent les salles dans l'école de chinois, où tout, sauf les paiements mensuels, est le plus économique possible. Dans l'espoir de réentendre la voix qui l'avait abandonné sans explications deux années auparavant et désirant la reconnaître à n'importe quel prix, l'étudiant de chinois approche l'oreille de la cloison minable. À en juger par ce qu'il parvient péniblement à entendre et dont il compense les lacunes à grand renfort d'imagination et de pensée positive, cela ressemble plutôt à la voix providentielle d'une autorité passant un savon au commissaire qui, comme s'il ne lui suffisait pas de retenir sans raison, pour l'interroger, un passager honnête et innocent, le prive du droit fondamental de se déplacer, l'empêchant d'utiliser un billet coûtant les yeux de la tête et d'embarquer pour la Chine sur le vol de six heures. Comme il entend encore moins distinctement ce que répond le policier, l'étudiant de chinois préfère imaginer que s'ébauche là une solution à son problème (transformant l'autorité, quelle qu'elle soit, en une alliée) plutôt que de devoir affronter la triste réalité qui se dessine finalement, en dépit de ses espérances. La raison qui l'avait poussé à chercher une école de chinois et à s'obstiner à apprendre une langue qu'il n'est absolument pas en mesure de maîtriser n'avait pas été différente (bien qu'il continue à répéter, à présent davantage par inertie qu'avec l'obstination d'une autosuggestion, que tout dans la vie dépend de grandes décisions et qu'il n'est jamais trop tard pour commencer une vie nouvelle). Une langue dont il peut au grand maximum deviner les sens et déduire les tons, comme si cela suffisait pour le mettre à l'abri des aléas de la réalité, dans un état où seul existe le désir. Et, tout comme il est incapable de reconnaître les tons du mandarin, il ne lui reste plus qu'à imaginer, à présent dans sa propre langue, à cause d'une défaillance de la réalité, l'oreille collée à la cloison minable, ce qu'il désire entendre dans la pièce à côté.

"Il a téléphoné et il veut négocier. Il va bientôt téléphoner de nouveau. Il m'a laissé un moment pour réfléchir. Il a dit que c'était pour que je puisse te parler. Il a dit que tu es au courant. Tu n'es pas au courant ? Quoi ? Pourquoi il ne t'a pas appelé ? Tu me demandes ça à moi ? Qu'en penses-tu ? Dis-le-moi. Qu'est-ce que tu crois qu'il a dit ? Qu'est-ce que tu crois qu'il aurait à dire que tu ne m'aurais pas encore dit ? Et qu'est-ce que tu voudrais que je dise ? Qu'est-ce que tu attends ? Une révélation ? À la tête que tu fais. Non ? Tant mieux. Alors, venons-en au fait, car il semble que nous soyons dans une impasse. Qui s'annonçait d'ailleurs depuis des mois, depuis que tu es arrivé ici. Ce n'est pas le cas ? Qu'est-ce qu'on t'a dit ? On ne t'a rien dit ? Je ne voulais vraiment pas te voir passer par tout ça. Tu as toujours pu compter sur mon soutien – soutien n'est pas le mot juste – sur ma discrétion. Depuis le début. D'ailleurs, est-ce que j'avais le choix ? On n'aurait pas pu travailler ensemble autrement. Ou si ? Je ne t'ai pas posé de questions quand tu m'as demandé de le faire venir ici. Je n'ai pas donné mon accord pour sa mutation ? Je n'ai pas fait abstraction de son histoire ? Évidemment qu'on m'avait prévenue. Oui, j'ai cherché. Tu voulais quoi ? Et je ne vais pas dire que je ne l'ai pas regretté plus d'une fois ces derniers mois. J'aurais préféré ne pas avoir à parler de ça. Tu as tout fait pour qu'on l'envoie ici. Il est logique que tu sois responsable. Il ne manquerait plus que ça ! Tu ne le regrettes pas ? Tu n'en jurerais pas, mais tu garantis que c'est un mec de parole. Sûrement. Il est évident qu'il a dû se passer quelque chose. Dis-moi. Personne ne fait une chose pareille en toute conscience. Ce n'est pas normal. Il a dit que tu es au courant. Quoi ? Bien sûr qu'il reviendra. Qu'est-ce qu'il préparait, par exemple ? Avec de bonnes intentions, certes, ça ne peut être qu'avec de bonnes intentions. Finalement, c'est un mec bien, on est d'accord ? Je ne fais pas d'ironie. C'est toi qui le dis. Moi, je ne fais que répéter. C'est toi qui as dit que tu ne sais pas ce qui lui a pris, que tu n'en as pas la moindre idée. Lui dit que tu le sais très bien, oui. Ce n'est pas ton problème ? Lui dit que si. Pourquoi tu ne lui poses pas la question ? Il va de nouveau téléphoner, d'un moment à l'autre. Bien sûr c'est aussi ma responsabilité. J'ai assumé, non, j'assume. Je te dois un tas de choses. Pas besoin de faire cette tête. Je ne réclame rien. Au contraire, je veux payer. Je veux régler une bonne fois pour toutes ma dette envers toi. Aucune ironie. Je n'ai rien dit jusqu'à aujourd'hui parce qu'on avait un accord tacite. Ou ce n'était pas le cas ? Ou tu crois que ça n'a pas été difficile aussi pour moi ? Je suis lente. J'ai mis du temps à comprendre. Normal ? Ou tu penses que j'aurais dû comprendre dès que tu es arrivé ? Comment ça, quoi ? Deux personnes qui font le même travail, au même endroit. Ça ne te paraît pas bizarre ? Ça ne t'évoque rien ? Je sais, je sais, tu es venu mettre sur pied la nouvelle brigade antiterroriste. Mais, en dehors de ça, tu ne crois pas que j'aurais dû me méfier en voyant ta tête rasée, ta barbiche rousse ? Et ton air ahuri, en train de me regarder comme si tu avais reconnu le diable ? Mon père disait toujours qu'on n'invite jamais une rousse à dîner. Une manie à lui. Il tenait les rousses pour des suppôts de l'enfer. Il devait avoir ses raisons. Ça doit valoir aussi pour les roux, non ? La vérité, c'est que je n'ai rien soupçonné. Non. Rien. Même pas quand tu t'es avancé pour m'interrompre, d'ailleurs ça n'a pas été vraiment une interruption, n'est-ce pas ? Car je n'avais même pas commencé à parler. Mais tu n'as pas voulu prendre parti, tu as préféré payer pour voir. À cause de ce qu'on t'avait dit, je suppose. Ça ne peut être que pour ça. Ou je me trompe ? Dis-le-moi. Comment, quand ça ? La première semaine, la deuxième ? Qu'est-ce que tu voulais que je pense quand tu m'as coupé le sifflet, avant même que je puisse ouvrir la bouche, avant même que je puisse reconnaître cet enfant de salaud, qui tentait de quitter le pays avec une valise remplie de fric ? Ça a été notre première action conjointe, n'est-ce pas ? Tu te souviens ? Tu vas dire que tu ne sais pas de quoi je parle ? Tu vas dire que tu ne m'as pas coupé le sifflet. Que voulais-tu que je pense ? Il est évident que je ne pouvais que penser que tu étais venu pour prendre ma place. Ou pour me surveiller. Non ! On me l'avait dit. On m'avait très bien expliqué que tu étais ici pour mettre sur pied la nouvelle brigade antiterroriste. Bien sûr. Le pays s'est développé, il faut s'adapter. C'est ce qu'ils ont dit. Le pays est enfin inséré dans le monde après des siècles d'isolement. Mais il a suffi que tu m'interrompes là-bas pour que je commence à avoir des soupçons. Tu m'as sauvée. Et je devais te remercier. Mais comment tu as pu penser à me sauver si tu ne savais rien ? Tu crois que je ne me suis pas retenue pendant tous ces mois ? Maintenant tu me mets dans une situation impossible. Dis-moi si je me trompe. Détrompe-moi, s'il te plaît. Oui, car ça fait des mois que je m'efforce de comprendre et je pense que maintenant tu me dois enfin une explication. Il n'y en a pas ? Tu ne sais pas comment expliquer ? Bon, je vais être franche, puisque nous sommes seuls ici tous les deux et que la fille, comment elle s'appelle déjà, la secrétaire, là-bas à la réception, Márcia, c'est ça, qu'est-ce que j'y peux, je n'arrive pas à retenir son nom, il est vrai que ce n'est pas moi qui l'ai engagée, elle fait partie de la brigade antiterroriste, évidemment, or puisque la secrétaire Márcia est à son cours de formation – et, entre nous, il est difficile de comprendre pourquoi une jolie fille pleine de vie, diplômée en éducation physique, insiste ; il paraît qu'elle a déjà été recalée trois fois, trois ! Et elle est toujours à son cours au pire moment, alors qu'elle aurait bien plus à apprendre ici, tu ne trouves pas ? Dans la pratique, oui, la pratique avec toi, pourquoi pas ? Elle a dit ça ? La faute de quoi ? Des quotas ? Ah, elle est contre les quotas ? Mais elle est idiote ! Elle dit que les quotas lui volent sa place ? C'est ça qu'elle a dit ? Et tu as avalé ça ? Avec ou sans quotas, elle ne réussira jamais parce qu'elle est blanche et bête, très très bête, et elle n'est bonne qu'à lire des romans. Si j'étais blanche comme elle, je commencerais dès aujourd'hui à défendre des quotas pour les idiots ! Elle dit que la prochaine fois elle mettra qu'elle est métisse ? Qu'elle mette ce qu'elle veut, elle devrait cocher aussi la case 'bêtasse', pour voir si ça marche, on ne sait jamais. La case 'métisse' et la case 'bêtasse'. C'est jamais assez, même si on est hyper blanche. C'est toujours bon d'insister sur les différences pour augmenter ses chances. Pour mettre toutes les chances de son côté, pas vrai ? On ne sait jamais. On va être francs l'un avec l'autre. (*Dans la salle d'à côté, pressentant que l'écoute sera longue, l'étudiant de chinois s'installe sur la chaise où il est assis, cherchant une position plus confortable, tout en continuant à garder une oreille collée contre la cloison minable, du même genre que celles qui séparent les salles dans l'école de chinois, en permettant aux tons du mandarin, indistincts pour les Occidentaux, de passer du cours introductif au cours moyen, et du moyen au cours avancé, et aussi en sens inverse, compliquant encore davantage la compréhension pour les élèves qui ne parviennent pas à distinguer un ton d'un autre avant même le brouhaha babélien amplifié par la médiocrité des installations.*) Encore juste un effort. Qu'est-ce qu'on t'a dit ? Tu vois, je ne demande rien d'extraordinaire. Je vais jouer franc jeu. À moi, on a dit que tu as eu une sale période ces dernières années, avant de venir ici. Moi aussi j'ai eu une fichue période, si tant est que tu ne le saches pas déjà. Moi aussi je sais ce que c'est que d'avoir peur. J'imagine ce que ça donne un commissaire de police paniqué. Qui doit grimper tous les jours à pied jusqu'au vingt-deuxième étage, parce qu'il refuse de prendre l'ascenseur. Tu n'as pas grimpé ? Tant mieux. C'est ce qu'on m'a dit. Au moins, ici, il n'y a que trois étages. Trois étages dans un ascenseur, n'importe qui supporte ça, même dans la panique. Non, je ne peux pas imaginer. Personne ne peut imaginer. Pour moi ça ne fait rien, mais toi, tu es un homme intelligent. Tu sais de quoi je parle. Tu ne le sais pas ? Qu'est-ce que tu crois qu'une femme comme moi va faire à l'église ? (*Dans la salle à côté, l'étudiant de chinois se demande un instant si finalement toutes les femmes aiment Jésus, croient au Saint-Esprit et fréquentent les églises ou si, au fond, ce n'est pas lui qui entend des choses.*) Comment non ? Tu vas dire que tu ne savais pas ? Ou est-ce que tu n'as pas compris ? Car je vais répéter une chose : cette conversation ne mènera à rien si nous ne sommes pas honnêtes l'un avec l'autre. On ne t'a rien raconté ? Ça a été un hasard ? Alors, je m'explique ta stupéfaction quand tu m'as aperçue dans la marche avec Jésus pour le salut du Brésil. Tu ne vas pas me dire que tu ne m'as pas vue, n'est-ce pas ? Dès la première semaine. Déguisée, bien entendu, pour n'être reconnue par personne. Tu vas dire que tu ne me suivais pas ? Ne fais pas cette tête. Moi aussi je t'ai vu. Et tout ça n'était rien. Quel est le problème ? Tu m'as vue marcher avec Jésus pour le salut du Brésil. Avec Jésus, c'est une façon de parler, évidemment. Bien sûr que c'est bizarre. Mais c'était bien moi. Oui, avec Jésus. Quoi ? J'ai dit que nous devions être francs l'un avec l'autre. Je finis toujours par être démasquée. Je reconnais que le déguisement n'était pas des meilleurs, avec ce foulard sur la tête. Mais que faire ? Il m'a fallu plusieurs semaines pour comprendre que ça ne pouvait être que toi, avec cet air ahuri après m'avoir vue au milieu des croyants, déguisée et chantant. Je savais que je connaissais cette tête de quelque part. Lente, c'est indéniable. Mais laisse-moi réfléchir, ça faisait déjà plus d'un an que je fréquentais l'église. Oui. Deux ans ? Dis-moi. On ne te l'a pas dit ? Vraiment ? Ça ne figure pas dans le rapport ? Tu ne l'as pas lu. Bien sûr. Quoi ? Il n'y a aucun rapport ? Est-ce que ça nous avancerait si je te disais que c'était ma première marche avec Jésus ? Tu ne le croirais pas, si ? Alors ? Moi non plus. Incroyable, n'est-ce pas ? Je trouve aussi. Surtout moi, qui avais l'habitude de dire que les saints sortaient en courant quand j'entrais dans une église. J'ai abouti dans une église sans images de saints. D'ailleurs, je n'ai pas eu le choix. Dans ces moments-là, personne n'a le choix. Je pourrais dire que ces gens-là te repèrent, dans la rue, chez toi, où que tu sois. Personne ne leur échappe. Ils ont des guetteurs dans les pires trous. Ça ne sert à rien de se cacher. Ils te débusquent. Ils flairent la proie à distance, ils reconnaissent de loin celui qui ne parvient plus à tenir debout tout seul. Ils ont un réseau d'informateurs et d'espions. Des gens qui surgissent au moment où tu as le plus besoin d'amis, de nouer des liens, tu sais comment c'est ? Et ils t'emmènent là-bas, pour t'aider à t'en sortir et à vaincre. Impossible de résister. Qui n'a pas envie de réussir dans la vie ? Qui ne veut que des emmerdes dans la vie ? Mais le pire c'est que je suis allée là-bas de mon propre chef. Ou plutôt, au début, j'y suis allée par obligation professionnelle. On ne t'a pas raconté ? Bien sûr qu'on t'a raconté ! Et le rapport ? Tu n'as pas lu le rapport ? Ce n'est pas possible qu'on ne t'ait pas transmis le rapport ! Il n'y a pas de rapport ? Alors, je ne peux qu'être reconnaissante, n'est-ce pas, car autrement je ne serais peut-être pas ici maintenant et nous ne nous connaîtrions pas, si on ne m'avait pas envoyée à l'église. En service commandé, bien entendu, déguisée, bien avant que tu ne m'aperçoives dans la marche avec Jésus. Qu'est-ce qu'on t'a dit ? Que je suis croyante ? C'est eux qui ont décidé que j'irais à l'église, puis que je viendrais ici, à l'aéroport, pour m'éloigner de l'église, après la merde que j'ai causée. C'est marrant, j'étais sûre que tu étais au courant. Tu vois comme on se trompe. Et si je te disais qu'arrive un moment où on ne peut pas continuer sans Dieu ? Même si on n'est pas croyant. J'aime la façon dont les Américains disent : *Copy ?* Tu n'as jamais vu les flics dans les films américains ? Ils disent ça dans leur radio, dans leur talkie-walkie. *Copy ?* Mais tu sais de quoi je parle ? Ça serait idiot que je dise *copy* ici entre nous, non ? Ça serait ridicule, non ? Et si je te disais qu'on m'a donné le commissariat ici, à l'aéroport, comme couverture pour l'enquête que je menais à l'église, tu le croirais ? Pour me sortir de là, évidemment, pour me protéger. Et pour me tester. Quoi ? Parce que ça n'a pas marché. On me soupçonne. J'aurais juré que tu savais. Mais alors, qu'est-ce qu'on t'a dit ? J'aurais juré qu'on t'avait raconté. C'est difficile d'enquêter sur quelqu'un sans rien savoir de lui, non ? Opération secrète. Bon, au moins ça. Et on ne t'a pas dit que j'ai merdé avec l'opération secrète ? Bien sûr qu'on te l'a dit. Finalement, qu'est-ce que tu es venu faire ici, sinon enquêter sur moi ? Et qui croit à cette connerie de brigade antiterroriste ? J'ai merdé. Qu'est-ce que tu voulais ? C'est évident que j'ai merdé, et tellement merdé que le pasteur est toujours là. À l'église. Et moi aussi. Oui ! Moi ! Je trouve aussi ça bizarre. Tu vas continuer à prétendre que tu ne m'as pas vue, déguisée, dans la marche avec Jésus ? Tu vas dire que ce n'était pas toi. Ce n'est pas par hasard qu'on t'a lancé derrière moi. On a quelque chose en commun. Tu ne dis rien. Au début, moi aussi je me posais des questions.

Oui. Quand l'opération a foiré. Et à force de me poser tellement de questions, j'ai fini par aboutir à une conclusion. C'est-à-dire avec l'aide du psychologue. D'ici, bien entendu. Un psychologue engagé par la police. On m'a fait faire une batterie de tests. Tu vas dire aussi que tu n'es pas au courant de ça ? Et tu sais ce qu'on a découvert ? Si j'ai continué à fréquenter l'église après avoir fait merder l'opération, et après avoir été démasquée, c'est parce que je n'éprouve du plaisir que lorsqu'il y a un risque. Ça ne te paraît pas logique ? C'est ce qu'il a dit. Un génie. Et alors ? Est-ce que ça a résolu quelque chose ? Quoi ? Le problème de la compréhension. Ça n'a rien résolu ? Peut-être que tu commences à comprendre maintenant. C'est bizarre que tu n'aies pas lu le rapport. Il n'y en a pas ? Alors, ce n'est pas ce qu'on t'a dit ? Que j'éprouve du plaisir quand il y a un risque ? Non ? J'ai fait une flopée de tests avec le psychologue. Évidemment qu'on te l'a dit. Quand j'étais encore à l'église au service de la police, commandant l'opération secrète, une femme m'a dit un jour : Je sais ce que tu es venue faire ici. Et, pendant un instant, j'ai cru que j'avais été démasquée. Jusqu'au moment où elle a dit : Je connais ton genre. Et j'ai pensé : elle va dire que je suis de la police, que je suis là pour enquêter sur le pasteur, elle va me dénoncer. Mais elle a dit : Tu as trompé ton mari. Tu vis dans le péché. Et j'ai dû me retenir pour ne pas lui rire au nez. J'étais là pour le boulot. Et dis-toi bien qu'il ne lui aurait pas été difficile de tomber pile, parce qu'il était évident que je ne croyais à rien, mais elle a mis le doigt sur ce qui justement ne pouvait pas m'arriver à moi, qui devait arriver à plus d'une là-dedans, et à elle-même, mais pas à moi. J'adorerais vivre dans le péché. Elle n'avait pas idée de la gravité de mon péché. Et toi ? Tu as cru que j'étais restée dans l'Église pour sauver mon âme, quand tu m'as vue dans la marche avec Jésus ? Ça n'a pas d'importance. Tu n'en as pas dit un mot. Et je ne peux que t'en remercier. Tu as cru que j'étais vraiment croyante ? Ou c'était par respect ? Incroyable. Je regrette de te décevoir encore une fois. Mais tu savais que j'avais été envoyée dans cette église pour enquêter sur le pasteur soupçonné d'imposture idéologique, de constitution de bande organisée, de contrebande, de corruption active et passive, n'est-ce pas ? Tu n'as besoin de rien dire. Il est évident que ta présence là-bas, immobile, dans la marche avec Jésus, ne pouvait pas être une coïncidence. Il est évident que tu étais allé confirmer ce que tu avais entendu, que c'était bien moi. Car sinon, comment tu expliques ton air abasourdi ? Non ? Tu es du genre à ne croire que ce que tu vois. Qu'est-ce que tu voulais donc ? Disons que je me suis trompée. Que ce n'était pas toi. Bon, bon, ce n'était pas toi. C'est difficile de comprendre ce que j'ai continué à faire dans cette église après avoir foutu l'enquête en l'air, sinon me foutre moi-même en l'air, non ? Sans le vouloir, bien sûr, le psychologue dit que c'est toujours sans le vouloir qu'on fout en l'air ce qu'on est en train de faire. Alors, dis-moi, puisque tu n'as pas lu le rapport – et puisqu'il n'y a pas de rapport : qu'est-ce que tu crois que j'ai continué à faire là-bas ? Tu es d'accord avec le psychologue ? Qu'est-ce qu'on t'a raconté ? Moi aussi je me demande comment on continue à me laisser ici. Tous les jours je me pose la même question. Quoi ? Tu as un vocabulaire bizarre ! Ma grand-mère parlait comme ça. Et qui est-ce qui n'est pas sous l'effet de psychotropes au jour d'aujourd'hui ? Mais pourquoi tu fais cette tête ? Tu as eu l'air, oui, mortifié ! Tu vas dire de nouveau que tu ne savais pas ? Tu le soupçonnais peut-être ? Tu as dû l'entendre dire par là, comme tout le monde. J'ai dit que j'allais jouer franc jeu et j'espère que tu feras de même. Seulement, fais-moi grâce de ta pitié. Car on est arrivés à une limite, n'est-ce pas ? Qu'est-ce que tu veux savoir de plus ? Je n'arrêterai plus jamais de prendre des psychotropes. Il n'y a pas de vie pour moi sans psychotropes. Et si tu es ici pour enquêter sur moi, en plus de commander la nouvelle brigade antiterroriste, bien entendu, c'est parce qu'ils ne peuvent pas tout bonnement me renvoyer avant de s'assurer que j'ai bien commis une faute grave. Avant de prouver que je ne suis plus en mesure de bosser ici. Ou tu n'avais pas compris ça ? Tu penses que je ne le sais pas ? Tu me prends pour la secrétaire Márcia ? Tu voudrais que je dise que c'est Jésus qui m'a sauvée ? Jésus et ce que j'ai entendu dans l'église, quand j'étais déjà au fond du trou, après avoir fichu en l'air l'opération, prête à écouter n'importe quoi et à y croire, en me cramponnant au premier bout de bois venu, comme un croyant au pied de la croix, à me débattre pour survivre. C'est ça que tu avais envie d'entendre, n'est-ce pas ? Mais je n'ai pas continué à fréquenter l'Église parce que je suis devenue croyante. Non, non et non. Tu devrais lire le rapport. Il est drôlement intéressant. Il n'existe pas ? Et où est-ce que le psychologue a fourré ses conclusions ? Je ne me suis pas non plus convertie à la religion des bandits, comme tu l'as peut-être entendu dire. Même si je l'avais voulu. Je ne suis prête à croire en rien. Je ne peux parler que pour moi. Je pourrais te dire que seul celui qui ne croit plus en rien se rapproche de l'Église. Et tu le croirais ? Comment quelqu'un peut-il dire : 'Nous allons nous donner la main et chanter pour Jésus', s'il croit encore en quelque chose ? Seul celui qui ne croit plus en rien peut le faire. Je répète ce qu'on me dit, j'imite ce que je vois et je sors de l'église pleine de vie, comme la secrétaire Márcia après avoir lu un roman. Remplie de bonnes personnes, de bons sentiments et de bonnes intentions. Excuse-moi. Le pasteur dit qu'on ne doit pas juger ce qu'on ne connaît pas. Ce même pasteur qui est resté moins de cinq heures en tôle. Oui ! Moins de cinq heures ! Sur ordre venu d'en haut. Car la loi a changé.

On ne te l'a pas dit ? À moi non plus. Ce n'est pas seulement le pays qui a changé. Moins de cinq heures, oui. Un record. Je suis la femme qui a réussi à garder prisonnier le moins de temps un suspect de constitution de bande organisée, de blanchiment d'argent, de trafic et de contrebande. Parce que la loi a changé. Il n'y a plus de détention préventive sans preuves. (*L'étudiant de chinois regarde l'heure à sa montre-bracelet.*) Et parce que j'ai fait un travail de cochon. Tu vas me dire qu'on ne te l'a pas dit ? Tu vas me dire qu'on ne t'a pas dit que je suis devenue suspecte parce que après avoir fait un travail de cochon et foutu en l'air l'opération, j'ai continué à fréquenter l'Église ? Qui ? Bien sûr que le pasteur sait qui je suis. Tout le monde le sait. J'ai continué à fréquenter l'Église même après avoir merdé l'opération. Et comme jusqu'à présent on n'a rien réussi à prouver, on a dû trouver une autre explication. Comment ? Pour m'humilier. Le psychologue a expliqué. Ça figure dans le rapport qui n'existe pas. Je ne fais pas d'ironie. Je répète ce que tu as dit. Et tu vois une humiliation pire ? Évidemment le pasteur peut se venger. Et pourquoi tu crois que je continue à aller là-bas ? Ça doit être dans le rapport. J'attends le jour de la vengeance. La vengeance du pasteur, bien sûr. J'attends le jour de mon sacrifice public. J'aurais juré que tu avais lu le rapport. J'aurais juré que tu savais jusqu'où je suis capable d'aller pour un plaisir que les autres ont honte d'avouer. Pourquoi cet étonnement ? Tu ne savais pas ? Tu n'as pas parlé au psychologue ? Le rapport explique tout. Car avant, personne ne comprenait comment je pouvais avoir foutu en l'air l'opération. Des mois en civil dans l'église, passés à enquêter, et en moins de cinq heures tout était anéanti. Le rapport que tu n'as pas lu dit que, si on me laisse faire, j'irai chercher le bonheur là où personne ne l'imagine. Dans la fange. Tu ne l'as vraiment pas lu ? Où est la différence ?

Plaisir, bonheur, c'est du pareil au même. Le corps n'est-il pas la source de l'imagination et du plaisir ? Il n'émet pas la voix et ne produit pas les hormones ? Alors ? Ce n'est pas ce qu'on t'a dit ? Moi non plus je ne l'ai pas lu. Je ne sais pas non plus s'il existe. On me l'a dit. Mais toi, en tant qu'enquêteur, tu es vraiment mal informé. D'ailleurs, est-ce que tu sais que l'imagination n'existe pas ? Si, si. Elle n'existe pas. Il n'y a que la mémoire. J'ai entendu ça à la radio, en venant ici. Les scientifiques. Dans un centre d'excellence quelconque, bien loin d'ici. Si ç'avait été découvert ici, personne ne le croirait. Tu n'as rien lu à propos d'une épidémie de fraudes dans les revues scientifiques ? Non ? Des revues internationales, parfaitement. Fraude, erreur, plagiat, reproduction. En vingt ans, on est passé d'une dizaine de cas à plus de quatre cents par an. De faux articles, de fausses découvertes. Et tout le monde y croit. Eh bien, maintenant on a découvert que l'imagination n'existe pas. Moi, je le savais déjà, parce que je ne fais que répéter. Et d'ailleurs, à quoi servirait l'imagination ? J'essaie d'imiter, mais je ne sens pas comme les autres, je ne m'émeus pas. Ce n'est pas par manque d'envie. Ça figure sûrement dans le rapport. Du psychologue. Je n'ai jamais lu un roman jusqu'au bout. Ça ne me dit rien. Il faut avoir de bons sentiments pour lire des romans, pour s'identifier aux personnages. Comme la secrétaire Márcia, quand elle est à la réception. Aucun, ni bon ni mauvais. Je ne ressens rien. Imitation de Jésus-Christ. Ma place est à l'église. Je fais comme les autres. Je reproduis. Pour passer inaperçue. Le psychologue. La seule chose que je ressens c'est du plaisir ou du bonheur, c'est pareil, quand je suis humiliée. Pas besoin de faire cette tête. Ce n'est pas moi qui le dis. C'est lui qui le dit. Ça doit sûrement être dans le rapport. Je n'en reviens toujours pas que tu ne l'aies pas lu. Bien sûr que ça existe. Si ça se passait du temps de mon père, que Dieu le garde, on m'aurait qualifiée de frigide. Oui. D'après le rapport, si mon père m'avait traitée de frigide, j'aurais joui. Car je ne m'émeus qu'humiliée. Quand on me crache dessus, quand on me roule dans la merde. Pourquoi tu fais cette tête ? Honte de quoi ? Non ? Tant mieux. On ne le dirait pas ? Tu ne l'avais pas remarqué ? J'imite. Je ne suis pas un personnage de roman. Tu ne l'as pas dit, mais tu l'as pensé. Non, le psychologue n'a pas dit que je suis hystérique. Il a dit d'autres choses. Il a dit que je me suis livrée à l'Église comme avant je m'étais livrée aux clubs de rencontres. Avec la même véhémence. Pourquoi tu fais cette tête ? Tu vas dire que tu n'as pas entendu parler de ça non plus ? Tu n'aurais jamais imaginé ? C'est ce qu'ils disent, que l'imagination n'existe pas. Il est logique qu'on t'ait parlé des clubs de rencontres. Avec le même acharnement objectif et froid. J'aurais pu être trésorière d'un club de rencontres. Comme mon père. Tu aurais voulu que je parle d'amour ? Non, sexe. Sexe et église. Ça n'a rien d'incompatible. Je n'ai ni amour ni imagination. Et, malgré tout, j'en ai marre de perdre. Tu me crois ? Je suis épuisée. Et toi ? Tu n'es pas fatigué de perdre ? Tu es comme moi ? Tu crois ? Ça ne sert à rien. On va devoir attendre. Il va téléphoner d'un instant à l'autre. En attendant, dis-moi une chose, qu'est-ce que tu lui dois ? Je parle sérieusement. Quelle est ta relation avec lui ? Bien sûr que je suis sous l'effet de psychotropes. Je pourrais dire, au contraire du psychologue, que je me suis soumise à l'Église pour ne pas faire de rechute. Et que là j'ai trouvé tout ce dont j'avais besoin, sans risque. Groupe d'appui, céramique, cours de batik, fitness. Là où les autres cherchent une famille, un travail et une protection. Mais non. Il a dit que j'ai besoin de prendre des risques. Un vrai génie. Ici aussi, je cours le risque d'être découverte. Oui, une chose est liée à l'autre. Parce que c'est excitant, tu comprends ? Inconsciemment, bien sûr. Il existe un risque d'humiliation plus grand ? Il n'y a pas de pire dégringolade que la perte d'autorité. Non, il n'y en a pas. Tu penses quoi ? Que c'est du suicide ? Vraiment ? Je ne vois pas les choses comme ça. Tu crois que je suis allée à la marche avec Jésus pour le salut du Brésil parce que je voulais me tuer ? En suivant les pas du Christ, qui s'est humilié et foutu en l'air pour les hommes qui m'ont baisée et humiliée dans les clubs de rencontres, pour mon propre plaisir ? C'est toujours pour son propre plaisir. C'est ce que dit le psychologue. Je ne l'ai pas lu, mais on me l'a dit. Je pourrais même me servir de ce rapport pour me justifier, si à la fin on décide de m'inculper pour complaisance envers le crime. Allez savoir. Est-ce qu'il y a une plus grande victoire pour le pasteur que de ne rien dire quand il aperçoit au milieu de ses ouailles celle qui l'a gardé prisonnier pendant moins de cinq heures, en train de prier maintenant avec lui, de répéter ce qu'il dit, de suivre la marche avec Jésus ? Qu'est-ce que tu crois ? Je vais là-bas pour me mettre entre les mains du pasteur, sans savoir à quel moment il me dénoncera, me jettera aux croyants, comme jadis les croyants aux lions, au temps de Jésus. Je vais à l'église pour m'humilier et courir le risque d'être lynchée. Dans l'attente du jour où le pasteur va me montrer du doigt en disant : 'Le démon est parmi nous.' Tu veux une plus grande humiliation que l'attente ? Je pourrais dire que je suis là pour essayer de comprendre comment j'ai tout foutu en l'air. Et pour payer pour mon erreur. Je ne suis pas arrogante au point de croire que les évangéliques autour de moi sont plus croyants que moi. Personne n'a le droit de traiter les autres d'imbéciles – bon, la secrétaire Márcia est hors concours. Il faut commencer par être un imbécile comme tout le monde. Se rabaisser. Il faut s'abaisser et s'agenouiller. Le rituel, pour moi, c'est ça : survivre en société. Il faut être pareil, partager, reproduire. Non ? Maintenant, tout n'est-il pas collectif ? Tout le monde ne fait-il pas la même chose ? Et si tout le monde est croyant… J'ai cru que tu avais déjà pensé à ça. J'y pense tous les jours. Le rituel sert à te convaincre que tu n'es pas seul. Est-ce qu'il ne vaut pas mieux croire et appartenir ? Qui s'intéressera à ce que je pense ou à ce que tu penses, si nous sommes les seuls à le penser ? Réfléchis bien. Qui s'en préoccupera d'ici dix, vingt ans, quand le pays tout entier ne sera plus qu'un entassement d'églises, se disputant l'espace à coups de poing ? D'ici vingt ans, il est bien possible que ce que pensent les gens ne soit même plus appelé pensée. Alors, il ne vaut pas mieux arrêter de penser immédiatement et commencer à prier pour que les psychotropes – c'est pas comme ça que tu les appelles – continuent à faire de l'effet ? Par la force de la parole collective. Avant de commencer à prendre des psychotropes, j'ai cru que j'étais en train de devenir folle, et c'est seulement pour cette raison que j'ai pensé à ce moment-là que le mieux – et c'est ce que les fous en général ne font pas – le mieux c'était de se taire. Oui. Ne plus dire un seul mot. Tu penses quoi ? Que je ne sais pas dissimuler ? C'est exactement ça. Le problème de l'hypocrisie. On dit une chose ici et on fait le contraire là-bas. Et on doit croire qu'on fait la même chose. On ne discute pas. Il y a un groupe de soutien pour t'aider. Il faut croire au pouvoir de la parole collective. Il faut croire que ce que tu dis est ce que tu fais. Je te pose la question : qu'est-ce que tous ces gens vont chercher en Dieu si ce n'est pas une solution au problème de l'hypocrisie ? Dis-le-moi. Je regarde de tous côtés, à l'église, dans la marche avec Jésus, et je me demande : qu'est-ce qu'ils vont faire de Dieu ? Je peux répondre pour moi. Tu es sérieux ? Cynique ? Je savais que tu dirais ça. Tu ne l'as pas dit, mais tu l'as pensé. Tu te demandes encore ce que je vais faire à l'église si je ne crois en rien ? C'est parce que tu n'as pas lu le rapport. Si tu l'avais lu, tu saurais que je vais là-bas pour répéter, pour reproduire. En attendant la vengeance du pasteur. Ou qu'est-ce que tu crois ? Qu'est-ce qu'on t'a dit ? Dis-moi pourquoi tu crois que j'ai fini par aboutir ici ? Avant l'église. Parce que je pensais qu'ici je pouvais me sauver, qu'ici j'étais protégée ? C'est ça que tu penses ? Marrant. Moi aussi je le pensais. Mais c'est le contraire. Demande au psychologue. Il semblerait que je sois venue ici pour me foutre dans la merde. Où que j'aille, c'est toujours pour me foutre dans la merde. Seule l'humiliation me fait jouir. Pas besoin de faire cette tête. C'est dans le rapport et tu vas devoir t'en servir quand tu voudras me flanquer à la porte d'ici. Tu vas me dire que tu ne sais pas de quoi je parle ? Marrant. Je l'aurais juré. Et tu sais quoi ? C'est bien là la preuve que l'imagination n'existe pas. Il suffit que j'ouvre la bouche pour que tu sois éberlué. Je t'ai dit que je serais franche. J'attends la même chose de toi. Tu sais ce que le psychologue m'a dit ? Que mon plaisir augmente avec le risque d'être démasquée devant les subordonnés auxquels je donne des ordres tous les jours, démasquée et humiliée par ceux qui me donnent des ordres hors d'ici. Moi aussi je te dois beaucoup. Vraiment ! Mais je reconnais que je continue à te devoir une explication. Je pourrais te dire que c'est par plaisir que je me soumets hors d'ici à des gens qui devraient être derrière des barreaux. Et que je devrais arrêter, si je le pouvais. Mais que je dois d'abord me mettre entre leurs mains, ressentir ce que c'est que d'être sous eux, de dépendre d'eux, d'être pire qu'eux, pour ensuite, immobile, en m'enfonçant toujours un peu plus dans la merde, vivre le cauchemar de rencontrer un jour de nouveau ces gens qui me connaissent comme personne en dehors d'ici ne connaît, retrouver ces gens ici à l'intérieur, dans la situation inverse, où c'est moi qui dois donner les ordres, passer les menottes et incarcérer. Et, si je croyais à ça, si j'étais croyante, je pourrais te confirmer que j'éprouve du plaisir quand j'ai les mains liées. Ce n'était pas ça que tu avais envie d'entendre ? Tu ne l'as pas lu, très bien. Il n'existe aucun rapport. Mais si je te le confirmais, tu me croirais ? C'est un risque qui porte le plaisir aux limites de l'imagination, tu comprends ? L'imagination qui n'existe pas, d'après les scientifiques, et ils ont raison. Le psychologue me l'a dit. Tout plaisir est l'attente de ce qu'on connaît déjà. Le plaisir finit au moment où tu te casses la figure, dès que tu es pris en flagrant délit, mais il augmente avec le risque d'être pris en flagrant délit. Paradoxal, n'est-ce pas ? Il m'a dit que je tire du plaisir du risque de perdre le plaisir et d'être démasquée. Seul ce que je peux perdre à tout moment me donne du plaisir. Il a dit que c'est humain. C'est pas comme ça pour toi ? Alors, il doit y avoir une autre raison pour que tu sois ici, c'est clair, pour que tu veuilles aussi commander et faire des arrestations, en plus de diriger la nouvelle brigade antiterroriste – et d'enquêter sur moi. Car tu es innocent. C'est évident. Dis-moi. Tu as gâché mon apothéose. J'aurais pu tout perdre. Il s'en est fallu de peu, parce que tu étais à mes côtés et que tu as anticipé. N'est-ce pas ? Tu m'as interrompue avant que je ne foute tout en l'air. Quoi ? La première semaine ? La deuxième ? Mais comment tu pouvais savoir si tu n'as lu aucun rapport ? Et si personne ne t'a rien dit ? Si tu ne me connaissais même pas ? Si je devais répéter les paroles du pasteur, je pourrais dire que c'est Jésus qui t'a envoyé me sauver, au lieu de dire que tu as gâché mon apothéose ou que tu es venu enquêter sur moi. Et tu le croirais ? Tu étais ici depuis combien de temps, deux semaines ? Je t'en supplie ! Arrête ! Dis quelque chose. Je te regarde en face et je te demande de me regarder en face. C'est mieux comme ça. Tu vas dire quoi ? Que tu m'as vue paralysée ? Que tu m'as vue perdre la voix ? Tu vas dire que tu savais très bien ce qui se passait quand tu m'as insultée devant tout le monde, devant le frère du pasteur avec sa valise bourrée de fric, devant les agents et les gardes ? Et tu vas dire encore que tu ne te souviens pas de m'avoir vue dans la marche avec Jésus pour le salut du Brésil ? Tu vas dire que tu n'es pas venu me sortir d'ici avant que je ne refoute le bordel dans d'autres enquêtes ? Dis-moi si je me trompe. Tu sais très bien de quoi je parle. Je n'ai pas compris sur le moment, quand tu t'es mis à parler avant que je puisse ouvrir la bouche, avant même que je puisse reconnaître le frère du pasteur. Ou non ? Dis-moi. Tu vas dire qu'on ne t'avait pas mis au courant ? Mais qu'est-ce que je pouvais faire ? L'humiliation n'a qu'un seul antidote. Et c'est une humiliation plus grande encore. Le psychologue lui-même. Maintenant, comment tu savais ça, si tu n'as même pas lu le rapport ? Par expérience propre ? Et il ne faut pas oublier que tu étais ici depuis combien de temps, deux semaines ? Même pas ? Mais tu as vu plus clair que personne. Tu as compris mieux que personne. Mieux même que le psychologue. Comme si on t'avait briefé. Non. Tu n'as rien lu. Très bien. Tu vas continuer à dire qu'il n'existe aucun rapport ? Que je suis folle, évidemment. Que j'imagine des choses. Que ce sont les psychotropes. D'où tu tires ce vocabulaire ? Et figure-toi que pendant un instant j'ai même pensé que ça pourrait marcher entre nous. Et que j'allais enfin avoir quelqu'un pour m'humilier ici aussi. Que je n'aurais plus besoin d'humiliations ni dans des clubs de rencontres, ni à l'église. Car tu m'as humiliée comme on n'humilie pas une stagiaire. Tu n'aurais même pas le courage d'humilier comme ça la secrétaire Márcia quand elle est à la réception, même pas cette idiote de Márcia. Je peux dire que tu as saboté mon apothéose. Ou ma chute, c'est pareil. Ou tu vas me rétorquer, qu'au fond, tu as interrompu ma chute parce que c'était un suicide ? C'est ça que tu penses ? Que tu as agi pour mon bien, pour me sauver – et que je devrais te dire merci ? Je te dis merci ! C'est incroyable qu'il ne soit venu à l'esprit de personne d'autre qu'à toi que, par une coïncidence malheureuse, je puisse être entre les mains d'un homme pris en flagrant délit, en train d'essayer de quitter le pays avec des valises bourrées de fric. D'où tu as tiré ça ? Toi seul, toi seul, qui venais tout juste d'arriver, et qui ne m'avais jamais vue plus grosse, et qui n'avais lu aucun rapport, toi seul tu as compris que j'avais besoin d'aide quand je suis tombée nez à nez sur ce salopard de frère du pasteur. Et c'est bizarre, non ? Comment tu pouvais savoir si on ne t'avait rien dit ? Si tu n'avais lu aucun rapport ? Comment tu expliques ça ? (*Dans la salle d'à côté, l'oreille collée à la cloison, l'étudiant de chinois imagine la scène : un homme est assis sur une chaise, encadré par deux policiers, au centre d'une pièce sans fenêtre, comme la pièce où est assis maintenant l'étudiant de chinois lui-même. Il y a d'autres policiers dans la pièce où il imagine le prisonnier, assis sur une chaise identique à celle sur laquelle lui-même est assis et, parmi ces policiers, se trouve l'homme qui a sorti l'étudiant de chinois de la queue pour l'enregistrement et qui bavarde maintenant avec la commissaire de police dans la pièce contiguë, bien que ses réponses soient inaudibles pour l'étudiant de chinois qui les imagine, tout comme il imagine aussi la scène : la commissaire entre par une porte au fond, aperçoit le prisonnier de dos, traverse la pièce. Et ce n'est qu'en le voyant de face et en le reconnaissant – quand le prisonnier relève la tête et sourit –, avant de commencer l'interrogatoire, qu'elle comprend qu'elle est fichue et elle perd la voix avant même qu'il puisse la défier avec ce qu'il aurait à dire. Il n'est pas nécessaire que quiconque dise quoi que ce soit pour que l'homme qui a sorti l'étudiant de chinois de la queue pour l'enregistrement et qui bavarde maintenant avec la commissaire dans la pièce d'à côté, bien que ses réponses soient*

91

inaudibles pour l'étudiant de chinois, comprenne ce qui est en jeu quand la commissaire perd la voix. Et, à la surprise de tous, il conduit l'interrogatoire d'une main ferme, contestant l'autorité de la commissaire, passant par-dessus sa tête avant que le détenu ne puisse le faire, avant que quiconque ne puisse ouvrir la bouche. Tous sont trop désarçonnés pour réagir d'une façon ou d'une autre, aussi paralysés que le prisonnier dont la suffisance l'a empêché de concevoir un plan B dans le cas d'une éventualité aussi improbable que celle-ci. Seule la commissaire, supplantée par son collègue, n'est pas stupéfaite. Elle est absente, en état de choc, ou peut-être soulagée.) Tu m'as traitée comme si j'étais incapable de conduire un interrogatoire moi-même. Tu as pensé que j'étais entre les mains de cet homme. Je pourrais dire que tu es un type sensible et perspicace. Tu dis que tu ne m'as pas vue dans la marche avec Jésus pour le salut du Brésil. Tu dis que tu n'as lu aucun rapport d'aucun psychologue. Que tu n'as rien entendu sur moi. C'est vraiment impressionnant ! J'aurais pu te remercier immédiatement. Je pourrais dire que si je ne t'ai pas remercié immédiatement, c'est parce que j'ai trouvé que ça n'aurait pas la même élégance. Et que toi tu n'attendais rien en dehors de l'avertissement et de la punition qu'un tel comportement aurait mérités dans des circonstances normales. C'est vrai que ce n'était pas des circonstances normales. Alors, je voudrais en profiter pour enfin te remercier, avec des mois de retard, de ta présence d'esprit, de ton intuition fantastique contre tout bon sens et pour avoir mis ton poste ici en danger, toi qui venais tout juste d'arriver, dès la première semaine, la deuxième, dans une confrontation directe avec moi. Pour me sauver. Sous prétexte de me sauver, c'est bien ça ? Car si j'étais innocente, c'était bien la dernière chose dont j'avais besoin. Ce n'est pas ce que tu veux dire ? On aurait pu te le signaler, mais tu as déduit, sans que personne ne t'ait rien dit et sans avoir rien lu, que je ne pouvais être que du genre vulnérable, n'est-ce pas ? Tu l'as déduit parce que tu es un homme perspicace, tu ne m'as pas vue dans la marche avec Jésus et tu n'as lu aucun rapport ni rien entendu de la bouche de qui que ce soit. Et tu n'es pas venu pour enquêter sur moi. Excellent. Une femme comme moi, qui ne crois plus en rien, ne peut se trouver dans la marche avec Jésus qu'en désespoir de cause. Parce qu'elle est perdue. On ne te l'a pas dit ? Je ne passe pas mes journées à lire des romans, comme la secrétaire Márcia, quand elle est à la réception. Je n'ai pas d'imagination. Mais il semble que tu aies été le seul à remarquer que je ne lis pas de romans. Disons que je te dois cette faveur. Je pensais avoir réglé ma dette en acceptant la mutation de l'agent, en ignorant son histoire. J'ai cru que nous étions quittes. Mais je me suis trompée. Je n'ai pas encore payé ce que je te dois, n'est-ce pas ? Je suis encore en dette, c'est ça ? Je voulais dire que l'heure de rembourser ce que tu m'as donné, une bonne fois pour toutes, est enfin venue. Et en contrepartie je ne demande rien d'autre que la réciprocité. Alors dis-moi : pourquoi tu as fait venir cet agent ici ? Quelle est ta relation avec lui ? Qu'est-ce que tu lui dois ? J'ai été franche avec toi, maintenant c'est toi qui me dois une explication. Car tu m'as mise dans une fichue situation. Tu es d'accord ? Et, si ce n'est pas pour m'abattre d'un seul coup, dis-moi alors comment il a l'intention de sauver cette fille ? Non, s'il te plaît, dis-le-moi ! La sauver de quoi ? C'est ce qu'il a dit au téléphone. Car, si j'étais innocente, comme il dit qu'elle l'est, la dernière chose au monde que je voudrais c'est être sauvée. Comment il va prouver maintenant qu'elle ne transportait rien ? Si c'était vraiment ça qu'il voulait prouver, l'imbécile, quand il a disparu avec elle ? C'est toujours pareil. On fout en l'air tout ce qu'on veut sauver. Il a merdé avec la Japonaise ! Chinoise, Thaïlandaise, Libanaise, Albanaise, Française, quelle différence ? Oui. Et alors ? Je veux retrouver cette femme ! Lui, il ne peut pas disparaître comme ça, avec une femme soupçonnée de trafic de stupéfiants, et dire après simplement qu'elle est innocente. Alors, comment on fait ? Personne n'est ici pour faire la charité. Même pas à cette idiote de secrétaire Márcia ! Trafic de stupéfiants. Et, par-dessus le marché, avec une gamine ! Comme si ça ne suffisait pas, elle voyage en plus avec une mineure ! Ce pays est un réservoir d'histoires anonymes, de gens qui t'abordent dans la rue pour te raconter les choses les plus ahurissantes sous le prétexte de mendier, ils sont toujours en train de raconter et de mendier, et en définitive toutes ces histoires se terminent mal, elles ont toutes la même fin. Ce sont des attrape-nigauds, et la victime est toujours celui qui écoute, qui perd son temps à écouter, qui est sorti de chez lui pour vivre un miracle, le miracle du monde, comme les gens qui sortent de chez eux tous les jours en pensant qu'ils vont rencontrer le grand amour ! Moi, je serais la victime parfaite. Si, pour être flouée, je ne devais pas écouter d'abord. Et croire. Car, pour être floué, il faut commencer par croire. C'est vrai que j'ai besoin d'être humiliée. Ce n'est pas ce que dit le psychologue ? Mais il faut que ce soit rapide. Je n'ai pas de patience. Je ne lis pas de romans. Je n'éprouve pas de sentiments. Qu'est-ce que tu crois que je suis allée chercher à l'église ? Réfléchis bien, avant de parler. Je ne demande rien au-delà de ce que je t'ai donné. Je ne lis pas de romans, je ne passe pas ma vie en dehors de la réalité, à être recalée à des examens d'entrée en fac de droit, comme ta petite chérie. Tu trouves que j'ai été sincère avec toi ? Tu penses que quelqu'un qui ne croit plus en rien s'associe à la marche pour Jésus ? Tu crois ça ? Tu penses qu'une personne qui ne croit plus en rien finit à l'église ? Juste pour être humiliée ? Eh bien, je vais te dire une chose : le croyant ici, c'est toi. Je ne jouis pas quand je suis humiliée. Le psychologue l'a dit. Pas moi. D'ailleurs, ça fait des années que je ne sais plus ce que c'est jouir. Tu le crois ? Tu trouves cette version moins vraisemblable que cette autre connerie de sexe et d'humiliation que tu as avalée avec l'air idiot de celui qui croit la première chose qu'il entend ou lit, en affirmant qu'il n'a jamais entendu parler d'aucun rapport ? Tu ne trouves pas plus vraisemblable l'idée qu'une femme qui ne croit en rien continue à rester là par obstination, orgueil ou bêtise, ça revient au même, pour essayer de terminer ce qu'elle a commencé ? Dis-moi. Je pourrais te dire que tout ce que je fais dans la vie c'est par bêtise, et par orgueil, évidemment, parce que je ne ressens rien, je ne vis pas vraiment, je n'ai pas de vie personnelle, je ne suis pas un personnage de roman. Et si je te disais aussi que je suis allée dans des clubs de rencontres pour le boulot, pour enquêter, tu le croirais ? Ça ne figure pas dans le rapport ? Alors, tu l'as lu ? Tu ne l'as pas lu ? Tu ne le crois pas ? Pourquoi ? Ça ne colle pas avec ce qu'on t'a dit ? On ne t'a rien dit. Très bien. Maintenant, tout ça c'est du passé. Il ne me reste plus qu'à comprendre une chose : qu'est-ce que tu dois à cet homme ? Il a dit que je devais te le demander. Il l'a dit. Quoi ? Qu'est-ce que j'en sais ? Pourquoi tu ne le lui demandes pas quand il téléphonera ? Il doit bien avoir eu une raison pour m'appeler moi et pas toi, non ? Il a dit que dans la prison que tu vois de la route – mais bien sûr que tu la connais, quel chemin tu prends quand tu rentres chez toi ? Alors ? –, les prisonniers sont suspendus aux barreaux des cellules donnant sur l'extérieur, accrochés aux barreaux des fenêtres dans les cellules, assis sur les barreaux, leurs pieds nus pendant à l'extérieur des fenêtres, parce qu'ils ne peuvent pas rester dans les cellules, où ils étouffent à cause de la chaleur. Je ne sais pas ce qui va se passer si la chaleur continue. Il a dit qu'on a retiré le panneau publicitaire avec le mannequin nu placé à côté de la prison. Oui, la fille nue.

Le panneau au bord de la route, juste sous les yeux des prisonniers. Non ? Bon, pratiquement nue. En slip et soutien-gorge, pour un prisonnier ça revient au même. Le fait est qu'il n'est plus là. Le plus grand silence. Il a dit que, sans le panneau, c'est le plus grand silence qui règne. On peut le voir de la route. Il a dit que ceux qui sont du côté donnant sur l'extérieur, installés aux barreaux des fenêtres, en plein soleil – un seul prisonnier installé à l'extérieur de chaque fenêtre –, doivent être les plus costauds, ne peuvent qu'être les plus costauds, tandis que les plus faibles s'entassent à l'intérieur des cellules, derrière ceux qui sont aux fenêtres et s'efforcent de respirer comme ils peuvent, suffoqués par la chaleur et le surpeuplement. Mais tu comprends ce qu'il veut dire ? Non ? Il dit qu'il ne va pas livrer la Japonaise. La Chinoise. C'est ça qu'il veut dire quand il dit qu'il est passé à côté de la prison surpeuplée. Et quand il dit que tout est silencieux sous un soleil à quarante degrés. Il doit faire cinquante degrés à l'intérieur des cellules. Les prisonniers sont silencieux. Les plus faibles, derrière, suffoquent, entassés, et les plus forts, perchés, grimpés sur les barreaux des fenêtres des cellules, un à chaque fenêtre, eux aussi sont silencieux. Le monde est silencieux. Tu comprends ? Et il est en train de dire qu'il ne livrera pas la Chinoise. C'est ça qu'il veut dire. Il veut négocier. Comment ça, où ? En ville ! Il s'est barré en ville ! Tu ne comprends donc rien ? Il y a une demi-heure. Dans les bouchons. Ils sont pris dans un embouteillage. Il a débranché le GPS. Comment ça, quel embouteillage ? Sur quelle planète tu vis ? La fille du chanteur du sertão a accouché aujourd'hui. Comment ça, tu ne le savais pas ? Tout le monde est au courant ! La ville entière est à l'arrêt. Quel chemin tu as pris pour arriver ici ? Oui, elle a accouché ! Qu'est-ce que j'en sais, la fille d'un des chanteurs. Une des filles. Le duo de musique sertaneja, comment il s'appelle déjà ? Celui qui a un nom russe… C'est ça. Bien sûr que le nom est russe. Tu croyais qu'il était quoi ? Et c'est là qu'il s'est fourré, là où la fille a accouché. Pour négocier, évidemment. Avec nous ! Non, à l'hôpital. La fille a accouché à l'hôpital. Lui, il est au milieu de la circulation, avec la Japonaise, la Chinoise, c'est pareil. Il faut que je répète ? La ville est paralysée. La population a convergé vers l'hôpital, en pèlerinage. À pied, en voiture, est-ce que je sais ? Mais enfin, tu n'écoutes pas la radio ? Tu ne regardes pas la télévision ? Tu ne sais pas que la grossesse de cette fille a été hyper compliquée ? Elle a presque perdu l'enfant. Un miracle. Quoi ? Oui, prématuré. Un garçon. Et comment je peux savoir ? Le petit-fils du duo sertanejo. Il est évident qu'il est de l'un ou de l'autre. Il ne peut pas être des deux. Bien sûr qu'ils ne sont pas gays ! Quelle différence ça fait qu'il soit le petit-fils de l'un ou de l'autre ? L'important, c'est qu'elle a accouché aujourd'hui et qu'eux ils sont en plein embouteillage. Lui, la Japonaise et la gosse. La Chinoise. Exprès, c'est évident. En bonne santé, je crois. Prématuré, mais en bonne santé. Et pas par hasard. Il y a des gens qui prient dans la rue, à genoux sur les trottoirs autour de l'hôpital. Tu n'as pas besoin de me le dire. Ou tu n'as pas compris ? Je vais répéter. Au milieu des embouteillages. Il s'est glissé en plein bouchon en l'honneur de la naissance du petit-fils du duo de musiciens du Nord-Est. Tu n'as pas besoin de t'intéresser à la musique. Ils sont à genoux. Riches et pauvres. Comme pendant le carnaval. Ici, tout le monde fait la même chose. Les riches, les pauvres. La même mentalité. Les riches accusent les pauvres de vivre comme des porcs, de construire des bidonvilles juste en face de la mer, de jeter leurs ordures par la fenêtre, au bas de la maison. Et les riches font quoi ? Ils construisent des centres commerciaux et des immeubles de luxe au bord d'un égout. Des pistes cyclables au bord d'un égout.

Des extensions sur le toit pour y installer une piscine, un sauna, la climatisation, au bord d'un égout. Sur la dalle. Les riches paient des fortunes pour vivre avec une vue imprenable sur leur propre égout. Personne ne réussit à rester loin de son propre égout. Est-ce que c'est bien ? C'est formidable ! Ça montre l'intégration. Au fond, nous sommes tous intégrés, riches et pauvres, il n'y a pas de différence, à genoux pour le petit-fils de... comment il s'appelle déjà ? Je m'embrouille avec les noms russes. Les noms russes sont horriblement compliqués. Mon traumatisme avec les romans a commencé là. Il ne l'est pas ? Comment ça, il n'est pas russe ? Il est quoi ? Un hélicoptère ? Et il se posera où ? Sur le toit des voitures ? Sur la tête des croyants ? Le temps d'atterrir sur un héliport quelconque et de descendre par ascenseur jusqu'à la rue, il aura disparu avec la Chinoise et l'enfant. Ce qu'il faudrait c'est une voie express pour les véhicules, à la place des trottoirs ! À quoi bon des trottoirs si les piétons ne savent pas s'en servir ? Regarde un peu ce qui se passe quand on donne des trottoirs à ces gens-là ! Ils s'agenouillent ! Ici, l'espace public est un bâtiment abandonné et occupé. Chaque peuple a sa physionomie. Inutile de vouloir la changer, d'imiter les Chinois, les Anglais, les Américains. Chacun a son identité. Pas vrai ? Pourquoi insister pour avoir des trottoirs si ça ne convient pas ? Pas vrai ? Regarde un peu ce que fait cette bande de gens agenouillés sur le trottoir en face de l'hôpital, en train de prier pour le petit-fils des chanteurs russes. Le nom est russe. Chaque endroit a sa physionomie. Impossible de passer. Les gens sont à genoux. En ce moment, il est en plein embouteillage avec la Chinoise. Évidemment qu'il n'y a rien dans les valises. Tu ne m'as pas dit que c'était un mec de parole ? Alors ? Et tu ne sais pas ce qui lui a pris ? À vrai dire, je ne sais pas ce qui m'a pris moi quand j'ai donné mon accord à cette saloperie de détachement en forme d'échange. Un agent à la place d'un autre, pour faire tes quatre volontés, évidemment. Car tu le voulais ici et tu es venu pour enquêter sur moi ! Pour quelle autre raison ça serait ? Tu ne m'as pas laissé le choix. Bien sûr, les psychotropes. Je ne suis pas en train de dire que je le regrette. Je dis que je devais être folle. Ce n'est pas ce qu'on t'a aussi dit ? Ce n'est pas ce que tu as lu dans le rapport ? Quoi ? Que je suis folle ? Dis-moi alors quel est ton rapport avec lui. Pourquoi tu as voulu le faire venir ici ? Un mec de parole ? Ok. Et qu'est-ce qu'il peut bien fabriquer, avec une Chinoise, une gamine et une cargaison de cocaïne ? Dis-le-moi. On va essayer d'imaginer ça ensemble. Ah oui, bien sûr, ça ne peut être que pour une bonne raison. C'est un mec bien. Je n'en ai pas la moindre idée. Toi non plus, tu n'en as pas la moindre idée ? Super. Lui dit que tu te fais des idées. Il l'a dit. Et il a dit autre chose. Il a dit que tu es parfaitement au courant. Oui, parfaitement. Il a dit que tu peux m'apporter une réponse. Quoi ? Bœuf pour les piranhas ? Bien sûr que je sais ce que c'est un bœuf pour les piranhas ! Un appât pour détourner l'attention. C'est logique qu'elle en soit un. Et alors ? Je sais que ce n'est pas notre problème ! Lui dit que si. Il dit que tu es au courant. Que tu as été témoin. Comment ça, c'est quoi cette histoire ? C'est moi qui te pose la question. Il y a deux mois. C'est ce qu'il a dit. Il y a plus ou moins deux mois. Un mardi après-midi, quand il a remplacé la secrétaire Márcia, ta petite chérie, à la réception. Absolument. Il l'a dit. Il y a deux mois, un mardi comme aujourd'hui, quand ton amie d'en face, qui ça ? Tu vas dire qu'elle n'est pas ton amie ? Alors, quand la secrétaire Márcia est à son cours, les mardis après-midi, ce n'est pas lui qui reste à l'accueil ? Non ? Ce n'est pas toi qui lui as ordonné de tenir l'accueil pendant que la secrétaire Márcia est à son cours ? Ce n'était pas lui qui était à l'accueil aujourd'hui ? J'ai déjà dit que je n'ai rien contre elle. Je n'insinue rien. Mais pas du tout ! Il ne manquait plus que ça. De la secrétaire Márcia ? De toi ? Moi ? Tu as perdu la tête ? Je suis d'accord que ce n'est pas sa fonction. D'ailleurs, ni la sienne non plus, quand elle est à son cours. Et tu voudrais quoi ? Évidemment que c'est à cause des restrictions budgétaires. Puisque toi, par exemple, tu ne peux pas démissionner. Non, dis-le-moi, s'il te plaît ! Je trouve que c'est le moment, si, si. Oui, il n'y a que toi et lui, les mardi après-midi. Alors, il devait remplacer la secrétaire Márcia. Ou bien le chef de la nouvelle brigade antiterroriste a envie d'assumer une fonction supplémentaire, celle de réceptionniste ? Je sais qu'elle veut entrer à la fac de droit. Je sais qu'elle a ce droit, comme tout le monde. Évidemment que je suis au courant. Mais vouloir n'est pas pouvoir. À l'Église, oui. Et alors ? Elle dit qu'elle passera l'examen d'entrée cette année ? C'est aussi ce que je me demande. À quoi bon ? J'ai déjà dit que je n'ai rien contre elle. Si Dieu le veut, elle sera une de plus à se faire recaler pour que triomphe la justice au Brésil. Quoi ? Elle est convaincue ? Elle dit quoi ? Qu'est-ce que ça a à voir avec le nom ? Avec les chiffres ? Je n'ai pas compris. Sûrement. Elle dit que cette fois-ci elle sera reçue. Quoi ? La numérologie ? Lui ? Bien sûr. Il a passé le concours. Bien sûr que je suis au courant. J'ai vu le transfert. Oui, c'est un mec bien. C'est raisonnable, oui, tout à fait raisonnable. Il l'a dit. Est-ce que j'ai besoin de te le rappeler ? Tu t'en souviens ? Tant mieux. Exactement. Une Chinoise avec une fillette il y a environ deux mois. C'est vrai. Il m'a demandé de poser la question. À toi, bien sûr. Ça te revient ? C'est lui qui a posé la question. La Chinoise voulait une autorisation d'embarquer avec l'enfant. Oui, la même Chinoise. Il y a environ deux mois. Eh bien, lui dit qu'il te l'a raconté. Par coïncidence, aussi un mardi. Tu te souviens ? Parfait. Ça vaut mieux comme ça. Toi, tu n'as rien vu, tu étais dans ton bureau. Bien sûr, en train de travailler. Tu es toujours en train de travailler. Tu es venu implanter la nouvelle brigade antiterroriste. Pas la moindre ironie. Tu n'as rien voulu dire. Tu n'as rien vu, mais lui dit qu'il t'a raconté. Ah, enfin ! Je ne sais pas non plus comment tu n'as pas pensé à ça plus tôt. La même. Oui ! Elle est revenue. Lui dit que c'est la même, oui, la même Chinoise. Exactement. Il y a deux mois, elle était venue demander une autorisation pour embarquer avec la petite pour la Chine. Non, ce n'était pas sa fille. Elle voulait embarquer pour la Chine avec une enfant qui n'était même pas sa fille ! Il a dit qu'il te l'a raconté, après le travail, quand vous êtes sortis boire un verre. Quoi ? Il ne boit pas ? Jamais ? Bon, si tu le garantis, mais il t'a raconté. Il dit que tu es au courant. Mais tu crois que c'est possible ? Quoi ? Que c'est la même Chinoise avec la même petite fille qu'il y a deux mois ? Il semble qu'elle était désespérée il y a deux mois. Aujourd'hui aussi. Exacte-ment. C'est ce qu'il t'a dit quand vous êtes sortis boire un verre. Qu'est-ce qu'il t'a dit d'autre ? Tu ne t'en souviens plus ? Il t'a demandé de faire un effort. Maintenant, au télé-phone. Non, je ne me moque de personne. Bien sûr que le monde est sens dessus dessous ! Et comment il ne le serait pas ? Un agent s'enfuit avec une femme soupçonnée de trafic de stupéfiants, le même agent que tu as réussi à faire muter ici, Dieu sait comment ; toi, tu jures que tu n'es pas ici pour enquêter sur moi, que tu n'as lu aucun rapport et que l'agent n'a aucun problème et par-dessus le marché tu me sors cette histoire que le monde est sens dessus dessous ? D'où tu tiens ça ? Franchement ! Lui veut négocier. Oui. Il m'a demandé de t'en parler. Tu ne comprends pas ? On récapitule ? Point par point ? Peut-être que comme ça tu te souviendras de ce qu'il t'a dit quand vous êtes sortis boire un verre ? Non ? Il y a deux mois, une Chinoise s'est pointée avec une fillette, elle voulait une autorisation pour

101

emmener la mineure en Chine, quand l'agent remplaçait la secrétaire Márcia à la réception, parce que la secrétaire Márcia, ta petite chérie, est à son cours préparatoire les mardis après-midi. Jusqu'ici, tu me suis ? Non, je ne me fous pas de ta gueule. Il y a exactement deux mois. Bon, plus ou moins deux mois. Et à quoi ça nous avance ? Elle ne confirmera rien. Elle n'est pas ici, aujourd'hui c'est mardi, elle a cours. Quoi ? Il a dit à la Chinoise qu'il ne pouvait pas accorder l'autorisation, qu'il avait besoin de la signature des parents. Évidemment, auprès du tribunal. Il lui a dit d'aller au tribunal pour obtenir l'autorisation d'un juge. Elle ne savait pas ce qu'est un tribunal. Elle n'était pas non plus la mère. Je n'en sais rien. C'était la fille d'une autre. Elle était d'une ignorance crasse. Elle a dit qu'elle ne pouvait aller à aucun tribunal et elle s'est mise à pleurer. Tu confirmes ? Bon, il a dit que la petite refusait de lâcher sa main. Pas la main de la secrétaire Márcia ! La secrétaire Márcia était à son cours. Il va falloir que je répète ? La gamine ne voulait pas lâcher la main de la Chinoise. Maintenant c'est toi qui te payes ma tête ? Bon, c'est ce qu'il a dit. Il me l'a raconté à moi aussi. Correct. Il a dit que tu es au courant. Il s'est déjà expliqué. Il a dit que tu expliquerais le reste. Inutile de faire cette tête. Inutile de te mettre en colère. Tu commences à comprendre que tu as creusé toi-même ta propre tombe, non ? C'est pas toi qui l'as fait venir ici ? Bon, pratiquement. Et aujourd'hui ? Il a dit que tu pourrais me dire ce qui s'est passé aujourd'hui. À quelle heure ? Anonyme, évidemment. Ce sont toujours des coups de fil anonymes. C'est lui qui l'a reçu ? Non, c'est toi qui l'as pris. Certes. On sait déjà qu'elle était à son cours préparatoire. Aujourd'hui, on est mardi. Évidemment. Un appât, un bœuf pour les piranhas. Peu importe, tu dois l'arrêter, tu dois enquêter. Il savait. Si possible, les arrêter tous, évidemment, trouver qui a dénoncé et celui que la dénonciation voulait protéger, et les arrêter tous. Tu le lui as dit ? Que disait la dénonciation ? Bon, comme toujours : qu'il y avait une mule sur le vol de six heures pour Shanghai. Évidemment. C'est-à-dire, le vol pour Shanghai avec escale à Madrid, évidemment. Elle n'allait reprendre le vol pour Shanghai que le lendemain. Il fallait que ce soit Madrid ! J'ai déjà assez de problèmes comme ça avec les Espagnols. Bref, une Chinoise avec une fillette de cinq ans à bord du vol de six heures pour Madrid. Oui, Shanghai. Tu lui as dit de te couvrir et de demander des renforts, pendant que tu irais vérifier. Non, s'il te plaît. Je voudrais juste bien comprendre, car ce n'est pas ce qu'il a dit. Tu es allé prendre ton arme dans ton bureau et, quand tu es revenu, il n'était plus à la réception ? Tu as eu juste le temps de jeter un coup d'œil en bas et de le voir extraire la Chinoise et la fillette de la queue pour l'enregistrement. Et alors ? Je répète pour essayer de visualiser. J'ai appris ça à l'église. Tu vois les choses quand tu commences à répéter. Tu vois et tu crois. Bon, il a dit que c'est la même que celle qui était sortie d'ici en pleurant, il y a deux mois, en tenant une fillette par la main. Quoi ? En courant ? Tu as recommencé à courir ? Et ta colonne vertébrale ? Et ta hernie discale ? Non, non, je ne me fiche pas de toi. J'essaie de voir, de reproduire la scène dans ma tête, et c'est difficile. Tu es descendu en courant. Bien sûr, le devoir. Une autre mule ? Dans la queue ? Comment ça, une autre mule ? Ah, le citoyen dans la pièce à côté. Il est quoi ? Un étudiant de chinois ? (*L'étudiant de chinois entend un éclat de rire, hausse les sourcils et éloigne son oreille de l'autre côté de la cloison minable.*) Et tu l'as laissé seul ? Mais tu as au moins fermé la porte à clef ? Ok. Un étudiant de chinois ! (*L'étudiant de chinois entend un nouvel éclat de rire.*) Aïe non, excuse-moi, excuse-moi. J'ignore où tout ça va nous mener. En train de bavarder avec elle ? Il dit qu'il ne parle pas chinois, que c'est difficile. Quoi ? Une autre mule ? Qu'est-ce que tu veux dire par *lecteur de revues* ? Un couillon. Ah ! Un idiot des médias. Un crétin. Qu'est-ce qu'elle a dit quand on l'a emmenée ? Tu n'as pas entendu ? Ils ont sûrement entendu. Ah, en chinois ? Et lui ? Il ne sait pas, il dit que c'est difficile. Bien sûr. Peut-être. Il y a peut-être une manière de lui arracher ça. Non ! Pas en chinois ! (*L'étudiant de chinois entend un autre éclat de rire.*) Je parle de l'agent. Il peut demander à la Chinoise, non ? Il va de nouveau téléphoner. Mais enfin, qu'est-ce que tu lui dois ? Quelqu'un qui ne supporte pas la souffrance des autres ne devrait pas être ici, et encore moins dans la nouvelle brigade antiterroriste, tu ne trouves pas ? Quoi ? Il voit quoi ? Tu n'es pas en train de dire que c'est un saint, n'est-ce pas ? Non, s'il te plaît ! Ce que je dois entendre à l'église me suffit comme ça, à l'église où, d'après le psychologue, je vais pour m'humilier. Tu n'es pas en train de vouloir convaincre quelqu'un qui vit dans l'Église de Jésus – ce n'est pas ce qu'on t'a dit ? – que les saints existent, n'est-ce pas ? Ou bien tu veux dire qu'il délire ? C'est ça ? Eh bien, moi je vais te dire une chose : ce saint est en train de m'obliger à faire ce que je ne veux pas faire et ce qui pour moi n'a aucun sens – et je ne supporte pas qu'on m'oblige à faire ce que je n'ai pas envie de faire, quoi qu'en dise le psychologue. Contra-dictoire, tu ne trouves pas ? Comment, c'est tout ? Il a disparu avec une trafiquante ! Jusqu'à nouvel ordre, elle est un appât sacrifié. Peu importe. Si elle n'était pas anonyme, il n'y aurait pas de dénonciation. Le fait est qu'il a foutu en l'air notre action. Quoi ? Vraiment ? Je ne suis pas aussi sûre que nous ayons à faire à un imbécile. D'ailleurs, muté ici grâce à toi. Comment ça, le cul n'a rien à voir avec la chemise ? Ça a tout à voir ! Tout à voir ! Mais enfin, qu'est-ce que tu lui dois, à ce mec ? Il a dit que tu devais faire un effort. Je sais que tu as estimé qu'il était la personne rêvée pour ce poste. C'est ce que tu m'as dit pour me convaincre. Comme si c'était nécessaire. Moi aussi je trouve qu'il aurait pu t'en avoir été reconnaissant. Je ne sais vraiment pas pourquoi il te fait ça. Et comment je le saurais, puisque toi-même tu l'ignores ? Bien sûr que tu as joué ton rôle. Qu'est-ce qu'il veut de plus ? J'ai donné mon accord. Qu'est-ce que tu veux dire par *je n'aurais pas dû* ? Comme si j'avais le choix ? Je n'ai pas dit qu'il est malhonnête. Je n'ai pas dit non plus qu'il est incompétent. Mais il a des antécédents. C'est dans le rapport. Pas dans le mien, non, dans le sien. Oui, j'ai demandé un rapport. Sur ses antécédents. Tu vas me dire que tu n'es pas non plus au courant du rapport sur lui ? Évidemment que c'est dans ton intérêt. Le voici, tiens ! Comment ça, tu ne lui dois aucune faveur ? Digne des annales ? (*L'étudiant de chinois, spécialiste en homophonies, et après avoir tellement entendu parler de cul, hausse les sourcils de l'autre côté de la cloison minable, qui sert aussi à augmenter le nombre de salles dans l'école de chinois.*) Moi, ça m'est égal. On doit régler ça maintenant. Ce n'est pas du tout une perte de temps. Rien n'est une perte de temps si c'est pour le ramener ici, avec la suspecte, avant que cette histoire ne se répande. C'est mauvais pour toi et pour moi. Je propose une trêve et un pacte entre nous. Je ne dis pas que tu caches quelque chose. C'est toi qui le dis. C'est ta parole contre la sienne. Il a dit que tu as commis une erreur, que ce n'est pas ce qu'il a dit. Il a dit que ça n'a pas été une histoire quelconque. Je ne suis pas d'accord. Ce n'est pas seulement une façon de parler. Il ne veut pas non plus gagner du temps. Il va téléphoner d'un instant à l'autre. C'est un élément dans la négociation. J'ai dit que je serais honnête. Il va falloir que nous nous parlions clairement. Oui, tu vas devoir faire un effort. Je veux que la Chinoise revienne. Bien sûr que c'est humain de faire des erreurs. Non, il n'a rien dit d'autre. Il a dit que tu pourrais expliquer. Oui, toi. Tu n'en as pas ? Lui a dit que tu en avais. Oui, exactement, il a dit qu'une erreur avait tout à voir avec l'autre erreur. Et moi donc ? S'il te plaît ! Ça vaut mieux comme ça. Nous devons tous nous contrôler, bien entendu. Nous avons tout à gagner à nous contrôler. Le moment est difficile, je le reconnais. Il a de la famille. C'est écrit ici dans le rapport. Une fillette de trois ans et un petit garçon de sept. Excellent. On peut encore le sauver. Il a traversé une mauvaise passe. Comment ? Tu veux que je lise le rapport ? Non, aucun problème. C'est écrit ici. Avec tous ses antécédents. C'est toi qui as voulu le faire venir ici, n'est-ce pas ? Dis-moi si je rêve. Comment ça, tu ne pouvais pas savoir ? Vous n'avez pas habité dans la même rue, dans votre jeunesse ? Quoi ? Qu'est-ce que ça fait vingt ans de différence entre vous deux ? Tu ne connaissais pas sa famille ? Ce n'est pas ce que tu m'as dit. Bon, sa mère, qu'est-ce que j'en sais ? Certes. De toute façon, les références que tu m'as données contredisent le rapport. Ou alors c'est moi qui délire ? J'ai voulu te faire confiance, je n'avais pas le choix, j'étais entre tes mains. Non ? Tu vas continuer à prétendre que tu n'es pas venu ici pour enquêter sur moi ? Mais vous habitiez ou vous n'habitiez pas dans la même rue ? Bon, tes parents. Mais tu as habité chez tes parents à une certaine époque. Je sais que ça fait un bon bout de temps. Alors, d'après mes calculs ici, il n'était pas encore né quand tu es parti de là-bas, c'est bien ça ? Mais sa mère et toi, vous n'avez pas été des camarades de classe ou quelque chose de ce genre ? À l'école. Non ? Avant sa naissance à lui. Ce n'est pas ce que tu m'as raconté. Tu veux que je te rafraîchisse la mémoire ? Maintenant, c'est moi qui n'ai pas compris. Vous avez étudié ou vous n'avez pas étudié ensemble ? Combien d'années ? Elle avait dix ans de plus que toi ? Mais tu as dit que tu as fréquenté la même école que sa mère. Ah, dix ans après elle ! C'est bon. Quoi ?

Elle a été expulsée de l'école dix ans avant que tu n'y entres. Non, ça tu ne l'as pas dit. Tu n'as pas dit qu'elle avait été expulsée de l'école. Mais enfin, tu connaissais ou tu ne connaissais pas la mère de l'agent ? On est tous nerveux Quoi ? Comment ça, folle ? Folle comment ? Comme moi ? Qui disait ça ? Voyons ça pas à pas. Chassée de l'école ? Pour quelle raison ? Bien sûr que je sais ce qu'est un trip à l'acide. Je connais aussi des gens qui n'en sont jamais revenus. Pieds nus ? Des années après, évidemment. Dans la rue. En criant quoi ? Tu ne sais pas. Tu n'habitais déjà plus là. Et son fils la suivait ? Le fils, c'est l'agent ? Allons-y calmement, on parle bien de la même personne ? Car rien de tout ça ne figure dans le rapport. Combien ? Bon, tu es parti de là-bas à dix-neuf ans. Pas besoin. Je fais le calcul. Ridicule ou pas, je note, pour ne pas me perdre après. Le rapport n'est pas complet. Mais si ça te dérange, j'arrête. Je peux arrêter à l'instant même. Tu veux que j'arrête ? Mais alors ! Tu dis maintenant que c'est un interrogatoire ? Et tu croyais que je n'étais pas en mesure de procéder à un inter- rogatoire quand tu es arrivé ici. Ah, bon. Alors, pourquoi tu m'as interrompue ? Ça revient au même. Si tu es venu pour enquêter sur moi, il n'aurait pas mieux valu me laisser parler pour voir jusqu'où j'étais capable d'aller, de creuser ma propre tombe ? C'est toi qui l'as dit. Ok, tu ne l'as pas dit. Tu n'es pas venu pour enquêter sur moi. C'est moi qui ai dit que tu l'avais dit. Ce n'est pas la même chose. On ne va pas s'accrocher à des détails. Tu as quitté la maison de tes parents quand tu es entré à la faculté. J'ai déjà noté ça. Et l'agent n'était pas né quand tu es parti de là-bas. Tu ne sais même pas quand il est né. Normal. Il suffit de faire les calculs. Il est né cinq mois après ton départ. Bien sûr. Pour- quoi un gars de dix-neuf ans se souviendrait de la naissance du fils de la voisine ? Surtout d'une voisine folle ? C'est toi qui l'as dit. Tu n'avais pas dix-neuf ans ? Dix-huit, alors. Je compte, oui. Tiens, tiens, on a le même âge ! Je pensais que tu étais plus vieux. Tu es bien usé, hein. Ça t'ennuie si je calcule ? Ça ne t'ennuie pas. Tant mieux. Pour ne pas me perdre. Et pourquoi donc le garçon suivait sa mère aux pieds nus, qui criait dans la rue ? J'ai compris. Quand il avait quoi ? Quinze ans ? Je vais mettre quinze, juste pour m'y retrouver. Je ne suis pas idiote. J'ai pigé. C'est elle qui poussait des cris. Le garçon ne criait pas. J'ai pigé. Lui n'est pas fou – bon, il ne l'était pas à l'époque. C'est elle qui était folle. Oui. Il suivait sa mère, pendant qu'elle criait. Pour la *faire quoi* ? Revenir ? Non ? Je vais noter ça ici : elle n'est jamais revenue de son trip à l'acide, mais ça, c'était avant la naissance de son fils. C'est bien ça, non ? Ok. Pour m'y retrouver. Je note. Ce rapport n'est absolument pas à jour ! À quinze ans, le fils s'est mis à suivre sa mère quand elle avait un accès de folie et sortait de chez elle. Il la suivait en lui demandant de rentrer. Sinon, quoi ? Elle se perdait, évidemment. J'ai compris que tu n'as jamais rien vu de tout ça, car tu n'étais déjà plus là, c'est bien ça ? Tes parents voyaient, eux. Quoi ? Elle insultait le gamin en le traitant de quoi ? Et depuis quand dire à quelqu'un qu'il est bizarre est une insulte ? J'ai compris qu'il s'agissait de son propre fils. J'ai compris qu'elle faisait semblant de ne pas connaître son fils. Elle ne faisait pas semblant, ok. J'ai déjà compris qu'elle était folle. Tout ça, je l'ai compris. C'est ça, elle insultait son fils, comme si c'était un étranger. Et lui ne disait rien ? Ah, il disait. Il se taisait seulement quand il était fatigué d'implorer sa mère de rentrer à la maison. J'ai compris. Quand il se fatiguait de répéter, il continuait à suivre sa mère en silence. (*L'étudiant de chinois imagine une femme maigre, avec de longs cheveux noirs jusqu'à la taille, comme une croyante évangéliste, mais avec ses sandales à la main, pieds nus comme une hippie qui marcherait avec un petit panier à la main, en ramassant des champignons dans les champs, alors qu'en réalité elle marche sur les trottoirs, en criant des horreurs, suivie par un garçon avec des cheveux châtains ébouriffés et des lunettes, car c'est comme ça qu'il imagine dans l'adolescence l'homme qu'il a vu faire sortir la professeur de chinois de la queue pour l'enregistrement et disparaître avec elle ; et il imagine pour la voix féminine qu'il entend dans la pièce à côté la physionomie de la femme qui marche pieds nus dans les rues, sauf que, dans son imagination, la commissaire de police dans la salle voisine est en tailleur alors que la hippie porte une robe longue en tissu tie et dye.)* Combien ? Et tu n'as jamais réfléchi que pour marcher douze kilomètres derrière une mère aux pieds nus, sous les insultes de cette mère qui hurle qu'il n'est pas son fils, qui déclare en public qu'il est fou, qui demande à des étrangers dans la rue de l'aider à se débarrasser de cet étranger qui prétend être son fils, et qui est réellement son propre fils – il ne t'est jamais venu à l'esprit qu'il devait être un peu cinglé lui aussi ? Finalement, c'était ce qu'elle disait. Tu es sûr que la schizophrénie n'est pas héréditaire ? Tu le crois ? Pour qu'elle ne s'égare pas. Quoi ? Pour qu'elle ne revienne pas enceinte ? Il suivait sa mère pour qu'elle ne revienne pas enceinte ? Je note uniquement parce que ça ne figurait pas dans le rapport. Quoi ? Pour qu'elle ne revienne pas de nouveau enceinte ? Non, répète. Car elle était déjà revenue enceinte ? Comment ça ? Ah, de lui ! Avant qu'il naisse, elle était sortie et revenue enceinte. Elle était tombée enceinte dans la rue, d'un inconnu ? C'est ça ? Oui, bien sûr que j'ai compris, elle était revenue avec lui dans le ventre. Elle est sortie au milieu d'une crise et elle est revenue deux semaines plus tard, enceinte. Ce qui veut dire que l'agent ne connaît pas son père ? J'ai compris, quelqu'un dans la rue. Elle non plus. Elle non plus. Et pourquoi on n'a pas enfermé cette femme ? Alors, le garçon et la grand-mère, je ne sais pas. Il n'avait aucun oncle, aucun cousin plus âgé, aucun parent ? Je sais qu'il était seulement un enfant, mais tout de même. Et quoi d'autre ? J'étais sûre que tu allais dire ça. Je dis que s'il y a un croyant ici… Bien sûr. Elle était déjà folle quand il est né. Alors, tu es d'accord que l'agent est le fruit de la folie ? Même si la schizophrénie n'est pas héréditaire, n'est-il pas le fruit de la folie de cette femme ? Il n'aurait pas été conçu si elle n'avait pas été folle, tu es d'accord ? Comment ça se fait qu'on n'ait pas mis ça dans le rapport ? C'est la grand-mère qui l'a élevé, bien sûr. Classique. Combien d'années ? Et toi ? Comment ça, rien ? Mais vous n'étiez pas voisins dans votre immeuble ? De l'autre côté de rue ? Et alors ? Ah, excuse-moi, bien sûr, tu n'habitais plus là. Tu es parti de chez tes parents avant qu'il naisse. Tu es parti avant sa naissance. Bien sûr. J'ai noté, oui, pour ne pas oublier. Comment ? Et qu'est-ce que tes parents avaient à voir avec tout ça ? C'est eux qui ont aidé le gamin à faire enfermer sa mère ? Il n'était déjà plus un gamin. Ok. Tout le monde finira enfermé un jour. Tout le monde doit travailler, n'est-ce pas ? Nous, nous sommes enfermés ici, non ? À l'université ? Ok, je note, il a décidé de faire enfermer sa mère quand il est entré à l'université. Quand il a eu dix-huit ans. Je t'ai déjà dit que ça me calme. Évidemment que je suis nerveuse. Il va téléphoner d'un moment à l'autre. Ça me calme, c'est vrai. Je répète et je note pour voir si je crois ce que tu dis. Et si ça a un sens. Ça me paraît plus vraisemblable quand c'est moi qui le dis. La méthode de l'Église, je l'ai déjà dit. Voilà pourquoi il est toujours bon de répéter. J'ai compris. Ce n'est pas ce que j'ai demandé. Tu as dit que tout le monde voulait sauver le gamin. Tu ne vas tout de même pas expliquer les visions de l'agent par ce qu'il a vécu dans son adolescence, pendant qu'il suivait sa mère aux pieds nus dans la rue ? Bon. Il doit assumer une certaine responsabilité pour ses actes. Ou non ? Il s'est tiré avec une trafiquante ! Comment ? Tu ne penses pas que tu es responsable de ce qu'il voit, non ? Quoi ? De ce qu'il fait ? Qu'est-ce que tu veux dire par là ? Qu'est-ce qu'il voit ? Non, s'il te plaît, laisse-moi te montrer, puisque tu ne l'as pas lu. Regarde ici. C'est dans le rapport sur lui. Tu savais qu'il est entré dans la police quand sa mère est morte ? Elle est morte. Oui. Tu ne pouvais pas le savoir. Bon, c'est écrit ici : il a dit que c'est la mort de sa mère qui l'a fait se décider. Il est dit ici qu'il a été envoyé à un poste à la frontière sur une indication de ta part. Oui. C'est ce qui est écrit. Ici. Premier poste. Personne n'est envoyé à la frontière pour un premier poste. Tu n'avais pas besoin de te mêler de ça. Il est dit ici que tu es intervenu pour qu'il soit expédié le plus loin possible. Tu as le bras drôlement long. Quoi ? Il t'a suivi ? Comment ça, il t'a suivi ? Tu veux dire quoi ? Dans la police ? Il ne sait pas ? Il ne sait pas qu'il te suit ? Il te suit ou il ne te suit pas ? Je n'ai pas compris. Car personne ne suit quelqu'un sans savoir qu'il le suit. Bien entendu. Tu voulais quoi ? Comment ? Tu ne sais pas s'il sait ? Difficile. Oui. Difficile. Je vais répéter. Il a fini dans la police parce qu'il te suivait. Sûrement. Il est dit ici que c'est toi qui l'as désigné pour une mission à la frontière, quand tu donnais encore des cours à l'académie de police. Parce qu'il était le meilleur, ce n'est pas ce que tu as allégué ? Mais, en réalité, pour l'éloigner, pour l'envoyer le plus loin possible. Mais alors, pourquoi tu as voulu le faire venir ici ? Pour le sauver de quoi ? Surtout après la merde qu'il a causée ! Ce n'est pas moi. C'est dit ici, dans le rapport que j'ai ignoré. Et les événements d'aujourd'hui ne font que le confirmer. Certes. Mais il faut encore que tu expliques pourquoi tu as demandé qu'il soit muté ici. J'ai donné mon accord parce que je suis entre tes mains – ou je l'étais –, dis-moi si je me trompe. Tu t'en es repenti ? Tu l'as condamné à quoi ? Non. Il est venu pour faire quoi ? Pour mourir devant toi ?

Tu es dans un état plus pitoyable que je ne pensais. Je peux te passer l'ordonnance pour mes psychotropes. Récapitulons : tu l'as désigné pour une mission à la frontière, pour ne pas le voir mourir sous tes yeux ? Je ne vais pas noter, parce que ça n'a ni queue ni tête. Mais alors, pourquoi tu as voulu qu'il soit muté ici ? Sans entrer dans le fond de la question, ça n'a aucun sens. Le protéger de quoi ? C'est toi qui es condamné ? Je t'ai déjà dit que je suis lente. Mais ça, c'est vraiment trop difficile. Condamné à quoi ? C'est quoi, cette connerie ? Plus tu veux faire le bien, plus tu fais le mal ? Ça, je l'ai déjà compris. Mais enfin, qu'est-ce que tu dois à ce garçon ? Tu l'as déjà dit. J'ai déjà compris qu'il te suivait. Ou plutôt, je n'ai pas compris, puisque c'est toi qui as voulu le faire venir ici, ou ce n'est pas toi ? Le protéger de quoi ? Quel aveuglement ? Le sien ? De quoi tu parles ? Il a fini dans la police en pensant qu'il allait y trouver quoi ? Inconsciemment ? Je n'ai sûrement pas dû piger. Tu me dis que je me trompe. Qu'est-ce que tu veux dire ? Quoi ? Tu n'es pas en train de me dire que tu as profité de cette femme, si ? De la folle. Pendant qu'elle se baladait pieds nus dans la ville. Ce n'est pas ça que tu veux dire, n'est-ce pas ? Tu n'as pas profité de cette femme pour perdre ta virginité à dix-neuf ans, si ? Dix-huit. Dis-moi que j'ai mal entendu. Je répète pour voir si je comprends ! Tu ne veux pas dire que tu es son père, à ce garçon, si ? Comment ça, tu ne sais pas ? J'ai déjà compris. Bien entendu. Bon sang de bon sang de merde ! Il faut que je répète, je n'ai pas le choix. Condamné par le doute. Combien de temps elle est restée dans la rue ? En deux semaines elle peut avoir baisé avec la moitié de la ville. En plus de toi, bien sûr. Elle peut avoir été tringlée par la moitié de la ville. Ce n'était pas ça qui se passait quand elle sortait de chez elle ? Elle ne sortait pas pour baiser ? J'ai compris. J'ai compris qu'elle est revenue enceinte après une disparition de deux semaines. D'après les calculs, bon, les calculs de quand il est né, elle ne peut avoir été engrossée que pendant cette disparition de quinze jours. Tu ne sais pas. Il en sait peut-être plus que toi. Je répète comme à l'église, pour me calmer. J'ai déjà compris. J'ai parfaitement compris. Et j'essaie de me calmer. Quoi ? Avant ? Tu as couché avec la folle de dix ans plus vieille que toi, avant qu'elle ne disparaisse pour la première fois ? Tu veux rigoler ! Elle a d'abord baisé avec toi et disparu après ? Quoi ? Elle a baisé avec toi et puis elle a flippé ? Vous n'avez pas pris l'acide ensemble, si ? Tu lui as donné de l'acide ? Et tu n'as jamais parlé de ça avec lui ? Ni lui avec toi ? Vous n'avez jamais rien dit ? Parce que tu ne sais pas. Tu ne peux pas savoir. Tu peux faire un test ADN. Il est évident que ça ne s'impose pas, parce que personne ne sait que tu l'as baisée. Tu n'as pas à le faire. Je sais. Tant qu'on ne connaît pas les gens, on a envie de baiser avec tous. Ce n'est que lorsqu'on les connaît qu'on n'arrive plus à les toucher. Le problème c'est d'aimer, n'est-ce pas ? Ce n'est pas ça que tu veux dire ? C'est pas ça qu'on t'a dit que j'allais faire dans les clubs de rencontres ? C'est pas ça que tu as lu dans le rapport sur moi ? Pourquoi tu fais cette tête ? On est en train de se parler franchement, non ? Tu vas continuer à dire que tu ne l'as pas lu ? Qu'il n'y a aucun rapport ? Et qu'on ne t'a rien dit ? C'est quoi cette enquête merdique ? Ou bien tu vas me dire maintenant que toi aussi tu es allé dans des clubs de rencontres pour me chercher ? Ou c'était peut-être un prétexte ? Tu y cherchais peut-être des folles aux pieds nus. Non ? Je sais ce que c'est. On n'oublie jamais sa première baise. Car tu as commencé, disons, par le sexe anonyme. Ou bien elle avait encore toutes ses facultés ? Ah, évidemment ! Elle ne pouvait pas être dans un club de rencontres si elle était enfermée. Le psychologue dit que je suis allée dans des clubs de rencontres à la recherche d'une famille. Génial ! Inconsciemment, bien sûr. Toi, tu n'y es jamais allé. Ok. Sauf que c'est bizarre, car plus j'allais à la recherche d'une famille dans les clubs de rencontres, plus je tombais sur des gens comme toi. Les clubs de rencontres sont pleins de gens comme toi, à la chasse de folles aux pieds nus. Ce ne sont pas des endroits pour chercher une famille. Et je comprends. Oui, je comprends. Connaître est horrible. Je t'ai déjà dit que je ne suis pas un personnage de roman. Il me suffit de comprendre ce que veut le personnage pour perdre tout intérêt. Je n'ai pas d'amour. Je n'ai pas de sentiment. Je ne m'identifie pas. Non, ce n'est pas une critique. Je l'ai dit au psychologue. Je ne vois pas de problème. Et je comprends même que tu profites d'une folle aux pieds nus dans les rues pour perdre ta virginité. Dix-neuf ans ! On n'est plus un enfant. Évidemment. Tu devais être désespéré. Je ne me moque pas. J'aurais eu envie de faire la même chose. Si je devais recommencer à être vierge. Connaître est horrible. Connaître gâche la vie des gens. Je me laisserais baiser par la terre entière, mais par personne que je connais. Je te comprends, à dix-neuf ans, dix-huit, et je comprends cette femme aux pieds nus, disparaissant pour se laisser tringler par la terre entière. Le châtiment, c'est de revenir enceinte, avec un enfant de la terre entière dans le ventre. Bon sang de merde. Personne ne mérite ça. Encore une preuve que Dieu existe et continue à châtier. Je comprends que cette femme insulte son enfant dans la rue, qu'elle le traite d'étranger, bon. Tu aurais voulu quoi ? Il n'y a rien de pire que connaître. Tu le penses vraiment ? Contradictoire ? Simplement parce que je suis allée rechercher une famille dans des clubs de rencontres ? Non, tu n'as pas compris. Je n'assume rien. Ce n'est pas moi qui l'ai dit, c'est le psychologue. Il a dit que je suis allée y chercher mon fils. Je n'ai pas à être d'accord ou pas d'accord. Ce que je pense n'a pas d'importance. Mais alors, dis-moi quel est le plaisir de découvrir que tu as engendré un individu comme l'agent. Ça pourrait être pire. Tu pourrais avoir un fils bouffé par le crack. Dis-le-moi, toi qui es peut-être le principal coupable. Tu penses que tout a une explication ? Si je te disais que j'ai fréquenté les clubs de rencontres à cause de mon fils, que j'ai besoin de baiser avec des anonymes, pour voir si je l'oublie, ça te tranquilliserait ? Le psychologue. Un génie. Ça te tranquilliserait ? Non, ça ne te tranquilliserait pas. Tu en chies dans ton froc. Et si je te disais que je suis allée chercher une famille là où il est impossible d'en trouver une ? Mieux ? Le psychologue. De nouveau. Tu crois ? Et si je te disais que je suis allée dans les clubs de rencontres parce que je ne voulais plus perdre personne car je ne supporte pas l'amour, ça te tranquilliserait ? Le psychologue. C'est toujours lui. Car moi je n'ai pas d'explications. Et ça ne sert à rien de lui répéter que je suis allée là-bas pour le boulot, dans le cadre d'une enquête. Tout ce que je pourrais dire serait nul et non avenu. Ce n'est pas ce qu'on t'a dit ? Je veux être sincère avec toi. Et la vérité c'est que je ne sais pas, que je ne peux pas savoir, et que dire ceci ou cela, si ça ne te tranquillise pas, ça ne résout rien non plus. C'est difficile d'imaginer ce qu'une femme comme moi va faire dans un club de rencontres, n'est-ce pas ? Disons, pour nous en tenir au raisonnement du psychologue, que ça a vraiment été pour le travail, pour une enquête, au début, comme j'ai dit. Mais j'y ai pris goût. Et c'est devenu un vice. Parce que je suis faible. La même chose qu'avec l'église. J'y suis retournée pour me foutre en l'air, pour me punir. Parce qu'il n'y a pas d'explications. Ou il y en a une ? Pour quelle raison une femme comme moi finit dans la marche avec Jésus pour le salut du Brésil, après ne pas avoir été foutue de garder le pasteur prisonnier même pendant cinq petites heures ? Je pourrais répondre à tout ce que tu me demanderas désormais en disant que ça a été pour le travail. Et tu le croirais ? Dis-moi. Tu le croirais ? Le psychologue a dit que je peux même tout commencer pour le travail, mais qu'à la fin j'y retourne pour me foutre en l'air quand le travail sent le roussi, après avoir merdé avec le travail. Tu le crois ? Alors je pourrais dire que la première fois j'y suis allée pour le travail, pour faire une enquête, et que j'ai fini par rester par inertie, par plaisir ou pour me punir, où est la différence ? Et tu le croirais ? Tu croirais qu'il n'y a pas de différence entre plaisir et punition ? Une femme comme moi est fichue pour la vie en famille. Je n'ai pas dit que plaisir et punition sont une seule et même chose. Mais j'aurais pu le dire. Bizarre, non ? Je trouve aussi. Je suis d'accord avec toi. J'ai dit ça moi-même au psychologue. La dernière chose qu'on peut penser trouver dans un club de rencontres c'est bien sa propre famille. Je n'ai pas dit *propre*, j'ai dit *une* famille. Seulement une famille. Mais je suis certaine que dans le rapport il est écrit *propre*. Et si je te disais que c'est ça que je suis allée chercher là-bas, au mauvais endroit, tu le croirais ? Si je te disais que je suis allée à la recherche de ma propre famille. Tu le croirais ? Le psychologue. Oui. Que veux-tu que je dise aux amies que je n'ai plus jamais revues, qui sont mariées, avec de grands enfants, quand je les rencontrerai dans la rue ? Que j'ai mal tourné ? Parce que je suis allée chercher ma famille là où aucune famille ne pouvait se trouver ? Que voulais-tu que je dise à ma mère et à mes frères ? Que j'avais décidé de suivre le même chemin que mon père ? Que j'avais hérité de lui un penchant pour le pire ? C'est ça que j'aurais dû dire ? Tu le crois ? Lui-même m'aurait traitée de frigide, s'il avait entendu dire que j'avais décidé de suivre sa trace, et je leur demande de me traiter de frigide. Et de le répéter, pendant qu'ils me baisent. Une femme ne parle pas comme ça, n'est-ce pas ? Frigide. À l'ancienne mode. Un terme qu'on n'entend plus. Que mon père employait avec ses potes. La seule différence c'est qu'une femme de mon âge ne parle pas comme ça. Quand je pense que je suis allée chercher ma famille là où justement les vieilles ne sont pas acceptées. Un vieux, passe encore. Mais une vieille, jamais. Là où je suis allée chercher ma famille, les femmes vieillissent tôt. Si je te disais que j'étais la vieille des clubs de rencontres, tu le croirais ? Celle dont personne ne veut et qui doit toujours payer pour l'amour ? Le psychologue. Bon, disons qu'il y ait un rapport et que tu l'aies lu. Tu saurais de quoi je parle. Ce n'est pas là qu'on dit que je suis allée dans des clubs de rencontres pour mon travail ? Non ? Parce que je l'ai voulu, de ma propre initiative, pour faire du zèle, car personne ne me l'a ordonné, personne n'était assez fou pour envoyer une femme comme moi faire une enquête dans des clubs de rencontres. Évidemment. Et tu veux savoir ce que j'ai appris ? J'ai appris à baiser avec des mains salies par l'argent. Exactement. On ne t'a pas dit que dans les clubs de rencontres je suis tombée sur l'homme sur lequel j'enquêtais ? C'est pas dingue ? Une coïncidence extraordinaire. Et tu veux savoir ce qu'il m'a appris ? Que le fric a l'odeur des gens. Tu vas dire que tu ne l'avais jamais remarqué ? Non ? Moi non plus. Jusqu'à ce qu'il me le dise. C'est une odeur aigre de millions de mains. On ne t'a jamais dit qu'en Chine c'est avec du lait aigre qu'on apprend aux chiens à flairer et à reconnaître les valises bourrées de fric ? Rien à voir avec l'odeur des cadavres. Les vivants sentent le lait aigre. C'est pour ça que l'argent excite. Il a une odeur de gens vivants. C'est ce qu'il a dit. Un billet de banque passe par des millions de mains, il a l'odeur d'un million de bites et d'un million de cons. Quoi ? Excuse-moi ! Il m'a dit qu'il n'y a rien de plus dégueulasse. Lui-même, celui que tu as vu assis ici, arrêté, menotté, les mains immobilisées, le frère du pasteur, qui tentait de quitter le pays avec une valise bourrée d'argent

117

sale, puant les gens, les mains, les bites, les cons, l'homme
dont tu as cru me sauver, car je ne suis pas innocente, car
mon odeur est sur les billets qui circulent de mains en
mains, accumulant la puanteur des vivants. C'est ce que tu
as pensé, n'est-ce pas ? Même sans avoir lu le moindre
rapport. Comme si c'était aussi simple. Tu vois ? Tu es
scandalisé ? Alors, pourquoi tu fais cette tête ? Tu n'as
jamais baisé avec des mains puant le fric ? Avec l'odeur
fétide d'un million d'autres mains ? Qu'est-ce qu'une
femme comme moi va faire dans un club de rencontres ?
Tu me le demandes ? Qu'est-ce que tu crois ? Allons, dis-
moi. Tout le monde pue le fric. Les chiens le sentent. Tu
sais que les antibiotiques sont en train de cesser d'avoir de
l'effet ? Alors ! Ce sont les derniers jours de plaisir. Le sexe
oral ? Jusqu'à ce que la moitié de l'humanité chope la
gonorrhée dans la gorge. Et qu'elle arrête de parler.
J'attends impatiemment de voir ça. Quoi ? La gonorrhée
c'est encore le moindre mal. Lis donc un peu. Des bactéries
résistantes. La gorge est un grenier. Qui ? Les scientifiques.
Les médecins. Par sélection naturelle. Les chiens n'attrapent
pas la gonorrhée. La gonorrhée ne frappe que les humains.
Lis. Lis donc. Les bactéries elles aussi ont envie de se réin-
venter. C'est dans la gorge des humains qu'elles se reproduisent et se réinventent, comme les gens, les gens se
réinventent dans la gorge en parlant, et elles acquièrent de
la résistance au contact d'autres bactéries – la gorge n'est
pas seulement l'origine de la voix, elle est le paradis des
bactéries, tu ne le savais pas ? Oui, le paradis. Sélection
naturelle. Dans quelques années, les antibiotiques ne feront
plus aucun effet. Et alors que tu fréquentes ou non des
clubs de rencontres n'aura plus d'importance. Et ça ne
touchera pas que les gens qui passent leur vie dans les clubs
de rencontres, tu comprends ? Qui a envie de tailler une
pipe avec une capote ? Qui ? Dis-le-moi. Et on verra alors

qui continuera à engrosser des inconnues dans la rue. Une moraliste ? Tu le penses vraiment ? Je sais, mais il va falloir attendre. Il va téléphoner d'un moment à l'autre. Comment ça, tu l'as condamné ? Condamné à quoi ? Et c'est pour ça que tu vas réparer son erreur par une erreur plus grande encore ? Coupable de quoi ? De l'avoir envoyé dans un endroit d'où il ne pourra plus jamais revenir ? S'il te plaît ! Comment ? Dis-moi d'abord dans quel pays je me suis réveillée aujourd'hui. Parfaitement ! Dis-moi que je ne suis pas en train d'entendre ça. Je t'en prie, dis-moi que je rêve ! C'est toi le croyant ; pas ces gens agenouillés dans les rues pour sauver le petit-fils prématuré du duo de musiciens sertanejos ! On n'a jamais vu une chose pareille ! Et tu l'as cru ? Tu crois vraiment à tout ce qui est sur Internet ? C'est toi qui devrais être dans la marche avec Jésus, à ma place. Tu me le demandes ? Sincèrement ? Aucune injure n'égale la mort. Il n'existe pas de mot plus fort qu'un geste. Je ne vais pas perdre mon temps à lire des romans. Tu n'es pas d'accord ? Tu ne trouves pas que la secrétaire Márcia perd son temps ? Tu sais ce qu'elle m'a dit ? Cette fois, c'est toi qui n'en reviendras pas. Oui. Ta petite chérie a dit que les écrivains cherchent une parole plus forte que la mort. Quelle rigolade. Excuse-moi ! Mais c'est désopilant. Avec le plus grand sérieux. C'est quoi ça ? Une imitation de la vie ? Du réalisme, c'est sûr. Et tu le crois ? Mais reconnais qu'il n'y a pas d'injure comparable à la mort. Je respecte ça, bien sûr. Mais on n'est pas ici pour défendre Jésus, Mahomet, Bouddha, Yahvé, les anges ou Tartempion. On est ici pour défendre ceux qui veulent croire à Tartempion. Peu importe que ce soit Jésus, Bouddha, Mahomet ou Yahvé. On est ici pour défendre les croyants. Mais attends seulement que les antibiotiques cessent de faire de l'effet. Attends seulement. Je sais que tu es un optimiste, mais qu'est-ce que tu crois qu'une femme comme moi va faire à l'église ? Je sais que tu crois à la science et à la technologie, en dépit de tous les articles mensongers. Je vais te faire une fleur. Je vais essayer d'imaginer ce que tu veux dire, et qui n'a rien à voir avec la bonté. Parce que, comme ça, on n'arrivera à rien. Il va bientôt appeler. Ça ne sert à rien. Il va falloir attendre qu'il téléphone. Je sais que tu penses que le monde ne finira jamais. Tu as vu que ça fait deux mois aujourd'hui qu'il ne pleut pas. Les oiseaux sont affolés, ils se mettent à piailler au milieu de la nuit, avant ils ne piaillaient qu'avant le lever du soleil. Personne ne supporte ça, personne ne peut dormir. Tu ne les entends pas ? Ils piaillent toute la nuit, comme s'il faisait déjà jour. D'où je tire ça ? Il suffit d'écouter. Ils sont désespérés. Tu as vu que quatre-vingts pour cent des ordures du monde finissent dans la mer ? Il y a déjà quatre cents zones mortes dans les océans. Je sais que ça n'a rien à voir. Mais pourquoi ils piaillent ? Dans leur langue d'oiseaux. Tu savais qu'une langue disparaît tous les quatorze jours ? Une langue tue une autre langue tous les quatorze jours. C'est lui qui l'a dit. L'autre jour, quand je lui ai demandé ce qu'il lisait, pendant qu'il remplaçait la secrétaire Márcia à l'accueil, il m'a montré ce livre. Le chinois est à la première place. Il a dit que le portugais arrive en septième. Après le chinois, l'espagnol, l'anglais, l'arabe, le hindi et le bengali. Toutes des langues assassines. Tu as déjà réfléchi à ça ? Une langue disparaît tous les quatorze jours pour qu'une autre devienne plus forte. Quoi ? Ça ne sert à rien. Il va falloir attendre qu'il téléphone. Et il vaut mieux avoir un sujet de conversation pendant ce temps-là, non ? Il ne vaut pas mieux passer le temps à s'informer ? Il ne lisait pas, il lit ! Oui ! Quand il remplace la secrétaire Márcia. Tu veux voir ? Le livre est ici, tiens. C'est ça qu'il lit quand il est à la réception : 'Dix pour cent des sons que nous émettons sont en réalité entendus par les yeux. Ce qu'on entend les yeux ouverts n'est pas identique à ce qu'on entend les yeux fermés.' C'est ce qu'il était en train de lire quand la Chinoise est venue pour la première fois, il y a deux mois. Et aujourd'hui aussi, quand tu as reçu la dénonciation anonyme. Tiens. Regarde. Quoi ? Eh bien, apprends que ce que tu penses est dicté par ton ADN, c'est dans la configuration de ton ADN, qui à son tour a été créé par un virus. Tu ne savais pas ? Ça n'a rien à voir avec ce que tu penses être. Ce n'est pas seulement moi. Toi aussi tu ne fais que reproduire. Ton opinion est décidée par la génétique et par les virus qui te colonisent. Ce n'est pas toi qui penses, ce sont tes cellules contrôlées par les virus. Qu'est-ce que tu croyais ? Ton cerveau, par exemple, si tu fréquentes des clubs de rencontres, est plus gros d'un côté ; si tu vas à la marche avec Jésus pour le salut du Brésil, il est plus gros de l'autre côté. Deux hémisphères. Et ce que tu viens de dire a été dicté en réalité par ton ADN. Et c'était déjà dit bien avant que tu n'ouvres la bouche. Voilà pourquoi, finalement, la gonorrhée ne fera peut-être pas tellement de différence quand tout le monde l'aura dans la gorge et ne pourra plus rien dire. La télépathie. Le maximum que tu puisses faire pour toi-même, c'est te tromper. Essayer et se tromper, à tous les coups. Seul ce qui est inutile sauve. Faire les plus grosses conneries, comme faire des pieds et des mains pour muter un agent ici. Tu vas me dire que ce n'était pas une connerie ? Ce n'était pas une erreur ? Commettre des erreurs est tout ce qui te reste pour échapper à toutes ces règles et pour te considérer plus humain que la vache que tu as mangée au déjeuner. Quoi ? Et par hasard quelqu'un a prononcé le nom de la secrétaire Márcia ? Tu as entendu son nom ? Quelqu'un a insinué quelque chose ? Ce que je veux dire, c'est que pour échapper à la règle de l'ADN – ou de Dieu, donne-lui le nom que tu voudras –, il ne reste plus qu'à agir de la pire façon possible. Foutre en l'air tout ce qui

121

existe. Louper exprès enquêtes et opérations secrètes. Comme moi. Faire ce qui n'a ni explication ni utilité. Ce n'est pas moi qui le dis. Ce sont les scientifiques. C'est prouvé, je te dis. Jusqu'à ce que la gonorrhée m'empêche de parler. Et donc, avec toutes les conneries qu'il a faites, on pourrait aller jusqu'à dire que l'agent ne fait qu'essayer de se raccrocher à l'illusion d'humanité qui lui reste. Quand il te suit, par exemple, ce n'est pas ce que tu as dit ? Ou quand il kidnappe une trafiquante, c'est toujours avec une bonne intention. Tu ne veux pas savoir ce que le rapport dit à son sujet ? On dit ici, qu'avant de venir ici, il a été infiltré dans un... c'est quoi ça ? Dis-moi si je rêve, corrige-moi... dans un camp tantrique ? Un lieu de retraite, de méditation et d'amour ? Dans la forêt ? Maintenant, comment ça se fait qu'on envoie un agent à la frontière pour sa première mission ? Comment peux-tu ne pas avoir été derrière tout ça ? Il n'a pas été ton élève ? Je sais que tu as le bras long. Non, je ne l'avais pas lu. J'ai préféré l'ignorer, vu que je n'avais pas le choix. Ou j'avais le choix ? Ce n'est pas toi qui t'es démené pour l'envoyer à la frontière ? Alors ? J'ai parfaitement compris, tu ne savais pas quoi faire. Normal, pour quelqu'un qui est suivi. On dit ici que, pour sa première opération de police, il a été infiltré dans un... camp tantrique – c'est que ça me donne envie de rire, qu'est-ce que j'y peux ? Une retraite de méditation et d'amour, à la frontière. Il n'a même pas commencé à bosser, dans ce poste frontalier. Évidemment. Il a été envoyé directement là-bas pour s'introduire subrepticement dans le camp tantrique. Évidemment. Comme moi à l'église et dans les clubs de rencontres. Pour ne pas éveiller les soupçons. Oui, j'ai compris. On dit ici que les membres du camp tantrique se baladaient dans la forêt en costume d'Adam. Et qu'ils traversaient la frontière en toute liberté. On dit qu'il était censé transmettre des informations à la police dans le cadre d'une opération secrète visant à démonter le dispositif du trafic à la frontière. Ce n'était pas ton idée ? Bien sûr que non, jamais je ne te traiterais d'imbécile. Jamais de la vie ! On écrit ici qu'il est entré dans le camp tantrique avec une fausse identité. On écrit ici qu'il a participé aux rituels du camp tantrique pour s'intégrer, afin que personne ne soupçonne qu'il était de la police. Il a pris de tout ce qu'on prenait dans le camp tantrique. J'ai parfaitement compris. Le camp tantrique était utilisé. Jusqu'à nouvel ordre, ce n'étaient pas eux les trafiquants. On dit ici que, trois mois après son arrivée dans le camp tantrique, un Indien a été assassiné. Oui, ça figure dans le procès-verbal. On dit ici qu'il n'était pas en pleine possession de ses facultés quand l'Indien est mort – qu'il a été la victime de sa propre action. Qu'est-ce qu'on veut dire par là ? Explique-moi. Dis-moi que je rêve, que ce n'est pas du *déjà-vu**. Quoi ? Du français. Une sensation de répétition. Oui, une reproduction. Mais regarde donc plus loin, sur cette page-ci – et dis-moi si je me trompe – on dit qu'il a agi avec les meilleures intentions. À la frontière aussi ! Là-bas, comme ici. Tu ne reconnais pas une répétition ? Ce n'est pas du *déjà-vu* ? Non ? Sincèrement ! Après quoi ? Trompé ? Quel missionnaire ? Évidemment, fais voir, oui, c'est dit ici : le missionnaire n'avait rien à voir avec le camp tantrique. Non, c'est juste pour confirmer. Si tu préfères, j'arrête de lire. Alors, tout va bien. En attendant qu'il téléphone. C'est dit ici. Pas directement. Indirectement. Ce n'est pas ce que j'ai dit. Personne n'a dit qu'il a tué directement qui que ce soit, mais personne ne serait mort sans son action désastreuse, tu es d'accord ? C'est écrit ici en toutes lettres. Tu veux lire ? Je l'ai demandé. Et je l'ai ignoré. Et je le regrette. Regarde donc. Tu m'as assuré qu'il n'y aurait

---

* En français dans le texte.

pas de problème. Évidemment que ça n'a pas été délibéré. Évidemment qu'il ne voulait pas. Il veut seulement faire le bien, toujours. Parce qu'il est condamné à faire le bien, si j'ai bien compris, n'est-ce pas ? Mais, écoute, ça n'a rien à voir avec le bien et le mal ! C'est écrit ici. Personne ne prétend que c'était mal intentionné. Mais ça ne résout pas la question. Ça ne résout rien du tout. Et encore moins maintenant qu'il a kidnappé une trafiquante chinoise. J'ai déjà compris que le missionnaire n'avait rien à voir avec le camp tantrique ni avec le trafic à la frontière. Et que la police n'était pas en mesure de combattre le trafic tant que les membres du camp tantrique continueraient à se balader à poil dans la forêt, à traverser la frontière, une frontière poreuse et changeante qui ne correspond pas au tracé de la géographie politique. Oui, je te suis, continue à parler. Ton vocabulaire me plaît. J'écoute, je coche au fur et à mesure sur le rapport. Quoi ? Qu'est-ce que tu veux dire ? Comment ça, il n'est pas revenu ? Comme sa mère ? Mais enfin, ce n'est pas sa mère qui n'est jamais revenue de son trip à l'acide ? Alors ? Bien sûr que ça peut être génétique ! Bien sûr que c'est irresponsable. Ce n'est pas toi qui as fait des pieds et des mains pour l'envoyer là-bas ? Alors ? Tu n'étais pas au courant ? Évidemment que tu es responsable. Ou la responsable c'est moi ? S'il te plaît ! J'ai donné mon accord, parce que tu ne m'as pas laissé le choix. Tu vas continuer à dire que tu n'es pas ici pour enquêter sur moi ? En fait, je n'ai à me repentir de rien. C'est toi qui dois te repentir. À commencer pour avoir décidé de perdre ta virginité à dix-neuf, dix-huit ans, avec une folle dans la rue. Inutile de te mettre dans tous tes états maintenant. Ici, on n'est pas au camp tantrique. Ici, personne n'entre en transe. Il n'est jamais revenu du camp tantrique ? Complètement revenu, je veux dire. Comment j'aurais pu imaginer que j'allais entendre une chose pareille ? Moi qui veux tellement

124

comprendre. Incroyable que je n'apprenne ça que maintenant, tu ne trouves pas ? Quoi ? Tu penses quoi ? On écrit ici qu'il a remis son arme à l'Indien. Il ne la lui a pas remise ? Alors ? Pourquoi un agent de la police fédérale donne-t-il une arme à un Indien ? Dis-le-moi, s'il te plaît, dis-le-moi. On dit ici que l'Indien a couru pendant cinq jours dans la forêt pour annoncer que sa tribu avait été décimée, avant d'arriver au camp tantrique, où il a été accueilli par ses membres en costume d'Adam et où il a reçu l'arme des mains de l'agent. On dit ici qu'un missionnaire a été appelé d'urgence au camp tantrique, parce qu'il était le seul à parler la langue de l'Indien. La langue des cons. Quoi ? C'est ici, dans le rapport. Le missionnaire disait que la langue de l'Indien était la seule capable de dire Dieu. Comment ça, qu'est-ce que c'est cette connerie ? On dit ici que l'agent, après avoir entendu le missionnaire, a décidé d'armer l'Indien, afin qu'il puisse se défendre contre ceux qui avaient décimé son village et continuer à dire Dieu tout seul. On dit aussi qu'il n'est pas venu à l'esprit de l'agent qu'il était manipulé par le missionnaire, ni que le missionnaire puisse avoir quoi que ce soit à voir avec l'attaque qui avait décimé le village de l'Indien. Il n'est pas passé par la tête de l'agent que le missionnaire avait voulu être le seul à parler l'unique langue capable de dire Dieu. C'est dans la déposition de l'agent. Le missionnaire nie, évidemment. Quoi ? Le livre qu'il lit quand la secrétaire Márcia est à son cours de rattrapage défend l'idée que les langues disparues disent ce qu'aucun être humain ne souhaite entendre. Bon, elles le diraient, évidemment, si elles n'avaient pas disparu, si elles n'avaient pas été assassinées. Le missionnaire a dit que les Indiens ont été décimés parce que leur langue était la seule à dire Dieu. Il y a juste une chose que je n'ai pas comprise : si personne ne peut traduire la langue de l'Indien en dehors des Indiens qui sont morts, et même si quelqu'un la parlait il ne pourrait rien traduire, puisque aucune autre langue ne peut dire ce que dit la langue de l'Indien, alors comment on sait qu'elle dit ce qu'aucune autre ne peut dire ? C'est ce que tu essaies de me dire depuis des heures ? Sûrement. Et ça explique qu'il ait disparu avec la mule chinoise ? Il va falloir attendre qu'il téléphone. Je sais déjà que toi aussi tu as une mule dans ton bureau. Ça ne sert à rien. Personne n'est intelligent tout seul. On dépend de la bêtise d'autrui pour être intelligent par comparaison. Sinon, ce serait facile. Il suffirait de s'entourer d'ânes. Il a disparu avec les preuves avant qu'on puisse vérifier la dénonciation. Je lui ai dit que le motif, l'intention n'ont aucune importance. Il dit que nous allons commettre une injustice. Et que mieux vaut un criminel en liberté qu'un innocent en prison. Dixit Voltaire. Qu'est-ce que j'en sais. Il a dit que c'est Voltaire. Les Droits de l'homme. Le genre de trucs qu'il n'arrête pas de citer. Mais en quelle langue l'accusation a été faite ? Avec un accent d'où ? Si j'ai bien compris, c'est toi qui as répondu, c'est toi qui lui as demandé de rester où il était, pendant que tu allais vérifier sur la vidéosurveillance de l'aéroport. Et que, quand tu as vu, lui t'avait déjà devancé, il était parti avant toi. Tu ne comprends donc pas la répétition ? Et l'arme qu'il a donnée à l'Indien ? C'est le même genre d'initiative. Lui ? Comment ça, il voit ? Tu te rends compte de ce que tu dis ? Il comprend de travers ce qu'il voit, ça oui ! Il a donné une arme à l'Indien pour qu'il se défende ! Pour qu'il défende sa langue ! Peu importe. La seule langue capable de dire Dieu ! D'après les dires du missionnaire qui a trucidé l'Indien, évidemment ! Tu ne comprends donc pas ? On dit ici que le missionnaire a tiré sur l'Indien, avant que l'Indien puisse tirer sur l'agent. Il a tiré pour défendre l'agent. C'est l'alibi du missionnaire. L'Indien était armé et il braquait son arme sur l'agent. Pendant que l'agent déambulait dans un état d'exaltation, à poil dans la forêt. C'est écrit là. Et qui a armé l'Indien ? Dis-le-moi ? Et maintenant dis-moi si tu n'as pas une sensation de *déjà-vu** ? Tu sais combien de temps ils ont mis à monter cette opération dans la forêt ? C'est écrit là. Tu sais combien d'hommes ont été détachés pour cette opération ? Tu le sais ? Ok. Et il a tout foutu en l'air pour sauver un Indien. Ok. Une langue ! La langue du passé ! Exactement ! La langue du passé ! Et il n'a même pas été fichu de faire ça. Partout où il va, il fout le bordel. C'est un saboteur involontaire des actions de la police. Quoi ? Comme moi. Bien sûr, comme moi. Oui, oui. Encore une raison supplémentaire. La dernière chose dont j'avais besoin, c'était de quelqu'un comme moi pour m'aider à foutre en l'air les opérations de la police. Ou tu voulais peut-être me dire autre chose ? Dis-moi si j'ai tort, s'il te plaît. Dommage qu'il ne reste aucune des bouteilles confisquées aux touristes étrangers à la douane. Sinon, j'aurais proposé un toast aux fouteurs de merde dans les actions de la police. À nous deux. Toi et moi. Puisque lui n'est pas là. On écrit ici, que lorsqu'il a repris ses esprits, il s'est retrouvé devant un Indien mort. Tu crois ça, toi ? Et après, c'est moi qui marche avec Jésus pour le salut du Brésil ! L'Indien est tombé du ciel, à la mauvaise heure et au mauvais endroit ! Ce sont ses mots à lui. Reproduits ici. Tels quels. Tu ne veux pas ? Tu préfères ne pas lire, très bien. On dirait de la musique populaire brésilienne. Jusqu'à maintenant je n'avais entendu parler d'Indien tombant du ciel que dans des chansons de la MPB. Tu ne te souviens pas des musiques de ta jeunesse ? Aucune ? Tu n'aimes pas t'en souvenir ? Il doit y avoir au moins une chanson de ta jeunesse qui te fait pleurer. Allons donc ! La plupart te font pleurer à cause de ce que tu n'as pas vécu et dont tu ne peux pas te souvenir, seulement imaginer. La plupart te font désirer ce que tu n'as jamais eu. Tu ne peux pas tout avoir, tes souvenirs et ceux des autres. Et donc tu finis par pleurer sur des musiques qui te rappellent ce qui ne t'appartient pas… Tu n'en as pas ? Tout le monde en a. Tu vas dire aussi que tu n'écoutais pas les Pink Floyd ? Bien sûr que tu as passé ton adolescence à écouter de la MPB et les Pink Floyd ! Nous avons le même âge. Je te vois devant moi en train de fumer un pétard et d'écouter de la Musique Populaire Brésilienne et les Pink Floyd, que tu accompagnes en chantant les paroles. Tu n'as pas vu ce qui est arrivé à cette chanteuse qui a perdu la voix ? Dans le journal d'aujourd'hui ! Elle s'appelle comment déjà ? Une chanteuse engagée. Tu sais bien. Elle est de ton temps, mais oui. Bien sûr que tu la connais. Tu n'as pas lu ça ? (*L'étudiant de chinois, qui a lu le journal avant de sortir de chez lui sans qu'aucun indice puisse laisser prévoir cette nouvelle rencontre fatidique avec la professeur de chinois dans le hall de l'aéroport ni permettre de se préserver contre les conséquences dont il pâtit en ce moment, se souvient de l'histoire de la chanteuse qui a perdu la voix et, tandis qu'il entend celle de la commissaire dans la pièce contiguë, il imagine la nuit de pluie torrentielle au cours de laquelle la chanteuse engagée qui, après avoir perdu la voix, s'était réfugiée dans une maison de campagne dans les montagnes avec son mari et ses enfants en bas âge, comme il est dit dans le journal, avait décidé d'aller voir avec son mari un film dans la ville à une vingtaine de kilomètres de la propriété où ils habitaient. On ne la reconnaissait déjà plus dans la rue. On ne savait déjà plus qui elle avait été, même si cinq ans plus tôt certains critiques l'avaient appelée la Voix du Brésil, appellation cependant loin d'être consensuelle. L'étudiant de chinois, dans la pièce contiguë, imagine comment, en revenant de la ville sous une pluie torrentielle, pendant qu'ils discutaient du film qu'ils venaient de voir et qui racontait l'arrivée d'un être humain sur une nouvelle planète habitable en dehors du système solaire, exactement comme ç'avait été décrit dans le journal, les phares avaient soudain éclairé un visage au milieu de la route, un visage rond, aux yeux exorbités, juste avant que la chanteuse et son mari n'entendent le bruit mat d'un choc et ne comprennent qu'ils venaient de renverser un homme. La chanteuse qui avait perdu la voix se mit à crier. L'espace d'un instant, tremblant, le mari qui conduisait envisagea de continuer sans regarder derrière lui. Mais les cris de sa femme l'en empêchèrent et le clouèrent sur place. Un instant, dans un intervalle entre les cris de la chanteuse qui avait perdu la voix, tous deux se regardèrent, avant de descendre de voiture pour secourir la victime, comme s'ils avaient compris et reprenaient haleine pour aborder une nouvelle étape de leur vie qui ne faisait que commencer. Disait l'article dans le journal. Pendant que le mari secourait l'homme tombé dans la boue, la femme appelait les secours sur son portable. L'ambulance et la police mirent vingt minutes pour arriver. La victime s'était échappée d'une clinique dans les environs, que le mari appelait hospice avec un large sourire, car ç'avait été la raison principale de l'excellente affaire qu'ils avaient faite en achetant cette maison qui, avant que la clinique ne soit construite à côté d'un ensemble d'immeubles de luxe, entouré de murs et équipé de la technique de sécurité la plus sophistiquée, aurait coûté le double de ce qu'ils avaient payé. Les riches n'ont pas envie d'habiter à côté d'un hospice. Mais la chanteuse sans voix et son mari s'en foutaient complètement. La victime, allongée par terre, était à l'évidence sous l'effet de médicaments très spéciaux dispensés uniquement sur ordonnance. En outre, ce n'était pas la première fois que cet homme tentait de s'enfuir de la clinique. Par chance, il s'était seulement cassé la clavicule. Le journal disait que le corps des schizophrènes est plus mou et plus souple que celui des gens normaux. Le couple a accompagné la victime jusqu'à l'hôpital de la ville, il a signé une déposition à la police et a été libéré après que le commissaire, qui avait mis du temps à reconnaître la chanteuse et se sentait gêné par la* présence du mari, lui eut demandé un autographe en prétextant que c'était pour son épouse. Toujours l'oreille collée contre la cloison minable, l'étudiant de chinois imagine, en suivant ce que dit la commissaire, comment, à l'insu de son mari, la chanteuse a de nouveau rendu visite à la victime à l'hôpital, le lendemain. Elle a déposé les enfants à l'école, continué jusqu'à l'hôpital au lieu de retourner chez elle et, sans s'annoncer, s'est dirigée vers le lit qui avait été attribué la veille à la victime. Comme la victime dormait à poings fermés, la chanteuse se contenta de laisser sur la table de chevet le dernier disque qu'elle avait enregistré avant de perdre la voix, cinq ans plus tôt. Et comme le lendemain, en revenant à l'hôpital après avoir déposé les enfants à l'école, elle ne le trouva plus là, elle alla à la clinique où elle se fit passer pour sa sœur. L'étudiant de chinois n'arrive pas à imaginer comment les responsables de la clinique ne se sont pas méfiés de cette histoire tirée par les cheveux. Comment se fait-il qu'ils ne lui aient pas demandé de prouver ses dires ? Ils l'ont laissée entrer comme si elle était réellement la sœur du patient. Celui-ci n'avait jamais reçu la moindre visite d'une sœur. Se souvenant de ce que disait l'article du journal, l'étudiant de chinois l'imagine retournant à la clinique tous les jours, toujours après avoir déposé les enfants à l'école et prétendant être la sœur du patient. À la clinique, elle se mit à raconter au patient renversé accidentellement tout ce qu'elle avait vécu depuis qu'elle avait perdu la voix, comme si elle s'adressait à un psychanalyste. Le patient, le torse dans le plâtre, l'écoutait à peine. De temps en temps, elle lui demandait s'il voulait de l'eau, comme si c'était lui qui parlait et avait la bouche sèche, bien qu'il n'eût jamais prononcé un seul mot depuis qu'elle avait commencé à lui rendre visite. Elle revenait tous les jours après avoir déposé les enfants à l'école. Elle ne venait pas uniquement les week-ends. L'étudiant de chinois ne parvient pas à imaginer comment les responsables de la clinique n'ont jamais rien soupçonné, étant donné que *jusqu'à cette fugue et cet accident, aucun membre de sa famille n'avait jamais rendu visite au patient. Ou peut-être justement à cause de cela, parce qu'ils en avaient assez de lui – ou alors parce qu'il leur faisait de la peine. Ils avaient peut-être fermé les yeux et non seulement reconnu la chanteuse, que d'habitude personne ne reconnaissait, mais cru, parce qu'ils avaient envie de le croire, qu'elle était réellement sa sœur. Le silence du patient doit aussi avoir aidé – car, s'il ne remerciait pas pour les visites, il ne s'y opposait pas non plus. La chanteuse se bornait à parler de ce que signifiait avoir perdu la voix à l'apogée de sa carrière, quand certains critiques l'avaient même appelée La Voix du Brésil. Pendant des semaines et des semaines, la chanteuse raconta à l'homme dans le plâtre ce que perdre la voix signifiait. Et au bout de Dieu sait combien de semaines, l'homme dans le plâtre l'étrangla. Avec une seule main, à cause du plâtre. La police, après avoir hésité entre homicide et suicide, finit par trancher en faveur de la deuxième solution, ou du moins en faveur d'une forme détournée de suicide, eu égard aux différentes circonstances atténuantes, à commencer par l'état précaire de l'agresseur qui, outre le fait d'être un fou reconnu, aurait réagi avec une seule main aux provocations de la chanteuse, ce qui faisait de lui au maximum un complice, mais jamais un assassin. Le plus inté-ressant – et c'était la principale révélation de l'article dans le journal –, c'est que tous deux se connaissaient, oui, l'agresseur et la provocatrice, ou plutôt le patient et la suicidée, puisque, en l'occurrence, la plus grande victime fut en fait l'agresseur présumé, resté en vie. Ce qui ne permet pas de savoir si à un moment ou à un autre tous deux ont su qu'ils se connaissaient, ou s'ils se sont reconnus et si, s'étant reconnus, ils se sont fait mutuellement cadeau de ce qu'ils savaient. Il est possible que la chanteuse l'ait reconnu déjà au moment de l'accident, quand les phares de la voiture ont illuminé le visage rond, aux yeux exorbités, sous une pluie torrentielle. Ou encore plus probable qu'elle l'ait reconnu après avoir appris son nom, quand il avait été emmené à l'hôpital, mais à présent elle est morte et ne peut plus rien raconter. Et l'agresseur, ou la victime, à son tour, ne parle plus. Il ne dit pas s'il l'a reconnue, ni si elle lui a avoué qu'elle l'avait reconnu. Le fait est qu'il ne manifesta aucune surprise quand on lui dit que la chanteuse et lui se connaissaient depuis leur enfance. Oui, depuis leur enfance, pensa l'étudiant de chinois, pendant que la commissaire, dans la pièce voisine, lit l'article à voix haute. Il se pouvait que ce que la chanteuse lui avait dit sur son enfance ou sur ce qui lui était arrivé depuis lors l'ait amené, sous l'effet des médicaments, à envisager sa mort comme une libération et poussé finalement à la tuer. Le journal se livrait à des conjectures sur ce que la chanteuse sans voix lui avait dit, et qui serait susceptible de justifier sa mort dans l'esprit du patient, sous l'effet de médicaments spéciaux administrés uniquement sur ordonnance. Ce que le journal ne disait pas, c'était que la chanteuse, après lui avoir raconté tout ce qui lui était arrivé depuis qu'elle avait perdu la voix (si tant est que ce fut ce qu'elle fit vraiment durant ses visites à la clinique), aurait pu lui avoir demandé simplement et explicitement de la tuer. Et, faute d'une autre explication, l'étudiant de chinois imagine qu'effectivement l'homme a accédé à cette demande de la chanteuse sans voix. Et, dans ce cas, il était incroyable qu'ils se connaissent depuis leur enfance et qu'ils se rencontrent tant d'années après pour qu'il la tue, comme s'ils étaient marqués par le destin depuis toujours, le même petit garçon qui l'avait peut-être caressée pour la première fois, interné maintenant, avec une clavicule plâtrée, dans une clinique pour déprimés et schizophrènes, d'où il ne pouvait s'échapper.)* Chacun croit toujours qu'il a bien fait. Il est évident qu'il n'était pas dans son état normal. Un Indien ne tombe du ciel que dans des chansons de la MPB. Douze heures passées à regarder dans l'obscurité. Moi ? Non, je ne sais pas. Je devrais ? Je n'ai pas la moindre idée de ce que c'est que travailler dans la forêt. Mais je peux l'imaginer. Même moi je vois des choses, rien qu'à imaginer douze heures à regarder dans le noir. Évidemment. Il continue à voir. C'est un visionnaire. Et quoi d'autre pourrait expliquer son comportement aujourd'hui, sinon une autre de ses visions ? Ironique ? Regarde. On dit ici que l'agent s'est enfoncé dans la forêt pour voir ce que l'Indien disait et qui n'existe dans aucune autre langue. Qu'est-ce qu'il croyait voir dans l'obscurité ? Des choses qui ne peuvent être dites dans aucune autre langue ? La seule langue capable de dire Dieu ! Une langue différente de toutes les autres ? Et moi, qu'est-ce que j'ai à voir avec tout ça ? Ici, on est dans un commissariat de police. Je me contrefous des anthropologues et des linguistes. Comment ? Quand je dis Dieu, ce n'est pas Dieu ? Et c'est quoi ? Mais ce n'est pas toi qui m'as dit qu'en hébreu Dieu c'est La Parole ? Alors ? La conclusion du rapport, c'est que le missionnaire a tiré sur l'Indien uniquement pour défendre l'agent. Sans le missionnaire, l'agent ne serait plus parmi nous et nous n'aurions pas à résoudre aujourd'hui ce problème supplémentaire. Tu ne penses pas que l'Indien allait tirer dans le dos de l'agent ? Peu importe si le missionnaire a menti. Car il n'aurait pas eu d'excuse pour tirer sur l'Indien si l'Indien n'avait pas été armé, tu es d'accord ? Dis-moi si je me trompe. L'agent avait armé l'Indien ? Alors ? Quoi ? C'est ce qu'il dit. Je t'ai déjà dit que je n'ai aucune patience pour les histoires imaginaires. J'ai peut-être compris de travers, personne n'est intelligent tout seul. Même toi, qui te donnes des airs, tu dépends de la bêtise des autres pour être intelligent par comparaison. Ça ne m'étonne pas que tu sois toujours du côté de la secrétaire Márcia, c'est toujours la secrétaire Márcia par-ci, la secrétaire Márcia par-là. Une conne ! À l'instant même où l'agent a tendu l'arme à l'Indien, il était foutu. Et, indirectement, il a tué l'Indien. J'ai dit indirectement. Il a donné l'arme à l'Indien, n'est-ce pas ? Pour que l'Indien se protège. Alors ? Oui, j'ai compris que c'était pour que l'Indien puisse réagir en légitime défense ! Je ne suis ni sourde ni idiote. Qu'est-ce que tu voulais ? Un Indien avec une arme ? Il a donné toutes les munitions pour que le missionnaire agisse, si tant est que le missionnaire avait vraiment l'intention de tuer l'Indien, comme tu dis. C'est toi qui ne veux pas comprendre. Tu n'as pas dit que personne en dehors du missionnaire ne parlait la langue de l'Indien ? Ok. C'est lui qui disait ça. Évidemment. Maintenant, on ne peut plus savoir, lui seul pouvait parler et il est muet. Il n'est resté personne en dehors de lui. Quoi ? Qu'est-ce que l'Indien a dit avant de mourir ? Personne ne croit ce que dit un Indien. Toi, tu ne crois pas que le missionnaire a tiré parce que l'Indien était sur le point de dire le vrai nom de Dieu à l'agent, n'est-ce pas ? Quand il allait dire le nom de Dieu. L'agent était dans un état second, à force de se balader à poil dans la jungle ! Sa parole a autant de poids que celle de l'Indien. Mais dis-moi une chose, à quoi sert le fait de pouvoir dire le nom de Dieu si personne ne comprend qu'il s'agit de Dieu ? Et à quoi sert de pouvoir dire Dieu si personne d'autre ne peut le dire ? Et si personne ne comprend cette langue ? Car si on la comprenait, alors tout le monde pourrait dire le nom de Dieu, tu comprends ? Et ça n'aurait plus aucun sel. Le missionnaire ne l'a pas dit jusqu'à maintenant. Et il ne peut pas le dire. Évidemment, s'il le disait, d'autres gens pourraient aussi le dire. Le monde entier pourrait dire le nom de Dieu dans la langue de l'Indien. On le répèterait. On le reproduirait. Et c'est là que le bât blesse. Quoi ? Le pouvoir, bien sûr, il perdrait son pouvoir. Il n'y a pas d'issue. Cette histoire n'a aucun sens. Est-ce que j'ai dit qu'il est fou ? Je l'ai dit ? Mais c'est sa version à lui. Et tu ne vas pas nier maintenant qu'il a des antécédents dans sa famille, n'est-ce pas ? Logiquement, tu aurais dû raconter ça avant. Peu importe. Tu aurais dû le raconter. Et une langue parlée par une seule personne, est-ce que c'est encore une langue ? Deux. Deux personnes, avant que l'Indien ne meure. Mais dis-moi : rien ne garantit que le missionnaire parlait – ou parle – la langue de l'Indien. C'est lui qui disait qu'il la parlait, n'est-ce pas ? Quand il a tué l'Indien. Mathématiquement parlant, rien ne garantit même que la langue existe. Car pour dire que cette langue existait, le missionnaire devra le dire maintenant dans une autre langue, non ? Alors, elle existe encore ? Dis-moi : au moment où une langue doit expliquer dans une autre langue ce qu'elle vient de dire, c'est encore une langue ? Imagine une blague. Si je raconte une blague que tu ne comprends pas. C'est encore une blague ? Est-ce que je peux dire qu'on parle encore la même langue ? Non, réponds-moi, s'il te plaît. Quand je dois expliquer que je faisais de l'ironie, c'est encore la même langue ? Tu perçois la contradiction ? Car à partir de l'instant où tu dis Dieu, moi aussi je peux le dire, tu comprends ? On dit ici que l'Indien a été assassiné la veille de l'arrivée d'une équipe d'anthropologues décidée à prouver que sa langue ne disait pas le nom de Dieu, pas plus que n'importe quelle autre langue. Bien entendu. En tuant l'Indien, le missionnaire a tué la langue de l'Indien et des milliers de mots que personne n'entendra plus jamais, mais il a évité aussi que l'Indien et lui soient démasqués. On dirait que tu n'entends pas ! Si l'Indien avait dit Dieu à l'agent avant de mourir, ou même s'il avait dit que tout ça était un ramassis de mensonges et que, de tous les mots, le seul que sa langue à lui ne pouvait pas dire était Dieu, l'agent aussi serait probablement mort. Tu ne comprends pas ? À l'instant où il a tendu l'arme à l'Indien, ok, pour que celui-ci se défende, en attendant l'arrivée de l'équipe d'anthropologues, il a scellé l'avenir de cette langue. Le missionnaire est maintenant le détenteur de la vérité. Et la vérité, c'est qu'indirectement l'agent a tué l'Indien, oui, parfaitement. Toujours en voulant bien faire, ton protégé a ouvert une boîte de Pandore, tu comprends ? Tu veux savoir ce qu'il lit quand il remplace la secrétaire Márcia à la réception pour qu'elle ne rate pas ses cours ? Ce qu'il lisait quand on a téléphoné pour dénoncer la Chinoise ? Tu le veux ? Donne-moi ça. Tu veux que je lise ? De toute façon, on doit attendre qu'il téléphone. Écoute ça : 'Dans les régions où moins d'une centaine d'individus parlent la même langue, un seul personnage influent est capable d'imposer une nouvelle variante de la langue, laquelle finira par constituer une nouvelle langue, uniquement à cause de l'usage particulier qu'il en fait, dans le désir de se différencier des autres, ou par erreur.' Par erreur ! Tu vois ? Il suffit qu'un individu influent veuille être original – ou qu'il se trompe ! – pour que naisse une nouvelle langue ! Tu sais comment ça s'appelle ? Tu ne veux pas le savoir ? C'est là. Ex-o-té-ro-gé-nie. Et il ne vaut pas mieux que les langues meurent vraiment ? Regarde un peu. Il y a dix mille ans, il y avait dix millions d'habitants sur la terre et cinq mille langues, plus ou moins le même nombre qu'aujourd'hui, pour une population qui représente zéro virgule cinq pour cent de la nôtre actuellement. On dit ici qu'il y a cent mille ans, les hommes ne pouvaient pas parler parce qu'ils n'avaient pas un appareil vocal aussi développé que le nôtre. Comment ? Grâce à une tête en Israël. Quoi ? Une tête, un crâne de l'époque, découvert en Israël ! De l'os, un sque-lette, rien à voir avec le fait que le bonhomme était une tête ! Rien à voir avec l'intelligence de l'auteur. Et comment ils pouvaient savoir que la tête était un cerveau puisqu'il a vécu il y a cent mille années ? Juste en regardant la tête du mec ? On croirait entendre la secrétaire Márcia ! Tu t'es mis à lire des romans ? Eh bien, cette fréquentation ne te réussit pas. On dit ici que les langues ont explosé avec l'apparition de l'agriculture. Maintenant, ce qui est difficile à comprendre c'est comment un chasseur voudrait abandonner une vie pleine d'aventures pour la monotonie de gens qui mangent la même chose, se reproduisent et défèquent au même endroit. Je me pose cette question tous les jours. Pas toi ? On dit ici que 'ce fut avec l'apparition de l'État, trois mille ans avant Jésus-Christ, que les langues ont commencé à se détruire et à se dominer les unes les autres, à s'imposer les unes aux autres, avec l'assimilation des populations minoritaires au pouvoir central par l'Empire'. Quand je pense qu'il passe son temps à lire ça ! Aussi ! Il doit se sentir horriblement coupable d'avoir assassiné la seule langue capable de dire Dieu. Il est écrit ici : 'Il est impossible d'évaluer l'effort des différentes nations qui, pour sortir de la barbarie, ont tenté de créer la langue qui exprimerait le mieux l'esprit de l'individu pour le reste de la société.' Et encore : 'La civilisation commence par la religion. Par conséquent, il ne peut pas y avoir de langue sans religion. Attaquer la religion, comme le font nombre de gens, est un acte suicidaire et paradoxal.' Qu'est-ce que je t'ai dit ? Écoute encore ça : 'Les comédies incas, représentées dans la plus élégante et poétique de toutes les langues sud-américaines, étaient fondées sur le dialogue. Mais un dialogue où seul un des interlocuteurs avait le droit de parler. C'était la comédie du massacre des autres langues. Le cycle des langues est lié à celui des religions. Plus le nombre de langues est restreint, plus le nombre de croyances lui aussi sera restreint.' Écoute encore ça : 'Chaque langue impose ses dieux. Mais il n'y a pas de coexistence possible entre des langues qui révèrent des idoles différentes. D'où les guerres. Tout le monde veut parler et chaque idiome invoque un dieu différent. La vie d'un Inca était une longue croisade contre les infidèles, afin de libérer de leurs superstitions les nations conquises pour les soumettre au culte du soleil. Quand les Espagnols sont arrivés avec leur mission évangélisatrice chrétienne, le quetchua était déjà devenu la langue universelle qui avait subjugué toutes les autres, pour finir par être subjuguée par la langue des nouveaux conquérants.' Si on me demandait d'inventer une nouvelle langue, j'en créerais une où tout serait dit et où il ne resterait plus le moindre espace ni pour l'imagination ni pour le moindre malentendu. Personne n'aurait besoin d'expliquer quoi que ce soit. Il suffirait de lire. Dans ma langue, tu comprendrais tout ce que tu lirais. Si je voulais être ironique, il suffirait de dire *ironie* à la fin de la phrase pour qu'on comprenne. Ironie. Point final. Ce serait la langue idéale pour communiquer avec la secrétaire Márcia. Il est écrit ici que le Brésil a cent quatre-vingt-cinq langues endémiques et que la diversité des langues a un rapport avec la diversité des espèces biologiques. C'est écrit, ce n'est pas moi qui l'invente. Abattre la forêt diminue le nombre de langues. Je lis. Juste pour te donner une idée de ce qu'il fait quand il remplace à l'accueil la secrétaire Márcia. Et tu appelles ça un travail ? Il est écrit ici que la diversité est un réservoir d'adaptabilité. Plus il y a de différences, plus nous avons de chances de nous adapter à l'inattendu. Avec davantage de langues, nous avons davantage de possibilités de résister. Ce n'est pas par hasard que les Incas ont disparu. Ce qui veut dire que moins il y a de gens qui croient, moins il y aura de chances de survivre. Ou plutôt, plus il y a de gens pour croire en une seule chose, moins il y aura de chances. Ce n'est pas écrit. Par déduction. C'est un processus. Il suffit d'associer une chose à une autre. Linguistique et défense de l'environnement. Tu ne comprends pas ? On est passé de la mythologie où il y avait un dieu pour chaque chose, aux monothéismes et à l'athéisme. Pendant que le nombre de langues était en train de diminuer. Incroyable. Cesser de croire est le signe que nous sommes en train d'arriver à la fin. Il a noté ici dans la marge que, depuis juin, quatre cents espèces animales et végétales ont disparu. Deux mois. Ça ne peut être que son écriture. Regarde. De qui d'autre ? Tu savais ça ? Il a écrit dans la marge que vingt-cinq pour cent des mammifères, douze pour cent des oiseaux et quarante pour cent des amphibies sont menacés. Il a écrit que l'homme ignore presque sept cent mille espèces marines et a un système auditif équivalent à celui du grillon, en dépit de la distance évolutive. Qu'est-ce que tu penses de ça ? Il y a cent mille ans, l'homme n'avait pas un appareil vocal évolué, mais il continue à avoir le même système auditif qu'un grillon ? Et tu trouves qu'il va bien ? Écoute encore ça : on dit ici que dans la langue tirio, l'amour est seulement un suffixe. Et que pendant la guerre du Pacifique, les Américains se servaient de soldats navajos pour transmettre des messages secrets dans leur langue, comme s'il s'agissait d'un code, car c'était le seul code que les Japonais ne parvenaient pas à décrypter. Les Japonais étaient des cryptographes réputés mais, contrairement aux autres codes utilisés pendant la guerre du Pacifique, ils n'ont jamais réussi à déchiffrer la langue navaja. Car c'était une langue si différente de la leur et de toutes celles qu'ils connaissaient qu'ils ne pouvaient même pas en concevoir les sons, ils n'entendaient pas ces sons. C'est ce qui est écrit ici – et cela bien que ce soit une langue que n'importe quel gamin navajo apprend et maîtrise le plus naturellement du monde. Et dis-toi bien que le japonais n'est pas moins difficile ! Vois encore ça ici : chaque langue utilise à peine dix pour cent des sons disponibles dans l'univers linguistique de l'humanité. Il est dit ici que, quand on se connecte à une langue et qu'on se met à utiliser les dix pour cent de sons correspondant à cette langue, on perd la capacité d'entendre les quatre-vingt-dix pour cent restants. On va devoir attendre qu'il nous téléphone. On dit ici que les langues sont impossibles à imaginer si on ne les connaît pas déjà. En physique c'est différent, on peut spéculer, concevoir un monde qui n'existe pas. Quand tu tombes sur une langue que tu ne connais pas, elle est inconcevable. On dit ici que saint Thomas d'Aquin affirmait que les langues se forment comme les nuages et disparaissent comme eux. Et que, comme les nuages apportent la pluie qui fait éclore les fleurs endormies dans le désert, les langues réveillent aussi ce qui était endormi avant elles, donnant vie à ce qui semblait mort. Oui ! Ça figure ici. Saint Thomas d'Aquin. Moi non plus je ne le savais pas. Je croyais qu'il s'occupait seulement de religion. Il a dû parler de tout. Ici, dans le livre qu'il lit quand il remplace la secrétaire Márcia, il est écrit qu'aujourd'hui il y a plus de six mille langues parlées par les hommes. Tu crois ça ? L'auteur trouve que c'est peu. Il dit que la première langue artificielle créée par l'homme a été en réalité créée par une femme, tu vois ? En fait, par une bonne sœur, oui, une sainte, figure-toi ! Au XIIe siècle, cette langue a été créée par la mystique allemande Hildegard von Bingen. La langue ignorée. C'est le nom qu'elle a donné à sa langue, la malheureuse. Estime de soi niveau zéro. Pour parler avec Dieu. Pas ignare, ignorée ! Elle a créé une langue ignorée pour parler avec Dieu, tu imagines un peu ? Et tu sais quel était le premier mot dans son dictionnaire personnel ? Comment ça, tu ne sais pas ? Dieu, bien sûr ! Sauf que, dans la langue ignorée, Dieu commençait par un *a* pour pouvoir venir au début du dictionnaire. On dit ici qu'après elle, on a inventé plus de neuf cents langues dans le monde et que toutes ont disparu, un échec après l'autre. On comprend pourquoi le missionnaire ne voulait pas dire que lui-même avait inventé une langue pour dire

Dieu. Car ça ne fonctionne pas, inventer, même moi j'invente, et personne n'y croit, il fallait que ce soit la langue de l'Indien, la langue du passé, elle ne pouvait donc pas être inventée, il fallait qu'on croie que c'était une vraie langue. On dit ici que beaucoup des langues inventées – laisse-moi finir de lire – 'avaient comme inventeurs des passionnés, et comme motif le désir de décrire des beautés qu'aucune autre langue n'était capable de décrire. Les passionnés ont inventé des langues pour décrire leurs passions. Et comme ces langues ne peuvent être comprises par personne, pas même ceux pour lesquels les passionnés éprouvaient de la passion, on les appelle des langues idiophoniques, car leurs sons sont produits par les vibrations du corps idiomatique lui-même, à l'instar d'instruments tels que la cloche et le xylophone'. Le xylophone ! Non ? Moi non plus. Toutes les langues ne sont-elles pas produites par la vibration du corps lui-même ? En ce moment même, mes cordes vocales ne sont-elles pas en train de vibrer ? Des langues parlées par une seule personne ! Ce bouquin est une plaisanterie de mauvais goût et incompréhensible. Il est pire que les romans de la secrétaire Márcia ! Tu as lu la description du coin tantrique dans le rapport ? Du camp, pardon. Tu ne l'as pas lu ? On dit qu'ils chantaient toute la journée, au lieu de parler. Des hymnes et encore des hymnes ! Quoi ? Non, je ne savais pas. Il avait déjà demandé à être muté avant ? Pour moi, c'est du nouveau. Moi non plus je n'aurais pas supporté. Douze heures par jour, à regarder dans le noir en chantant. Tout le monde a besoin de parler à quelqu'un. Mais d'où on tient que, pour parler avec Dieu, il est nécessaire de dire le nom de Dieu ? Certes. Et c'est pour ça que Dieu n'apparaît jamais ? Bien sûr. Parce que son nom n'existe que dans la langue des Indiens. Bon, c'est ce que le missionnaire disait. Le missionnaire voulait que son Église ait du succès. Et qui ne le veut pas ? Je ne mets des mots dans la bouche de personne. Il faut attendre qu'il téléphone. Quand je pense qu'en ce moment il est avec une trafiquante chinoise et une enfant, en train de dire qu'il va les sauver toutes les deux. Tu ne reconnais pas une répétition ? Il a voulu sauver sa mère, il a voulu sauver un Indien, maintenant il veut sauver une Chinoise et une enfant. Et tu voudrais que j'aie de bons pressentiments ? L'agent a presque failli apprendre à dire Dieu. Si le missionnaire n'était pas tombé du ciel au moment où l'Indien allait tirer. Des tas de gens tombent du ciel à la frontière. Tu n'avais jamais rien dit de tout ça. Tu as déjà réfléchi à ce qui se passerait s'il ouvrait une église, en étant le seul à savoir dire Dieu ? Tu as déjà réfléchi à ça ? Si seule une langue peut dire Dieu, les autres lui sont forcément inférieures, et alors il y a forcément du racisme, oui, oui, la suprématie d'une culture sur les autres aussi, forcément la fin de l'anthropologie, du relativisme culturel, du multiculturalisme. Et de la MPB ! Quoi ? Je sais que c'est sérieux. Tu n'as pas parlé de MPB. C'est moi qui en ai parlé. Tu ne sais même pas ce que c'est. Correct. Il croit en Dieu ? Moi aussi. Ça c'est ton problème. Mais, si ce n'est pas toi qui m'as dit qu'en hébreu Dieu est La Parole, c'est qui ? J'aurais juré que c'était toi. Il va bientôt téléphoner. C'est ce qu'il a dit. Ça ne servira à rien. Il a éteint son portable. Il appellera d'une cabine, d'un téléphone fixe, qu'est-ce que j'en sais ? Maintenant, il ne reste plus qu'à attendre. Et à quoi ça servirait de localiser la voiture et d'envoyer un hélicoptère au milieu des embouteillages ? Il y a des kilomètres de bouchons. Tu sais que je pourrais t'accuser de népotisme à cause de cette histoire ? Tu vas continuer à prétendre que tu n'es pas venu pour enquêter sur moi ? Je ne crois pas que tu aies abusé d'une folle. Quoi ? Non, pas de moi. De la femme aux pieds nus. Je ne crois pas que tu aies dit que tu l'aimais. Je ne crois pas que tu n'aies plus rien voulu savoir d'elle le lendemain, après avoir dit que tu l'aimais. Je ne crois pas que tu aies ri d'elle ni que tu l'aies traitée de folle à lier avec tes potes le lendemain. Même à dix-neuf ans, ou dix-huit. Ça ne justifie rien. Le problème c'est d'aimer, n'est-ce pas ? Personne ne t'a jamais dit que tu as mauvaise haleine ? Qu'est-ce que tu veux dire ? J'ai pensé que ça faisait partie de l'enquête. Je n'ai pas été offensée. Tu n'as pas besoin de t'excuser. J'ai l'habitude. Vouloir n'est pas pouvoir. C'est ce que dit le pasteur. Tu penses que le pasteur lui aussi est impuissant ? Ce n'est pas ce que j'ai voulu dire. Mais qui se sent morveux se mouche. Je n'envoie ça dans la gueule de personne. Je n'ai pas dit que je parlais de toi. On se connaît à peine. On a un problème à résoudre et toi tu t'accroches à des détails. Tu vas te vexer maintenant ? Bon, au moins, si c'était ça le problème, la question de la reproduction humaine serait résolue. Personne n'aurait plus à se préoccuper de l'explosion démographique ni du réchauffement planétaire. Tu es en train de dire que je suis vieille, c'est ça ? Que j'ai un corps horrible. Qu'aucun homme ne peut se sentir attiré par un corps pareil. Tu vas me dire que je suis la vieille des clubs de rencontres ? Mais si tu n'as lu aucun rapport et si personne ne t'a rien dit, comment tu peux le savoir ? Quoi ? Ce n'est pas la version de l'agent. Il dit que la Chinoise a fait une bêtise. Il a dit qu'elle voulait seulement sauver la gamine. Il dit qu'il peut le prouver. Il y a deux mois, elle a tenté de quitter le pays avec la fillette, sans la moindre drogue. Quand il lui a expliqué qu'elle avait besoin d'une autorisation des parents, de ceux qui ont mis cette enfant au monde. Il dit qu'elle a accepté de transporter la cocaïne pour sauver la petite. Non, il est évident qu'elle n'était pas au courant, personne ne sait jamais qu'il est un appât sacrifié, sinon il n'en est plus un, n'est-ce pas ? En ce moment, une autre mule doit être en train d'embarquer sur un autre vol. Quoi ? Disons que oui. Il a dit qu'elle s'est mise à pleurer quand il a expliqué que tout avait été arrangé pour qu'elle soit arrêtée pour nous induire en erreur, pendant que la poudre était transportée sur un autre vol. C'est ce qu'il dit. Est-ce qu'on le croit ? Elle parle uniquement de sauver la petite. Qu'est-ce que c'est encore que cette connerie maintenant, que tout le monde est bon ? Quoi ? Et croyant. Elle a été punie à l'église. Elle a dû quitter la maison qu'elle partageait avec une autre missionnaire. L'amie l'a dénoncée à l'Église. Qu'est-ce que j'en sais, elle a échoué dans une mission. Il n'est pas entré dans les détails. Elle a été chassée de chez elle. L'Église payait son loyer. Elle a dû déménager dans un appartement rue du Vingt-Cinq-Mars. Avec une autre Chinoise. Une crèche pendant la journée. Non, pas elle, l'autre. Elle passait la journée dehors, à donner des leçons de chinois. Elle revenait pour dormir. Et elle sortait de nouveau avant que les parents arrivent pour déposer leurs rejetons là, tôt le matin. C'est ce qu'il a dit. Quand elle revenait, les enfants étaient déjà repartis. Les parents. Probable. Tout le monde là-bas travaillait pour la contrebande. Les deux. Le père et la mère de la gosse. La mère travaillait dans un magasin d'électronique. Le père était vigile. Ton agent a dit qu'il y a cinq mois, quand la Chinoise est rentrée chez elle, la fillette était encore là. Oui ! À la crèche. Dans l'appartement. Les parents n'étaient pas venus. La fillette a dormi là. Oui. Le père et la mère. Tous les deux ont été tués. J'ai vérifié. Oui, c'est écrit là. Il y a cinq mois. Ça concorde. Un règlement de comptes. Impossible de le savoir. Ça figure ici, j'ai cherché ça dans l'ordinateur. Les corps ont été découverts dans un appartement abandonné. Quatre corps. Ils ont été exécutés à bout portant, d'une balle dans la nuque et dans la tête. Quatre, oui. Deux couples. Il semble que les hommes aient été traînés par terre. Ils ont laissé des traces de sang de la chambre à la salle de séjour. Il y avait aussi du sang sur les murs. Les corps des deux hommes étaient ligotés. Et les femmes étaient pieds nus. Non, à ce qu'il semble, personne ne parlait portugais. C'était des gens très pauvres. Tu vois ? Ils ont été assassinés parce qu'ils voulaient partir. Ils voulaient sauver leurs enfants. Tu crois ça ? La Chinoise dit qu'elle ne connaissait pas le couple. C'est la femme qui s'occupait de la crèche qui lui a raconté que les parents de la fillette avaient été assassinés. Oui. Ils voulaient ramener la petite en Chine. De quoi ? Je ne sais pas non plus. Elle dit seulement que la gosse ne peut pas rester. C'est ce que lui, a dit. Elle a dit que les deux couples avaient compris que leurs enfants ne pouvaient pas rester, parce qu'ils s'endettaient de plus en plus. Ils essayaient de s'enfuir pour sauver leurs gosses. Il dit que la Chinoise a essayé de s'enfuir avec la fillette il y a deux mois. Oui. Trois mois après l'assassinat des parents. Et qu'elle n'a pas réussi à le faire juste à cause de l'autorisation. Tu crois ça ? Moi ? Je ne sais pas. Elle a accepté d'emporter la drogue pour pouvoir sauver la fillette. D'ici, de cette ville, de ce pays. Lui dit qu'il n'a trouvé aucune drogue, évidemment. Quoi ? Délation récompensée, par exemple. Il l'a proposé. Elle n'avait pas compris. Il ne lui était pas venu à l'esprit qu'elle allait être dénoncée avant d'embarquer. C'est ce qu'il dit. Elle n'avait jamais entendu parler de sacrifice d'un appât ni de délation rémunérée. Il dit qu'elle a négocié son billet et celui de la petite, ainsi que l'autorisation du juge, après avoir essayé de fuir avec la fillette une première fois, il y a deux mois, sans autorisation, quand l'agent lui a expliqué, ici même, qu'elle avait besoin d'une autorisation, oui, ici même, un mardi, quand il remplaçait la secrétaire Márcia à l'accueil. La Chinoise lui a dit qu'elle avait dépensé tout ce qu'elle avait pour les deux billets la première fois. Bien sûr. Sinon, elle n'aurait pas accepté de transporter la poudre maintenant. Tu crois ça ? Une autorisation bidon, évidemment. La petite ne lui lâche la main pour rien au monde. Bien sûr que c'est inadmissible. Tu te vois en train de négocier ? Et comment on va résoudre ça ? Personne ne sait encore rien. En dehors de toi et moi. C'est pour ça que je t'ai appelé. Par chance, la secrétaire Márcia est à son cours. Bien sûr que je réfléchis. Pas toi ? Si la fillette reste, elle va commencer à bosser dans le coin à treize, quatorze ans. Pour payer la dette de ses parents. C'est ce que la Chinoise dit. Elle a cinq ans. Et dans ce cas, quelle est la différence ? Par moralisme ou par humanité, est-ce que ça ne revient pas au même ? Non ? Moi je pense que si. Je ne sais pas si c'est mieux. Lui fait confiance à la Chinoise. Il croit tout. Pas toi ? Je ne sais pas ce qu'il voit, mais la folie c'est d'avoir tout compris la première fois, dès qu'il a vu la Chinoise, quand il lui a expliqué qu'elle ne pouvait pas voyager avec l'enfant sans une autorisation des parents et qu'elle a fondu en larmes. Et s'il a alors tout compris, c'est parce qu'il est fou. Tu dois le reconnaître. Condamné ! Qu'est-ce que c'est encore, cette connerie ? En tout cas, je voulais te parler avant de prendre une décision. Je ne vais pas décider seule. Je fais l'objet d'une enquête, non ? Tu ne lui as pas déjà sauvé la peau avant ? Tu ne l'as pas fait venir ici ? C'est ce que je lui ai dit ! Je lui ai dit : c'est une trafiquante, parfaitement ! Sur la banquette arrière, tenant la petite par la main, peu importe, c'est une trafiquante ! Et tu dois la ramener immédiatement ! Et tu sais ce qu'il a répondu ? Il a répété l'histoire que la Chinoise avait racontée à la fillette, en la tenant par la main sur la banquette arrière, pour la calmer. Voilà ce qu'il a raconté. Et tu penses que je crois ça ? Évidemment c'était en chinois, vu que toutes les deux sont chinoises ! Dans quelle langue elle allait raconter ça ? Au début, du moins. Il a dit qu'elle racontait l'histoire à la petite, pendant qu'il conduisait au milieu de l'embouteillage, où il nous serait impossible de les rejoindre, et il lui a demandé de la boucler. Il lui a dit qu'il n'y avait rien de plus agaçant que le son insistant d'une langue qu'on ne parle pas. Imagine la langue des oiseaux, qui chantent avant le lever du soleil. Et c'est uniquement pour ça qu'elle s'est mise à raconter l'histoire en portugais. C'est ce qu'il a dit. Il a dit que la Chinoise a raconté l'histoire en portugais à la petite qui ne parle pas portugais pour ne pas agacer encore plus l'agent, parce qu'au fond elle racontait ça pour elle-même, pour se calmer, elle a dit que… (*Pendant qu'il écoute ce que dit la commissaire, l'étudiant de chinois se souvient qu'un jour, quand elle lui donnait encore des cours de chinois, la professeur lui avait raconté : il y a des siècles, comme tout en Chine, dans un petit village niché au fond d'une vallée entourée de montagnes verdoyantes, vivait un marchand de cire, qui fut le premier à comprendre et à proposer, dans des formules et des équations, bien avant n'importe quel économiste en Occident, avant même qu'une science nommée économie ne voie le jour, l'idée que le commerce est un équilibre entre l'offre et la demande, tout comme la vie est l'équilibre entre le plaisir et la faim. Le marchand rédigea sa théorie en vers dans un livre dont les originaux, conservés comme un trésor par ses descendants, disparurent dans la grande inondation de 1911, et il ne reste plus que des copies modernes, désormais incapables de prouver leur origine. L'entreprise de la famille du marchand souffrit un premier revers quand le kérosène commença à alimenter les réverbères, mais la vraie débâcle survint avec l'invention de l'ampoule électrique qui, à l'instar des inondations de printemps, menaçait désormais de rendre la vallée aussi éblouissante qu'une immense flaque jaune reflétant le soleil au zénith. On ne parlait pas d'autre chose : dans quelques années, la bourgade se mettrait à scintiller la nuit comme un essaim de lucioles. Et, bien que cette attente dût s'étendre encore jusqu'à un avenir que l'imagination humaine était incapable d'atteindre, ce fut pendant cette époque*) *prometteuse, empreinte d'espoir, encore sous la lumière des réverbères à kérosène, que le traité rédigé il y avait des siècles par le patriarche et ancien marchand de cire commença à être lu comme de la poésie, puisqu'il n'avait pas servi comme manuel pour éviter l'effondrement d'une entreprise millénaire et lucrative, dont il ne restait plus à la famille qu'à compter les dernières heures. La nature du négoce plaça les descendants du marchand de cire en situation de collision avec le progrès de l'humanité. Ils reculaient, alors que l'humanité avançait. Quelques décennies plus tard, dans ce qui n'était plus que les ruines de la demeure seigneuriale qui avait jadis dominé le bourg comme un palais, naquit une petite fille que ses tantes, immobilisées dans le bourbier du passé, auraient traitée de princesse, si elles n'avaient pas été toujours aussi occupées à jouer au mah-jong, dont la capacité de distraire les vieux de la décadence du présent est bien connue très au-delà des frontières chinoises, sous la lumière électrique enfin installée par les communistes. Et, bien qu'elle n'eût rien d'une princesse, la fillette grandit comme si elle en était une. Elle devint vite la cible des moqueries de ses petites camarades de classe à l'école du village et elle eût été la victime idéale de la Révolution culturelle si, en plus d'être prétentieuse, elle n'avait pas été aussi une enfant. À la première occasion, dès qu'elle eut dix-huit ans, ses parents la marièrent à un homme qui, bien qu'à l'aise pour le niveau de vie local, gagnait sa vie dans les champs, comme tout le monde dans cette saloperie de vallée. Ses parents étaient prêts à tout, même à marier leur fille à un pauvre bougre quelconque pour se libérer de la bombe à retardement d'idiotie qu'était devenue cette fille prétentieuse, toujours à se vanter à droite et à gauche du passé bourgeois de la famille, comme si c'était un atout. Ils pensaient que tôt ou tard ils tomberaient en disgrâce à cause d'elle. Elle était née avec tous les attributs idéologiques d'une contre-révolutionnaire. Elle ne pensait qu'à sortir de ce trou. Elle tomba vite enceinte de sa première*

148

fille. Puis d'une deuxième. Mais c'était un fils qu'elle souhaitait par-dessus tout mettre au monde, comme toute bonne Chinoise. Et quand elle fut enceinte pour la troisième fois, au lieu d'avorter, en violation absolue de la politique de l'enfant unique que toute famille chinoise était censée respecter, elle obligea son mari à l'emmener dans un village éloigné, où personne ne la connaissait, et à la laisser là, cachée, jusqu'à la naissance de l'enfant.) Quoi ? Qui a dit ça ? Le couillon à côté ? Et comment il sait ça ? Un élève de la Chinoise ? Alors, apparemment, elle raconte la même histoire à tout le monde. L'histoire de sa vie à elle. Sa mère ne s'était pas enfuie pour qu'elle puisse naître, dans l'espoir d'avoir un garçon ? Mais, au lieu d'un fils, elle a donné le jour à une trafiquante, c'est ça ? Il semble que, même en portugais, sa voix soit capable de sortir n'importe qui du droit chemin, au point que l'agent a cru pouvoir se libérer d'elle au milieu des bouchons dans la rue, de cette même femme que, dans un acte irréfléchi et aussi incompréhensible que la langue qu'elle parle, il avait décidé de sauver quelques heures plus tôt. Pour que tu voies ! Il ne l'a pas flanquée à la porte de la voiture, mais il lui a ordonné de la boucler. Sauf qu'il semble que l'effet ait été de courte durée car, peu après avoir aperçu dans le rétroviseur l'expression terrorisée de ses deux passagères, silencieuses sur la banquette arrière, il a de nouveau entendu la voix exaspérante et, pire encore, parlant de nouveau en chinois. L'instant d'après, ils étaient dans un embouteillage. Et là, remarquant dans le rétroviseur l'appréhension de la Chinoise, et un peu par sentiment de culpabilité et aussi un peu par compassion, il a décidé de la tranquilliser. Oui, c'est ce qu'il a dit. Il lui a demandé si elle était préoccupée. Il lui a demandé si elle savait ce qui causait toute cette pagaille. Il lui a expliqué ce qu'était le Brésil, le pays dont elle tentait de sauver cette petite fille. (*Pendant qu'il écoute la commissaire de police, l'étudiant de chinois imagine ce que lui-même aurait dit pour tranquilliser son ex-professeur de chinois, s'il était à la place de l'agent qui l'a kidnappée : 'Tu es inquiète ? Ce n'est pas comme ça en Chine ? Tu ne lis donc pas les journaux ? Si tu as fui la Chine, ce n'était pas pour lire les journaux au Brésil, n'est-ce pas ? Tu ne peux pas savoir ce qui cause cette pagaille. Ce n'est rien. Oui, oui, ça va passer. J'aurais dû prendre un autre chemin. Moi non plus je ne lis pas les journaux. J'ai complète- ment oublié que la fille du chanteur de musique sertaneja était sur le point d'accoucher. Oui, le chanteur de musique du sertão vient d'avoir un petit-fils. Tu n'aimes pas la musique du sertão ? Ne fais pas cette tête. La fille du chanteur du sertão a accouché. C'est tout. Et tout le monde est venu fêter ça à la porte de l'hôpital. Enfants, vieux, malades, ménagères, chômeurs, travailleurs, sans-emplois, sains d'esprit et séniles, pères, mères, chiens, perroquets, parâtres, marâtres, marchands de glace, boulangers, bouchers, employés de banque, supporters de foot, agents de la circulation, croque-morts, tout le monde fête la naissance du petit-fils prématuré du chanteur sertanejo. Comme pour Jésus. Pourquoi tu fais cette tête ? Quand Jésus est né, des gens sont aussi venus de tous les côtés pour fêter ça. Si Jésus naissait aujourd'hui, tu imagines un peu l'embouteil- lage ? Tu veux que je mette la sirène ? Non ? Calme-toi. Je ne branche pas la sirène. J'étais en train d'écouter ton histoire en chinois et voilà-t-il pas que je comprenais. J'ai raté une ou deux choses, évidemment, mais j'ai saisi l'essentiel. Je connais ton histoire. J'ai compris ton histoire à l'instant où je t'ai vue, il y a deux mois. J'ai compris sans que tu aies besoin de parler. S'il te plaît, ne fais pas cette tête. Tu vas dire que tu ne te souviens pas de moi ? Tu voulais une autorisation pour embar- quer avec la petite pour la Chine. Tu es montée au commissa- riat pour obtenir l'autorisation. J'étais là. Tu te souviens ? Ce n'était pas toi ? Bien sûr que c'était moi. J'ai compris la moitié de ton histoire là-bas, toi désespérée, pleurant, cramponnée à la* petite. *Tu étais désespérée en voyant ton plan de t'enfuir du Brésil s'en aller en eau de boudin. Moi aussi j'ai été atterré. Je sais ce que c'est. Moi aussi je veux partir d'ici. Moi aussi j'essaie de me tirer. Ce jour-là, j'ai compris la première partie de ton histoire. La deuxième partie, je l'ai comprise aujourd'hui, quand on a téléphoné à l'aéroport pour dire qu'une Chinoise embarquait pour la Chine et qu'elle faisait escale à Madrid avec six kilos de cocaïne. S'il te plaît, ne fais pas cette tête, comme si tu n'étais pas au courant. Ça me fend le cœur. Ils t'ont trompée. Probablement le type qui t'a recrutée. Pour servir de mule. Toute dénonciation est anonyme, tu ne le sais pas ? Et il suffit d'une dénonciation anonyme, probablement par le type qui t'a recrutée, pour que tu passes de mule à bœuf pour les piranhas. Tu ne sais pas non plus ce qu'est un bœuf pour les piranhas ? Tu jettes un bœuf maigre et malade aux poissons, des poissons carnivores évidemment, pendant que le troupeau de bœufs passe de l'autre côté de la rivière. C'est logique que tu ne cesses pas d'être une mule quand tu es un bœuf pour les piranhas. Presque tous les bœufs pour les piranhas sont aussi des mules. Et comment ça se fait que l'idée que tu avais été trahie n'ait pas traversé ta petite cervelle de mule ? Ne fais pas cette tête, je t'en prie ! Ils t'ont dénoncée pour nous distraire, c'est logique. Il m'a suffi d'entendre qu'une Chinoise embarquait pour la Chine avec une fillette en emportant six kilos de cocaïne pour comprendre qu'on se servait de toi, pour me souvenir de toi, et, en additionnant une chose à une autre, pour comprendre la deuxième partie de ton histoire. Tu as décidé de courir le risque de passer le restant de tes jours dans une prison contenant trois fois trop de prisonniers, pour essayer de sauver la petite, n'est-ce pas ? Je sais. Et c'est pour ça que je t'ai sortie de la queue avant qu'on t'arrête, tu comprends ? Tu n'as pas besoin de faire cette tête de mule pour justifier ton recrutement. Moi aussi je veux sauver la petite. Mais comment tu as pu faire une chose pareille ? Je sais, tu as perdu la tête. Moi aussi je l'ai perdue, il y a trois ans. Trois ans ! J'ai compris ton histoire, de A à Z, dès que je t'ai vue dans la queue pour l'enregistrement. Je sais que vous étiez en fuite toutes les deux. Je connais l'histoire que tu lui as racontée.* ') Ce n'est pas vraisemblable ? C'est ce qu'il m'a dit au téléphone. Tout le monde est un peu bouché. Est-ce que je dois répéter ? L'intelligence n'existe que par comparaison. Ce qu'il dit, c'est qu'on peut encore sauver la fillette. Il est clair que la Chinoise est bête. Il est clair qu'elle est un appât sacrifié. Et tu voulais quoi ? Il va appeler d'un instant à l'autre. Il faut attendre. Il ne le voyait pas avant d'être expédié dans le camp tantrique. C'est une ânerie cette idée. La tienne, bien sûr. De qui d'autre ? Tu as tout fait pour l'envoyer à la frontière, dès sa première affectation. Et ensuite, tu le mutes ici ? Excuse ma franchise, mais il ne te reste plus qu'à braire. Ne plus l'utiliser ? Tu as le culot de me dire ça maintenant ? Tu as cru par hasard que tu allais le sauver et te racheter de ta faute en le faisant venir ici ? Et qu'est-ce que ça pouvait faire qu'il soit sous ta supervision ? Et moi ? Tu n'as pas pensé à moi ? Un abus de pouvoir, parfaitement. Je n'ai rien à voir avec ça, tu comprends ? Si sa mère se baladait pieds nus dans la rue en braillant et s'il la suivait en silence partout où elle allait, pour la ramener à la maison, c'est pas mes oignons. Ce que je sais, c'est qu'en ce moment même une autre mule doit être en train d'embarquer sur un autre vol avec un chargement bien plus important que celui de la Chinoise. Voilà ce que je sais. Que veux-tu que je fasse ? Dis-le-moi. Mets-toi à ma place. Il va téléphoner. Tu as une contre-proposition ? Quoi ? Tu es en train de dire que nous allons prendre en ligne de compte sa proposition à lui ? C'est bien ça, n'est-ce pas, que tu es en train de dire ? Non, il suffit de répondre. À ce stade, ça m'est égal. Je veux juste savoir si c'est bien ça que tu veux dire. C'est ça ou pas ? Tu es venu pour enquêter sur moi, n'est-ce pas ? Alors, dis-le-moi maintenant. Car je ne vais pas résoudre ça toute seule. Nous allons négocier avec lui ? Il voit quoi ? Je peux seulement imaginer sa déception quand il a vu le corps de l'Indien mort à cause de lui, la seule personne au monde capable de dire le nom de Dieu, en dehors du missionnaire, corrige-moi si je me trompe s'il te plaît, le corps de l'Indien assassiné par le missionnaire avec l'excuse de sauver la vie de l'agent, c'est bien ça ? Le missionnaire a dit, en pleurant sur le cadavre de l'Indien : 'Nous décidons de ce qui est vrai et de ce qui est illusoire', c'est écrit ici, dans le rapport, ça aussi, je l'ai déjà entendu avant, on dirait des paroles de MPB. C'est exactement ce qu'il m'a dit il y a peu au téléphone : 'Nous décidons de ce qui est vrai et de ce qui est illusoire.' Qu'est-ce que tu en penses ? Tu crois que je fais de l'ironie ? Vraiment ? Je comprends parfaitement la gravité de la situation. Je veux être croyante comme tout le monde. Tu as dit qu'il n'a jamais récupéré complètement. Tu veux dire qu'il a conscience de ce qui se passe autour de lui, mais qu'il rêve éveillé. Il agit dans la réalité pendant qu'il rêve. Et tu veux que je croie ça ? Comment ? Pendant qu'il agit dans la réalité, il se souvient de rêves qu'il n'a jamais faits, comme s'il les avait faits, à la vitesse des rêves, car maintenant il rêve en même temps qu'il vit. Même en répétant, je ne sais pas si j'ai compris. Il continue à agir dans la réalité, mais en voyant des choses qui se produisent dans les rêves, il croit se souvenir de rêves passés, mais ce sont des rêves qu'il n'a jamais faits et dont il ne peut pas se souvenir, simplement parce que, comme il finit par le comprendre, il rêve à ce moment même, dans le présent, au moment où il croit se souvenir de ces rêves. Quoi ? Une conscience parallèle ? Il voit en rêve, bien qu'il soit éveillé. Non ? Il voit la réalité et le rêve en même temps. Mais je n'arrive pas à comprendre. Non, je n'y arrive pas. Ce n'est pas difficile, c'est très difficile. Tu ne me feras pas croire ça. Très bien, à Jésus et à tout ce que tu voudras, mais pas à une histoire sans queue ni tête comme celle-là. Il dit que c'est infernal ? Je peux l'imaginer. Rêver éveillé ! Quel pire châtiment ? (*L'étudiant de chinois ferme les yeux et essaie de rêver éveillé, comme l'agent, il imagine qu'il se souvient de rêves qui, n'ayant jamais été rêvés, ne peuvent être rêvés que maintenant et, les yeux fermés, il essaie d'imaginer le monde inimaginable auquel se réfère la seule langue qui, à en croire le missionnaire, est capable de dire Dieu et qui survit grâce à lui et à personne d'autre : c'est un monde qui rappelle curieusement le scénario des anciens films de Tarzan que l'étudiant de chinois a vus dans son enfance, lors des fêtes d'anniversaire, quand on ne passait pas les vieux films de James Bond. Il imagine une forêt vierge à travers laquelle des montagnes rocheuses pointent vers les nuages. Au sommet de l'une d'elles, entre le dais verdoyant et les nuages, vivent les Amazones, des femmes guerrières parmi lesquelles il reconnaît soudain son ex-professeur de chinois, en train de courir, un arc et une flèche à la main. Elle est impatiente, vêtue d'un bikini en cuir de gorille qui la rend très sexy, donnant à son biotype précédemment chétif la luxuriance de Raquel Welch dans sa jeunesse. Pendant plusieurs semaines après la petite fête pour ses huit ans au cours de laquelle il eut le plaisir de découvrir la ville des Amazones dans un film de Tarzan, l'étudiant de chinois avait rêvé de la ville en question : dans ce rêve, il était capturé par les Amazones et conduit devant leur leader au sommet de la montagne. Ligoté, bâillonné et suspendu à une perche horizontale, avant d'être transporté comme un animal criblé de flèches par les Amazones jusqu'à leur chef. À l'époque du rêve, ce qui l'avait le plus intrigué ç'avait été de constater que la chef des Amazones n'avait pas de visage (le visage était effacé) — et que, par conséquent, il ne pouvait reconnaître chez elle aucune expression déchiffrable, ni de plaisir ni de répulsion, en l'accueillant.*

Quelle n'est pas sa surprise à présent, dans son rêve éveillé, d'imaginer le monde auquel pouvait se référer cette langue inimaginable, parlée uniquement par deux individus (et, après la mort de l'Indien, par un seul, qui s'obstine à rester muet), en reconnaissant que le visage de la chef des Amazones est en fait celui de son ex-professeur de chinois, laquelle lui tend les bras en lui souhaitant la bienvenue et en répétant la phrase qu'il n'a pas comprise, quand elle avait été tirée de force de la queue pour l'enregistrement, avant de disparaître à nouveau, la phrase qu'il continue à ne pas comprendre dans le rêve éveillé. Dans le monde des Amazones imaginé par l'étudiant de chinois, où par coïncidence on parle chinois et aussi la seule langue capable de dire Dieu, après avoir été conduit au palais des Amazones et avoir découvert que leur leader n'était autre que son ex-professeur, l'étudiant de chinois est enfermé dans une pièce en haut d'une tour, d'où il aperçoit la canopée des arbres tropicaux qui s'étend jusqu'à l'horizon. La nuit, quand il dort à poings fermés après une journée fatigante, l'étudiant de chinois se réveille au bruit de coups frappés à la porte, si fort qu'il a l'impression que le visiteur de l'autre côté a l'intention de la défoncer. Il se réveille effrayé, saute hors du lit et demande : 'Qui est-ce ?' La porte s'ouvre lentement en grinçant. La professeur de chinois entre, encore vêtue de son bikini en cuir de gorille, et elle s'adresse à l'étudiant de chinois dans la langue qu'il devrait, sinon dominer, du moins comprendre, ne serait-ce que pour l'avoir étudiée durant les six pires années de sa vie : 'Yi ge liu yan shuo dao' *(J'ai un petit message pour toi), mais il ne comprend pas.* 'Zhi shi tong zhi ni' *(Juste pour te prévenir...) mais il continue à ne pas comprendre. Et soudain, la professeur de chinois conclut par une phrase qui semble à l'élève inexplicablement limpide, comme la neige et le portugais : '... que demain commencent les épreuves auxquelles tu vas participer.' L'étudiant de chinois est perplexe. Des épreuves ?* 'Dou hao ma ?' *(Tu es d'accord ?) demande-t-elle pour le plaisir de*

questionner, comme s'il avait le moindre choix. Il ne sait que
répondre et n'a même pas besoin d'expliquer qu'il ne s'est pas
entraîné, qu'il n'a rien étudié – son silence est suffisamment
éloquent. 'Wo men ti gong shi ying shi chang hang quing de
gong zi' *(Nous offrons un salaire compatible avec le marché),*
ajoute-t-elle. Il ne sait pas de quoi elle parle, mais peu importe,
car, à ce stade, il a de nouveau cessé de comprendre.) Et
qu'est-ce qu'il voit donc ? De la prémonition ? Il rêvait déjà
éveillé quand tu as convaincu la direction de l'envoyer ici !
Tu as vraiment de bons contacts. Tu as placé un cinglé ici et
tu as pensé qu'il pourrait contrôler la situation ! Il ne rêve
pas, il délire. Alors, quoi ? Il voit ! Il voit quoi ? Il a une
proposition. Il sait que le couillon est ici à côté. (*L'étudiant*
de chinois revient à lui, comme s'il se réveillait d'un sommeil
profond, il éloigne une seconde l'oreille de la cloison et se
reprend.) La Chinoise n'a confiance en personne d'autre.
Peu importe, couillon ou pas, elle n'a confiance qu'en son
ex-élève. Quand il appellera, tu lui parleras. Qui a dit qu'il
te défie ? Il veut seulement sauver la fillette. Il dit que la
Chinoise est une candidate solide à la dénonciation rémunérée. Elle est disposée à parler aussi de l'Église. Il veut
proposer une solution négociée. Et c'est là que le couillon
entre en scène. Quoi ? Et qu'est-ce que c'est, ce problème
avec les moyens de communication ? Je n'ai pas compris. Il
trouve qu'il y a un problème de communication ? Le wifi ?
Il l'a demandé. Il n'a aucun droit ! Et qu'est-ce que les
moyens de communication ont à voir avec ça ? Bloqué,
parfaitement. Ici, on n'est pas dans une prison. Ici, on ne
tolère pas ce laxisme des téléphones portables. Tu t'es
fabriqué une emmerde. Maintenant, débrouille-toi. Finalement, pourquoi tu es ici ? Finalement, qu'est-ce qu'on t'a
dit ? On ne t'a pas dit que je suis folle ? Que je me suis laissé
embringuer par l'Église ? Que je suis entre les mains d'un
pasteur ? Que j'ai des problèmes psychologiques ? Que j'ai

besoin d'être humiliée ? Que je recherche l'humiliation comme on recherche le châtiment ou le plaisir. Où est la différence ? On ne t'a pas dit que je compromets les actions de la police ? Que je dois être mise à l'écart le plus vite possible ? Que je fréquente un club de rencontres ? Ce n'est pas ce qu'on t'a dit ?" (*Et, soudain, pour la première fois, l'étudiant de chinois n'a plus besoin d'imaginer quoi que ce soit, car il se met à entendre aussi la voix du commissaire, cristalline comme un matin d'hiver et la langue portugaise, comme si le commissaire s'était approché de la cloison minable et de la femme et qu'il n'y avait plus aucun doute quant à la réalité de ce qu'ils se disaient l'un à l'autre.*)

"Non. On m'a dit que tu as perdu un enfant."

"Perdu est trop gentil. Tu sais que ce n'est pas le verbe approprié. Qu'est-ce qu'ils t'ont dit d'autre ?"

"Ils ont dit que tu as tué le garçon par erreur."

"Ils ne t'ont pas dit qu'il s'agissait de légitime défense ?"

"Ils ont dit qu'il n'était pas armé."

"Ils ne t'ont pas dit que c'était déjà un homme ?"

"Ils ont dit qu'il avait été flanqué à la porte de chez lui à quatorze ans. Ils ont dit qu'il était revenu parce qu'il avait besoin d'argent pour acheter du crack, mais qu'il n'était pas armé."

"Alors, ils t'ont dit que c'était mon fils ?"

"Ils ont dit que depuis tu ne comprends plus ce qui se passe, que tu as arrêté des gens innocents, que tu ne suis pas les changements du monde, que tu es vieille, que tu n'es plus bonne à rien, que tu t'accroches au passé."

"Ils ne t'ont pas dit qu'il avait essayé de me tuer avant ?"

"Non."

"Ils t'ont dit que je me suis trompée ?"

"Ils ont dit que ça a été une erreur, que tu as cru qu'il s'agissait d'un braquage. Ils ont dit que tu t'étais trompée."

"Et tu l'as cru ?"

III. LA LANGUE DU PRÉSENT

Les Chinois seront d'excellents touristes.
Michel Houellebecq

"Gay ? Moi ? Gay, mon cul ! Cette question n'est pas une insulte ? Simplement parce que je ne veux pas avoir d'enfants ? Moi ? Moi, j'ai dit ça ? Je l'ai laissé entendre. Et qu'est-ce que le cul a à voir avec la chemise ? On dit pas comme ça ici ? Et votre amie là, à côté ? Comment ça, qui ? Aujourd'hui, les gays veulent avoir des enfants ! Et dites-moi si je n'ai pas raison. Dites-moi si je n'ai pas raison de ne pas vouloir d'enfant après tout ce que j'ai entendu dans la pièce à côté. Dites-le-moi. Est-ce que je n'ai pas entièrement raison ? Que croyez-vous que j'ai entendu ? Tout. C'est-à-dire suffisamment. Presque tout ce qu'elle a dit. Vous vous foutez de ma gueule, ou quoi ? La commissaire. Comment ça, quelle commissaire ? La seule. Celle que j'ai entendue parler dans la pièce d'à côté. Exactement, monsieur. Je l'ai entendue, oui, monsieur. Il n'y en a pas ? Pas la moindre commissaire ? Alors, qui parlait avec vous ? Non ? Et qui donc a vendu son âme à l'Église ? Vous vous foutez vraiment de ma gueule ! Alors comme ça, il n'y a pas

161

de commissaire femme ? Sûr. Vous êtes le seul commissaire ici. Non, bien sûr. Tout ce qu'il y a de plus respectueux. Vous pensez que tout le monde est croyant ? Je comprends. C'est plus que compréhensible. Moi non plus je n'aimerais pas être traité de substitut du commissaire de police. Ni par un homme ni par une femme. Imaginez un peu ! Mais gay ? Disons qu'il n'y ait vraiment aucune commissaire titulaire à côté, comme vous dites. Alors, qui donc a tué le fils ? Comment ça, qu'est-ce que c'est que cette folie ? Moi ? Moi, j'ai dit ça ? Je l'ai laissé entendre ? Putain de merde ! Et qu'est-ce que vous voulez que je dise ? J'aurais préféré naître mort ou estropié plutôt que gay ! Même noir, s'il fallait, mais gay ? Et qu'est-ce qu'on dit dans un moment pareil ? Que voulez-vous donc que je dise ? Putain de merde, parfaitement, monsieur ! Putain de merde ! Putain de merde. Mille fois putain de merde ! (*Pendant qu'il répète au commissaire de police toute son indignation, l'étudiant de chinois comprend soudain qu'il n'a absolument nulle part où aller ni aucune raison d'aller où que ce soit, et encore moins de continuer à parler.*) Arrêtez-moi ! Vous pouvez m'arrêter. Oui, m'arrêter. Qu'est-ce que vous attendez ? Comme si je n'étais pas déjà prisonnier ! Où on est ? J'ai droit à un avocat. Ou est-ce que je n'y ai pas droit ? C'est la fin du monde, non ? Qui ça ? Ex ! Ex-professeur de chinois. Elle ? Elle a dit ça ? Quand ? Gay ? Elle a attendu jusqu'à la leçon 22 du quatrième livre du cours moyen de chinois pour découvrir que j'étais pédé ? Comment ? Je n'étais pas ? Je suis ? Putain de merde ! Je suis pédé ! Il ne manquait plus que ça. Quelle mission ? Elle a échoué. Certes. Elle a échoué avec moi ? Quoi ? Elle ne m'a pas converti ? Elle a quitté l'école parce qu'elle a échoué avec moi ? Mais d'où cette idiote a tiré que j'étais gay ? Ok. Que je suis gay, ça revient au même. Vous comprenez que le temps, ici, n'a pas la moindre importance ? Vous ne le comprenez pas ? D'où elle a tiré que je suis gay ? Divorcé, et alors ? Bien sûr que je suis divorcé. Vous auriez dû connaître ma femme. Mon ex-femme. Personne ne mérite de vivre ce que j'ai vécu. Pas vécu, ce que je suis en train de vivre ! J'ai pensé que c'était fini. Mais ma femme est actrice. Comment ? Parce que je n'ai pas voulu épouser la professeur de chinois ? Qu'est-ce que vous racontez ? Une mission de l'Église. Punie par qui ? Mais pourquoi moi ? Moi, je voulais juste apprendre le chinois et oublier ma femme ! Mais cette idiote n'était même pas foutue d'enseigner le chinois ! Chu, su, ku. Maudite soit l'heure où je suis allé dire que c'était une bonne enseignante. Et où j'ai voulu continuer avec elle. Malgré cet accent merdique du sud de la Chine. Voilà ce que ça donne de vouloir aider les faibles et les opprimés ! Le bien et la vérité sont incompatibles ! Personne ne parle de cette façon à Pékin. Voilà à quoi ça mène de suivre les pas de Jésus ! Elle m'a fait de la peine. J'ai été magnanime ! Personne ne doit jamais éprouver de pitié. Un accent du sud de la Chine ! On entend de travers. C'est ça le résultat ! L'être humain est une merde. Et il n'y a pas d'excuse qui tienne. Une merde, oui, monsieur. Chu, su, ku, parfaite-ment, monsieur ! Vous saviez que la tomate a plus de gènes que l'homme ? Eh bien, lisez les journaux. Lire le journal est la dernière chose que fait un déprimé avant de se tuer. La tomate. Et ça n'a rien d'étonnant. On veut aider et voilà la récompense ! Pédé ! Quelles allusions ? Je ne lui ai jamais dit que l'homme est un être suicidaire ! Jamais ! À vous ! Je vous ai dit ça ? Quand ? Il y a un instant ? Qu'est-ce que c'est, cette connerie ? Je n'ai jamais dit à cette femme que la reproduction c'était la mort ! Je n'y ai jamais fait la moindre allusion. J'essayais d'apprendre le chinois. Quoi ? J'ai eu des gestes maniérés ? Des gestes maniérés ! Et vous voudriez en plus que je me contrôle ? Comment ? Je ne lui ai jamais dit que même la conscience du mal ne pouvait pas empêcher l'homme de se reproduire ! Je n'ai jamais prononcé une phrase pareille. Ni en chinois, ni en aucune langue. Elle l'a déduit ? Parce que je n'avais pas d'enfants ? C'est une imbécile ! Mon ex-professeur de chinois est une imbécile ! Comme si je ne le savais pas ! Juste parce que je ne veux pas avoir d'enfants ? Ma femme voulait un enfant à tout prix. Le chiropracteur aussi. Ils étaient faits l'un pour l'autre. Vous n'allez pas me dire maintenant que tout le monde cache une histoire. Ce n'est pas ça que vous voulez dire, n'est-ce pas ? Que tout le monde cache quelque chose, que chacun a une histoire à raconter ? Que derrière ce que je dis, je dis autre chose ? Ce n'est pas vrai, si ? Car ça a un nom. Qui n'est pas espérance, mais croyance ! C'est moi qui suis en train de devenir fou ? Ou bien vous autres ? Vous et la commissaire là, à côté. Il n'y a pas de commissaire ? Bien sûr. Ok. Je vais croire qu'il n'y a aucune commissaire là, à côté. Ce que j'ai entendu a été l'œuvre de mon imagination. La réalité n'existe pas. Je ne suis pas ici. Il n'y a pas la moindre commissaire là, à côté. Tout ça est le produit de l'imagination. De quoi ? Ah, de ma folie ! Bien sûr. Je vais faire semblant d'être croyant, comme vous. J'ai imaginé une commissaire de police. Bien sûr. Parce que je suis fichu. Ce que l'esprit humain ne fait pas dans une situation pareille ? Qu'est donc l'esprit de l'homme, hein ? C'est quoi ? Elle n'a pas employé ce mot ! Pas ma professeur de chinois. Comment une Chinoise va employer un mot pareil dans une langue qu'elle ne parle pas ? Quoi ? Qu'elle parle mal. Bon, oui, en colère. Il est évident que j'accepte ce que je suis. La seule chose que je n'accepterais pas, c'est d'être gay. Quel problème avec Dieu ? Mais elle est complètement idiote ! Comment ça se fait que je ne m'en sois pas aperçu avant ? Comment j'ai pu me laisser avoir ? Comment une Chinoise du Sud peut-elle savoir si Dieu existe ? Allez vous faire foutre ! Pas vous, monsieur. Allez vous faire foutre en général, sans sujet. Tout ce que je veux, moi, c'est sortir d'ici. Comment ça peut être si évident ? Qui a dit ça ? Mais enfin, on est dans un commissariat ici ou à une séance de psychanalyse ? La même chose, mon cul ! Comment ça, il n'y a aucune différence ? Œdipe ? C'est tout ce que vous avez à dire ? Eh bien, je n'ouvrirai plus la bouche. Je veux mon avocat. Immédiatement. Oui, exactement. Vous pouvez l'écrire. Je veux mon avocat. Quelle grossièreté de garder un innocent prisonnier sans explications et par-dessus le marché de le traiter de gay et de fils de pute ? Ah, oui ? Vous n'avez pas parlé d'Œdipe ? Je parie que si je vous avais rempli la bouche de pognon, vous l'auriez bouclée et vous m'auriez laissé partir. Moi ? Ah oui ? Vraiment ? Outrage ? Je ne suis en train de suborner personne. Je parie que je serais déjà sorti d'ici. La prochaine fois, je ferai semblant d'être riche. Je ne paie plus d'impôts, à quoi bon en payer ? Pour être arrêté par la police après avoir payé les yeux de la tête une saloperie de billet pour la Chine ? Qui a envie d'aller en Chine quand tout le monde en fout le camp ? Tout le monde lit James Joyce en Chine. Où est-ce que j'avais la tête quand j'ai décidé d'aller en Chine ? Mais je vous ai déjà dit que je n'ai plus vu cette idiote depuis qu'elle m'a abandonné au milieu de la leçon 22 du quatrième livre du cours moyen. Deux ans ! Impliqué dans quoi ? Qu'est-ce que vous voulez dire ? Elle me donnait des cours de chinois ! Vous voulez que je répète en chinois ? Pour prouver ce que je dis ? *Ta shi laoshi. Wo shi xuesheng.* Vous ne voulez pas ? Comment ? *Mi ?* Je l'ai déjà dit. Ça dépend du ton. Ça peut vouloir dire des tas de choses. Si je pouvais au moins voir le caractère. Ah, oui ? Vous l'avez ? Celui-ci ? Eh bien, je ne sais pas. Non plus. Je ne l'ai jamais vu. Mais ça ne prouve rien. Il y a des tas de caractères que je ne connais pas. Je suis seulement arrivé jusqu'à la leçon 22 du quatrième livre du cours moyen. Je peux ne pas savoir ce que ça veut dire, mais ça ne veut pas dire que je ne suis pas un étudiant de chinois. Vous n'avez qu'à téléphoner à l'école de chinois et demander. Elle a dit ça ? Quel test ? Le seul test à l'école était un test de chinois. Non ? Comment ça, non ? Je n'ai pas réussi le test ? C'est elle qui ne l'a pas réussi ? Elle était la professeur. Moi j'étais l'élève. Un test de l'Église ? Chaque croyant reçoit une mission dans la vie. Évidemment. Il doit faire ses preuves. Je connais un tas de… Certes. Ok. Nous allons respecter la religion des autres. Certes. Si nous voulons qu'ils respectent la nôtre. Exactement. Nous allons le faire maintenant. Nous allons respecter la religion des autres. Mais si cette Église disait que vous êtes pédé ? C'est alors que j'aimerais voir où est le respect. Vous seriez content ? Vous ne l'avez pas dit ? Moi ? Mais qu'est-ce que c'est cette merde d'Église qui trouve qu'un élève de chinois qui ne veut pas épouser sa professeur est gay ? Comment ? Divorcé. Bon sang de merde ! Dans quel monde on vit ? Bon sang de merde ! Un blasphème ? Le blasphème c'est de me traiter de gay ! Vous pouvez l'inscrire au procès-verbal. Bande de fils de pute ! Oui, c'est un gros mot. Parfaitement, monsieur, un gros mot. Arrêtez-moi ! Inscrivez ! Allez, faites-moi arrêter. Comme si je n'étais pas déjà prisonnier ? Pire ? Qu'est-ce que vous voulez dire ? Et qu'est-ce que j'ai à voir avec le sort des gays en prison ? Je me fous royalement du sort des gays en prison ! Je veux que les gays aillent tous se faire foutre ! Je devrais ? Pourquoi ? Mais combien de fois je vais devoir répéter que je ne suis pas gay ? Quoi ? En chinois ? Non, elle ne m'a pas appris ça. Non, je ne sais pas dire ça en chinois. Comment je pourrais le savoir ? Elle a abandonné le cours moyen au milieu de la leçon 22. Dans le livre ? Non, pas le moindre gay. Il n'y a pas de gays en Chine. Mais enfin, qu'est-ce que ça a à voir ? Arrêtez-moi ! Vous pouvez donner l'ordre de m'enfermer. Au moins, je sortirai de cette saloperie de pièce sans fenêtre. Vous pouvez mettre la climatisation ? Elle est mise ? Je suffoque. Ok. C'est vous qui la branchez. Un peu. Et vous voudriez que je sois comment ? Branchez-la quand vous voudrez. Certes. Est-ce que j'ai l'air d'un con ? Si elle n'est pas branchée, c'est par économie. Parce qu'on vous a ordonné de la débrancher pour faire des économies. Je sais comment ça se passe. Moi je ne resterais pas ici un seul jour sans clim ni wifi. Et, avant que j'oublie, dénichez-moi un avocat. Oui, maintenant. Tout de suite. Je vais vous faire un procès, à vous et à la professeur de chinois. Pour diffamation et calomnie. Gay ! Vous n'avez pas besoin de donner votre autorisation, je sais très bien ce que je peux et ne peux pas, je connais mes droits. Car je ferai un procès à vous tous et à la professeur de chinois quand je serai emprisonné pour outrage envers les autorités. Peu importe. Je m'en contrefous. Et je n'arrêterai pas de dire des gros mots tant qu'on ne m'aura pas sorti de cette merde de salle sans fenêtre. Bâillonnez-moi ! Je voudrais bien voir ça ! Menottez et bâillonnez ! Une revue ? Quelle revue ? Je me souviens. Elle m'a donné la revue de l'Église, oui. Et alors ? Sur la couverture ? Un couple. Comment ? Souriant. Oui ! Comment vous le savez ? Un mariage. Bien sûr, c'était un numéro spécial consacré au mariage. Moi ? Un crétin ? Qu'est-ce que c'est que cette histoire ? Et pourquoi j'aurais dû penser que c'était une allusion ? Et d'ailleurs, qu'est-ce que j'ai à voir avec la mission de cette femme à l'église ? Me sauver de quoi ? Et comment je pouvais savoir que j'étais gay dans sa tête à elle ? Pardon, que je suis gay ! Comment je pouvais le savoir ? On est dans un asile de fous ici ! Bien sûr que j'ai compris qu'elle a raconté ça, mais ça ne veut pas dire qu'elle disait la vérité. Ni qu'elle ne soit pas une idiote. Moi je dis que je ne suis pas gay, putain de merde ! Juste parce que je ne veux pas me reproduire ? Parce que je ne veux pas d'autres personnes qui me ressemblent dans ce monde ? Tout ce que les gays veulent aujourd'hui, c'est se reproduire. Une contradiction ? Vous trouvez ? Je ne vous l'ai pas dit ? Le chinois est la solution. En chinois, il n'y a pas de contradiction. Un Chinois, quand il veut tuer, il tue ; quand il veut torturer, il torture. S'il ne veut pas se reproduire, c'est qu'il est gay ? Subconscient, mon cul ! Du respect ? Et vous voulez savoir ? Si j'étais la directrice de l'école, moi non plus je ne l'augmenterais pas. Vous n'avez pas posé la question, mais je vous le dis. Moi non plus je n'ai rien demandé, mais vous continuez à m'insulter. Quelle insulte ? Gay ! Vous ne m'avez pas insulté ? Gay ce n'est pas une insulte ? Depuis quand ? Pour vous ! Pour vous ! Comment ça, gay ce n'est pas une insulte ? Vous n'avez pas prononcé ce mot ? Allons donc, ne me racontez pas n'importe quoi ! Bon sang de merde. Gay ! Ma femme m'a abandonné pour un chiropracteur et vous me traitez de gay ? Un chiropracteur américain ! Non, ce n'est pas de là que vient mon antiaméricanisme. Ce n'est pas ma faute si la vasectomie a foiré ! Le toubib était brésilien. Mon ex-femme a dit que c'était l'œuvre de Dieu. Dans sa langue à elle, l'incompétence a un autre nom : Dieu. Dieu voulait qu'elle ait des enfants. Et elle, elle voulait avoir des enfants. Pas moi, elle ! Deux avortements. Trois, si on compte celui qu'elle a perdu toute seule, par elle-même. Je l'ai obligée, mais ce n'était pas de ma faute. Je n'ai pas été forcé de faire une vasectomie ? Alors ? Ce n'est pas ma faute si l'opération a foiré. Elle a usurpé mes spermatozoïdes ! Ce n'est pas un vol ? Ah, non ? Je ne dirai plus un seul mot ! Vous pouvez appeler un avocat ! Vous avez une idée de ce que c'est que vivre dans le même pays et la même ville que la femme qui t'a abandonné pour un chiropracteur américain ? Vous savez ce que c'est que pouvoir la rencontrer à n'importe quel moment, dans la rue, au restaurant, et ne jamais la rencontrer, et vivre dans l'attente et la pensée de cette rencontre tous les jours et toutes les nuits, à chaque minute pendant sept ans, en rêvant à la possibilité de vivre de nouveau avec elle, ça quand vous réussissez à dormir, car en général vous n'y arrivez pas, parce que vous n'arrivez à vous endormir qu'à côté d'elle, et ça tous les jours, pendant sept ans, à n'importe quelle heure du jour ou de la nuit, sans exception, passer devant la maison où elle habite pour voir si elle est là et si la lumière est allumée ? Vous savez ce que c'est ? Vous savez ce que c'est que vivre dans le pays et la ville de la possibilité ? Où il sera toujours possible de revoir la femme qui t'a donné un coup de pied au cul ? Vous savez ce que c'est ? Vous avez déjà eu peur de vivre ? Et de sortir dans la rue ? Quelle horreur pire que vivre dans un endroit où ça semble encore possible, même si ça n'est déjà plus possible depuis longtemps ? Il n'y a rien de pire que d'espérer ! Vous avez de l'espoir ? Vous avez par hasard une idée de l'horreur que représente avoir de l'espoir ? Et vivre dans le pays de l'espoir ? Il est évident que j'ai envie de partir d'ici ! Que quelqu'un m'envoie en Chine, quelque part bien loin d'elle, où il n'y ait pas la moindre possibilité de nous rencontrer, même si je le voulais, le pays de l'impossibilité et de la désespérance et de l'incroyance, où je n'espère même pas comprendre un jour la langue, où la possibilité d'être à côté de ma femme n'existe même pas en imagination ! L'espoir est la porte de l'enfer ! Je ne suis pas hystérique ! Je n'arrêterai pas de crier ! Je veux parler à la commissaire ! Bien sûr qu'il y en a une, je l'ai entendue parler, là à côté. J'ai entendu presque tout ce qu'elle a dit. Comment c'est arrivé ? Comment ça, quoi ? Comment elle a tué son fils ? La commissaire, qui d'autre ? Inutile de me dire qu'il n'y en a pas. Je l'ai entendue parler à côté. Je vais rater mon vol ! Vous savez combien coûte un billet en classe affaires pour la Chine ? Vous ne voulez pas le savoir ? Eh

169

bien vous devriez. Plus que votre salaire, probablement. Eh bien sachez-le. J'imagine. Mais j'ai déjà dit tout ce que je savais. J'ai déjà dit tout ce que je sais sur mon ex-professeur de chinois. Je ne sais pas ce qu'elle emportait en Chine et je ne veux pas le savoir. Ce n'était pas en Chine ? Je ne fais pas le malin. Évidemment que je sais que le vol fait escale à Madrid. Je serais moi-même sur ce vol si je n'avais pas été kidnappé. J'ai acheté le billet avec de l'argent honnête. Une compagnie aérienne chinoise. Quelle question ! Nous ne sommes pas dans le monde de la concurrence et du libre choix ? Pour pratiquer déjà avec l'hôtesse de l'air. Si vous faites le calcul, ça donne plus d'une journée passée dans l'avion jusqu'à Shanghai. Et s'il faut payer pour passer plus d'une journée comprimé dans un avion, il vaut mieux que ce soit parmi des Chinois. Bien sûr qu'il y avait d'autres options. Mais je n'allais pas rester plus de vingt-quatre heures dans un avion pris au hasard, à bavarder en allemand avec l'hôtesse de l'air, n'est-ce pas ? À condition de parler allemand, bien entendu. Comprimé entre des Allemands. J'ai choisi d'étudier le chinois ! S'il vous plaît ! Et ensuite, réfléchissez un peu : n'est-il pas beaucoup plus facile de rencontrer des néonazis à bord d'une compagnie européenne qu'à bord d'une compagnie chinoise ? Les néonazis ont horreur des compagnies étrangères. Pourquoi courir le risque de voyager douze heures, au moins jusqu'à la première escale, assis à côté d'un néonazi ? J'ai décidé de joindre l'utile à l'agréable et de transformer le voyage en cours intensif. Et en plus de l'hôtesse de l'air, je peux aussi m'exercer avec les passagers. Les Chinois eux aussi préfèrent voyager à bord d'une compagnie chinoise, comme les néonazis à bord de leurs compagnies nationales. Ah oui ? Citez-moi un peuple qui n'est pas raciste. Citez-m'en un seul. Oui ? Les Brésiliens ? Bingo ! Vous avez gagné un bonbon. Si vous en avez envie, bien sûr. Comment ? S'il y a un petit malin ici, ce n'est certainement pas moi. Non, non ! Vous n'avez pas besoin d'appeler qui que ce soit. D'accord. Notre conversation n'avance pas. Elle avance ? Dites-moi, car je ne comprends pas. J'arrête de crier, je réponds encore à deux ou trois questions, sans injures, respectueusement, et vous me laissez embarquer maintenant, dans le vol de six heures. Qu'en pensez-vous ? L'enregistrement va fermer d'ici peu. Quoi ? J'ai déjà compris, mais vous ne voyez pas que nous n'arrivons nulle part ? Reconnaissez que votre méthode d'interrogatoire n'est pas bonne. Elle est lamentable, à vrai dire. Excusez. Excusez. Ex-cu-sez ! Ne cri-ez pas ! Merde ! Ne criez pas ! Je ne le supporte plus ! Ma famille ? Comment ça, prévenir ma famille ? Je n'ai pas de famille. Je vous ai déjà dit qu'elle m'a largué pour le chiropracteur après trois avortements. Je vous ai déjà dit que je n'ai aucune famille. Et combien de fois je vais devoir répéter que je ne suis pas gay ? En chinois ? Je vous ai déjà dit que je ne sais pas. Quoi ? Comment ça, je ne sortirai d'ici que lorsque je dirai comment on dit gay en chinois ? C'est quoi encore cette connerie ? Du respect ? Eh bien, commencez donc par me respecter moi ! Oui, parfaitement. Vous vous foutez de ma gueule. Prouver quoi ? Mais je vous ai déjà dit qu'elle me donnait des leçons de chinois ! Vieux ? Il n'y a pas d'âge pour commencer à apprendre une langue. D'ailleurs, si j'étais vous, je m'inscrirais aujourd'hui même. *Bu yao ba jin tian de shi tui dao ming tian qu zuo.* Ne laisse pas pour demain ce que tu peux faire aujourd'hui. Après, ne venez pas dire que je ne vous ai pas prévenu. Je ne sais pas dire gay en chinois. Je vous l'ai déjà dit. JE NE SAIS PAS DIRE GAY EN CHINOIS ! Parce qu'elle ne me l'a pas appris. Elle est croyante ! Mais je sais dire autre chose : papillon, coccinelle, arc-en-ciel, printemps, petite fourmi, petit poisson. Un livre pour enfants. Une école pour adultes. C'est tout ce qu'ils avaient. Les Chinois font des miracles avec ce qu'ils ont, ils mangent tout ce qu'on leur met sous le nez. C'est un peuple très travailleur. C'était le seul matériel pédagogique disponible. Il est difficile de se procurer des ouvrages pédagogiques en chinois. Ils voulaient tout gratuitement, bien sûr. Des photocopies. Ils vendaient les photocopies. Je sais que c'est illégal. La contrebande c'est différent. L'Église aussi. L'Église a du pognon. Elle peut imprimer autant de revues sur le mariage qu'elle veut. Vous connaissez le chiffre d'affaires de l'Église au Brésil ? Vous ne lisez pas le journal ? Plus de vingt milliards par an ! Vous savez ce que ça représente ? Ensemble, évidemment, toutes les Églises prises ensemble ! Elles impriment ce qu'elles veulent. Sur le mariage et tout le bataclan. En chinois, évidemment. Pour le public chinois. Au Brésil, oui, au Brésil, ça ne peut être qu'au Brésil. Il y a un tas de Chinois au Brésil, tous prêts à rencontrer Jésus. Non. La chiropractie est une science qui consiste à étreindre les gens jusqu'à faire craquer leur colonne vertébrale. Comme les boas. Pas le moindre anti-américanisme. Les boas sont brésiliens. Il a étreint ma femme, un point c'est tout. Il l'a étreinte. Et alors ? Qui a dit ça ? Comment vous le savez ? Moi, je ne le sais pas. Oui, on dit qu'il est beau gosse. J'ai déjà dit que je ne suis pas gay. C'est vous qui me poussez à dire ce genre de choses. Bon, on racontait qu'il faisait des miracles. Le genre magicien. On appuie ici et ça fait mal plus loin. Un truc primaire. Le genre imposteur. Exactement. Imposteur. Un coup pour attraper les idiots. Qu'est-ce que je pouvais faire ? Mon ex-femme avait mal au dos. Qui ? Mon ex-professeur de chinois. Quelle mission ? Moi ? Son histoire à elle ? Vous voulez rire. Elle dit qu'elle n'a confiance qu'en moi ? Et où elle se trouve ? Où vous avez fourré ma prof de chinois ? J'attends de voir comment vous vous débrouillerez pour vous expliquer quand ils nous envahiront. Vous le savez, par hasard ? Ou vous pensez qu'ils vont vous regarder les bras croisés faire disparaître des citoyens chinois ? Même s'ils sont du sud de la Chine. Non, non et non. Le monde leur en a déjà fait voir de toutes les couleurs. Maintenant, c'est leur tour. Et ce ne sera pas un quelconque substitut du commissaire d'un pays périphérique, qui a à peine cinq cents ans d'histoire, qui va leur apprendre comment on fait disparaître une professeur de chinois. Les Européens croient que l'avenir du monde dépend d'une carte géopolitique qui se fonde sur l'insularité euro-asiatique. Insularité. Vous ne savez pas ce que Chine veut dire. Pays du milieu. Nation centrale. Alors ? Centre du monde. En chinois, évidemment. Ça ne peut être qu'en chinois. Qui d'autre appellerait la Chine centre du monde ? Les Américains ? Les Indiens ? Les Africains ? Les noirs ? Non, non et non. Ça, ça remonte à un passé récent. La Chine, c'est l'avenir. L'avenir, mon cul ! La Chine, c'est le présent ! Ils ont une civilisation millénaire sur les épaules. Ils ont déjà été humiliés jusqu'à ramper et lécher les bottes du reste du monde. Mis à sac. Violés. Baisés. Exactement. Vous n'aimez pas ? Eh bien, préparez-vous. Ils sont prêts à prendre leur revanche. Maintenant. Vous pouvez l'écrire. Ils vont mettre en pratique leurs milliers d'années d'apprentissage, tout le temps qu'ils ont passé à apprendre le chinois. Cette langue doit bien avoir une utilité. Et ils feraient bien de se décider rapidos, avant que les Indiens leur balancent une bombe atomique sur la tronche. Ou les Pakistanais. Avant que les Américains interviennent dans le conflit pour se faire quelques thunes. Oui, oui, ceux-là mêmes, les petits saints de Disneyland. Vous ne l'avez pas dit, mais vous l'avez pensé. Je parie que vous avez déjà emmené votre famille à Disney. Et que vous pensez que les Chinois sont en train d'envahir le monde. Vous allez dire que vous ne le pensez pas ? Je sais que vous n'avez pas d'enfants. Comment ? Eh bien, je lis les journaux. Je suis un homme qui s'informe. J'ai la certitude que si mon ex-professeur de chinois était une ex-professeur d'anglais ou d'allemand, vous n'oseriez pas lever le petit doigt sur elle. Mais tout ça va finir. Vous pouvez l'écrire. Et vous mettre à lire les journaux. C'est la meilleure chose à faire en temps de crise. La dernière chose que les déprimés font de leur vivant. Même avec Internet. Les déprimés et les vieux. Qu'est-ce que les Indiens ont à voir avec les Chinois ? Et qui n'est pas déprimé aujourd'hui par l'état du monde ? En lisant le journal, le déprimé a au moins une raison objective de se déprimer et le vieux de trouver qu'il ne perdra pas grand-chose en mourant. Vous-même, monsieur, qui êtes si malin, vous n'avez pas lu que la raison n'existe pas pour qu'on dise la vérité ? La raison ne sert qu'à faire gagner les gens dans une discussion. Vous n'avez pas lu ça ? Mais vous fréquentez qui ? Non, je vous ai déjà dit que je n'ai rien pris. J'en suis sûr et certain. Comment ça, fouiller dans ma valise ? Je veux un avocat. Pas après avoir farfouillé dans ma valise, non ! Avant ! Maintenant ! Je vous ai déjà dit que je n'ai rien à voir avec elle. Je l'ai rencontrée par hasard, dans la queue pour l'enregistrement. Et je vais vous dire une chose : elle m'a fait peur. Elle va très mal. Oui. Elle va très mal et a un air ravagé. Elle a énormément vieilli en deux ans. Vous ne m'avez rien demandé. Sûr et certain. Mais si vous me l'aviez demandé, ça ne m'aurait pas offensé. Ce qui est offensant, c'est traiter quelqu'un de gay. Là, oui. Quoi ? Bœuf pour les piranhas, appât sacrifié, mon cul ! Une pute ! C'est ça qu'elle est ! Une putain de pute croyante ! Quoi, ce n'est pas elle qui m'a traité de gay ? C'est elle ou c'est pas elle ? C'est vous qui le dites. Ou alors vous voulez me mettre mal avec mon ex-professeur de chinois ? Moi, je comprends même que l'Église évangélique expulse mon ex-professeur de chinois, car, reconnaissons-le, pour réussir à convertir un gay en mari – ce qui serait déjà un miracle dans n'importe quelle autre Église –, il faut au moins avoir un peu de bon sens pour identifier d'abord le gay. Et quand je pense que je suis allé dire que c'était une bonne enseignante ! Mais je n'avale pas cette histoire de droits égaux pour les gays et les sympathisants. Non, non et non. Les gays sont comme une nuée de sauterelles dans le jardin de Dieu. Un gay ne se reproduit pas. Ou plutôt : il se reproduit à l'horizontale, pas à la verticale. Il n'a pas de progéniture. Il ne laisse pas de vestige. Ou plutôt, il en laisse, mais par contamination. Il se répand comme de la mauvaise herbe. Voilà pourquoi on ne peut pas le laisser faire. Et là je suis avec le Vatican, on ne peut pas le laisser faire. Et je suis avec les milliers de Français qui manifestent dans les rues de Paris, la capitale des Droits de l'homme. Vous avez déjà imaginé le monde entier en soutane, l'un fourrant la main sous la soutane de l'autre ? Vous avez déjà imaginé ça ? Et maintenant, en plus, ils se sont mis à vouloir avoir des enfants ! Ce sont des façons de faire ? Moi ? Vraiment ? Il y a deux minutes j'étais gay, et maintenant je suis homophobe ? Il faut vous décider ! Sincèrement. Qui ? Votre ami ? Celui qui s'est enfui avec mon ex-prof de chinois ? Vous n'allez pas me dire que votre ami et vous… Non ! Moi ? Non, je n'insinue rien. J'ai entendu la commissaire dans la pièce à côté. Rien à voir. Bien, il n'y a pas de commissaire femme. Mais ce n'est pas vous-même qui avez dit que… Sûrement. Bon, alors laissez-moi essayer de comprendre. Votre collègue, qui a kidnappé mon ex-professeur de chinois, dit que mon ex-professeur de chinois a déclaré avoir abandonné le quatrième livre du cours moyen au milieu de la leçon 22, parce que j'étais… excusez-moi, parce que je suis gay ? Comment ? Elle a dit ça ? Oui, elle partageait un logement avec une autre missionnaire. C'est la missionnaire qui lui a dit que j'étais gay ? Comment ça ? Oui, elle l'a fait venir. Une fois. Pourquoi ? Qu'est-ce que j'en sais ? Moi non plus, je n'ai pas compris. Avant le début du cours, la missionnaire était là et me tendait la main en disant, avec un sourire inepte, en chinois : Enchantée de faire votre connaissance. Une Brésilienne ! Elle n'avait rien d'une Chinoise. Après, elle est repartie. Comment ? Pour faire ma connaissance ? Pourquoi l'Église elle allait se déranger pour moi ? Sauf si ça a été l'idée de la missionnaire elle-même. Bien sûr. Dans quel but ? Gay ? Six ? Elle avait six mois pour me convertir ? Vous vous foutez de moi ! Les derniers six mois du cours moyen avant de disparaître, parce qu'elle ne m'a pas converti ? Non, je suis en train de réfléchir. Oui, ça colle. Non, elle n'a pas été punie ; elle m'a juste dit qu'elle avait déménagé, six mois avant de disparaître. Un purgatoire ? Qui a dit ça ? La missionnaire. J'ai compris. La missionnaire l'a chassée de chez elle. Elle n'avait le droit de revenir que le jour où elle m'aurait converti ? Absolument. Et si elle se mariait avec moi. Ce n'est pas un hasard. En chinois chaque nom a son destin. Liuli, les Six Rites du Mariage. Bien que ça veuille dire aussi Mendiante Triste et Angoissée, Lapis-Lazuli, Tuile Vernie, Bruissement des Arbres dans le Vent, etc. Ça dépend du ton et du caractère. Elle a dit qu'elle était partie habiter dans la rue du Vingt-Cinq-Mars, mais elle n'a pas dit que c'était de ma faute. Comment je pouvais le savoir, puisque je ne suis pas gay ? Alors, ce sont deux idiotes ! Oui, elle a dit que l'appartement servait de crèche pendant la journée. Comment est-ce que je pourrais le savoir, puisque vous avez disparu avec elle ? Sinon, je le lui aurais demandé personnellement. On aurait procédé à une confrontation ici même, vous, votre ami, la professeur de chinois et moi. J'aurais bien aimé voir ça. L'heure de vérité. J'aurais aimé l'entendre dire que j'étais…. pardon, que je suis gay, face à face avec moi. Elle a

dit quoi ? L'homme de sa vie ? Moi ? Mais j'ai vingt-quatre
ans de plus qu'elle ! Ce sont ses propres mots ? Ça lui était
égal ? Ce n'est pas une Chinoise, c'est un âne ! Et comment
vous voudriez que j'apprenne ? Elle ne parle pas chinois,
elle pousse des braiements ! Il est évident que la gamine ne
peut pas être sa fille. Elle n'avait pas la moindre fille avant
de m'abandonner au quatrième livre du cours moyen, au
milieu de la leçon 22. Elle ne peut pas avoir eu une fille de
quoi, de cinq ans, en à peine deux ans ! La reproduction
assistée n'est pas encore arrivée à ce stade de développement. Elle peut me traiter d'âne parce qu'au bout de six ans
je n'ai toujours pas appris le chinois, mais est-ce que j'ai l'air
d'un con ? C'est logique que je sache que ce n'était pas sa
fille. La sauver ? Non. La sauver de quoi ? Et vous avez cru
ça ? Vous avez cru votre ami ? Non, je ne dirai pas un mot
de plus. Soyez tranquille. Je ne vais rien insinuer. Je
n'insinue rien. Pour l'amour de Dieu ! Non, je ne crois à
rien. C'est un tic. Une façon de parler. Ok. Je vais arrêter. Je
ne parle plus de Dieu et je ne dis plus de gros mots. Mais ça
devient difficile. Non, rien. Je me parlais à moi-même. Elle
a dit ça, oui ? Orpheline ? J'ai entendu. Et vous l'avez crue ?
Vous croyez tout ce que votre pote raconte, n'est-ce pas ?
Bon, elle m'a dit qu'elle partageait un appartement dans la
rue du Vingt-Cinq-Mars avec une femme qui y tenait une
crèche. Quoi ? Qu'est-ce que c'est, cette histoire à dormir
debout, maintenant ? Où vous voulez en venir ? Où elle se
trouve ? Où ça ? Dans la circulation ? *Hoi polloi !* Non, ce
n'est pas du chinois. C'est du grec. Non, je ne le parle
pas. Sur Wikipedia. Vous n'avez pas le wifi ici ? Ça ne
vous intéresse pas ? *Hoi polloi ?* Vous ne savez pas ?
Clique, bande, horde. Non, maintenant c'est vraiment du
portugais. Voilà ce que ça donne d'encourager la vente de
voitures. Toute l'économie du pays est entre les mains de
l'industrie automobile. Je ne vous l'ai pas dit ? *Hoi polloi !*

Tout le monde a une voiture maintenant. Et tout le monde voyage en avion ! 'Nous nous agrandissons pour vous faire arriver plus vite au ciel.' Il n'y a qu'un croyant pour croire une connerie pareille. Vous avez vu la longueur de la queue pour l'enregistrement ? Dont vous m'avez d'ailleurs tiré arbitrairement. Immobilisés dans la circulation ? Vous rigolez, je suppose ! Qu'est-ce que votre collègue est allé foutre dans les embouteillages avec mon ex-prof de chinois ? Comme s'ils ne savaient pas que la ville serait immobilisée par des bouchons toute la journée. Voilà le résultat des coupes budgétaires, des salaires de misère pour les policiers, un commissariat sans clim ni wifi, voilà le résultat, je l'ai toujours dit. Après, vous ne savez pas pourquoi il y a des dénonciations à l'intérieur du service, des fuites dans la presse. Ça finit toujours par des fuites. Parce qu'il y a toujours un mécontent. Un refoulé. Un sycophante. C'est du portugais. Vous n'avez pas de dictionnaire en ligne ? Vous voyez ce que ça donne d'être sans wifi ? Vous voulez économiser ! C'est le bon marché qui coûte cher. Mouchard. C'est exactement ça, un mouchard ! Mais enfin, dans quelle langue vous parlez quand les enfants écoutent ? Vous n'avez pas d'enfants. Ça n'a pas d'importance. Eh bien parlez donc dans cette langue. Dorénavant, ne parlez plus que dans cette langue, avec votre collègue, dans le cadre du travail. Pour ensuite ne pas choper d'infarctus quand on reproduira ce que vous avez dit dans la pièce d'à côté. Qu'est-ce que vous croyez ? Votre collègue la commissaire et vous. Si vous étiez en Chine, vous devriez sûrement payer pour vos mauvaises décisions et pour m'avoir retenu ici, quand tout ce que je veux c'est embarquer pour la Chine. Attention ! Je n'ai pas dit que là-bas c'est moins corrompu. Attention ! Ne me faites pas dire ce que je n'ai pas dit ! Ce que j'ai dit, c'est que là-bas les sycophantes ont beaucoup plus de pouvoir et qu'il suffit d'un faux pas du chef pour que le subordonné, qui se tenait déjà sur le qui-vive, qui n'attendait qu'une occasion, entre en scène pour dénoncer son supérieur. Voilà, c'est comme ça que les choses se passent. Vous roulez des mécaniques, mais un jour, quand ils nous envahiront, la secrétaire Márcia… Elle ne s'appelle pas Márcia ? Quelle Márcia ? La secrétaire, la fille à l'accueil. Bon, alors disons qu'elle s'appelle Márcia. Oui. Bref, la fille à la réception, je l'ai appelée Márcia, mais ça pourrait être Maria, Silvana, Joyce, aucune importance. Bon, elle décide de se venger de toutes les grossièretés qu'elle a dû avaler au fil des années, de tous les baratins, et vous finirez dans un centre d'interrogatoires secret, un *shuanggui*, cette fois c'est bien du chinois, pas besoin de comprendre, vous avez très bien compris, vous voyez comme vous avez vite pigé, ça commence à entrer, hein ? C'est exactement ça, un centre secret d'interrogatoires pour les dirigeants corrompus, jugés en parallèle, et si vous n'êtes pas condamné à mort et si vous ne disparaissez pas à tout jamais sans que votre famille sache ce qui vous est arrivé, vous finissez par vous suicider. Personne ne supporte ça. Les Chinois ne rigolent pas dans le boulot. Vous pouvez l'écrire. Car si on ne se tient pas à carreau aïe, aïe, aïe ! Je n'insinue rien. Il ne suffit pas d'être corrompu, il faut encore que le travail soit bien fait. Bon, si vous vous sentez morveux, c'est votre problème, c'est pas comme ça qu'on dit ? Fou ? Mon vol part à six heures, il est quatre heures et demie et je suis emprisonné dans une cellule sans fenêtre et sans climatisation parce que mon ex-professeur de chinois disparue, maintenant kidnappée par votre collègue, a dit que je suis gay. Et vous me demandez si je suis fou. Bien sûr que je le suis. Complètement fou. Ce qui m'arrive ne passerait par la tête de personne de normal. Je ne peux qu'être en train de délirer. C'est vous qui m'avez traité de fou le premier. Je n'ai pas dit que vous étiez culotté, ce n'est pas ce que j'ai dit, mais laissez-moi vous dire que si nous étions en Chine, vous auriez perdu la face, oui, monsieur. Bien sûr que vous avez compris. Vous ne pourriez plus vous montrer en public. Et comme là-bas personne ne perd jamais la face, parce que ce sont des gens sans scrupules, l'unique solution c'est le *shuanggui*. Vous n'avez pas lu que les soixante-dix députés les plus riches du PCC possèdent une fortune de soixante-dix milliards d'euros ? Rien à voir. Parti communiste chinois. Vous n'avez pas lu ça ? Vous voulez voler ? Volez. Mais sachez que si vous tombez en disgrâce, vous passerez devant la justice parallèle. Moi ? Mon crime a été de vouloir aller en Chine à un moment où tout le monde là-bas lit James Joyce. Je ne veux pas continuer à vous donner encore d'autres idées, mais en Chine, si vous tombez en disgrâce, il n'y a pas de président de comité du peuple ni de parti du peuple, ça va de la torture par noyade jusqu'aux brûlures de cigarettes. J'exige mon avocat ! Je ne dis plus un seul mot avant de parler à un avocat ! On n'est pas en Chine ! J'ai déjà dit ce que je vais faire en Chine. Je vais répéter : en Chine il n'y a pas de gay ! Inutile de vouloir vous venger, simplement parce que vous avez entendu quelque chose que vous ne vouliez pas entendre. Quelques bonnes vérités, parfaitement, monsieur. Inutile de vouloir vous venger sur moi, simplement parce que vous avez été démasqué et humilié. Quoi, qu'est-ce que j'en sais, on est humilié tous les jours, on doit entendre des choses désagréables tous les jours, il suffit d'avoir entendu quelqu'un dire… Je n'écoutais absolument pas aux portes. J'ai entendu parce que la paroi est mince. Comment ? S'il vous plaît, comprenez donc, je veux juste aller en Chine. Non, non, évidemment. Quoi ? Vous avez entièrement raison. Bien sûr, c'est vous qui décidez si vous avez entièrement raison. Alors, c'était un malentendu. Vous n'avez pas compris. Il s'est produit un malentendu entre nous. Je n'ai pas dit ça. S'il vous plaît ! Écoutez : je ne veux rien de vous. Je ne veux pas vous sucer. Je sais que vous n'êtes pas gay. Personne n'est en train de dire que vous êtes gay. En train d'insinuer ? Mais comment c'est possible ? Non, jamais de la vie. Moi, en train de m'insinuer, mais pas du tout. Et qu'est-ce que j'en sais ? Non, il est évident que vous n'êtes pas gay. Mais combien de fois je vais devoir répéter que moi non plus ? Quel problème ? Dans les embouteillages ? Sauver de quoi ? Et à quoi ça sert de sauver le monde de l'homme, si ce n'est pas pour sauver l'homme ? Vous voyez ? C'est un cercle vicieux, il n'y a pas d'issue. Comment ça, vous n'avez pas compris. C'est que je suis épuisé, commissaire. Épuisé d'attendre et de parler dans cette langue que vous ne comprenez pas. Et qui n'est même pas du chinois ! C'est du portugais. Je suis fatigué de répéter en portugais. J'ai hâte de sortir d'ici, d'en finir avec tout ça. C'est vous qui décidez. Bien sûr. Et pas seulement de l'heure ! J'ai déjà compris. Pas besoin de répéter. Je le sais, vous n'avez pas besoin de me le dire. J'ai compris. Je ne sais pas pourquoi je suis ici ni quand je vais en sortir. Ça peut arriver à n'importe quel moment ou jamais, évidemment. Mais je suis épuisé, comme je ne l'ai jamais été. Je n'ai plus envie de faire quoi que ce soit. Je n'ai plus envie de dire quoi que ce soit. Rien que la pensée d'apprendre le chinois me donne envie de dormir. D'ailleurs, il ne s'agit pas d'envie. Le sommeil n'est pas une envie. C'est une erreur de parler d'envie de dormir. Personne n'a envie de dormir. C'est le sommeil qui commande. C'est le sommeil qui a des envies. Je n'avais jamais réfléchi à ça. Quand nous avons des envies, en réalité nous sommes télécommandés. Vous préférez que je n'aie pas d'idées personnelles ? Très bien. Excusez-moi, je ne répéterai plus. Il s'agit d'un tic nerveux. C'est normal. Après des heures et des heures à être enfermé ici, j'ai commencé à avoir des idées personnelles. Ça n'a pas été des

heures ? Quelle heure est-il donc ? Ce n'est pas possible !
J'ai perdu la notion du temps. Ça m'a semblé une éternité.
Vous pensez que peut-être, s'il y avait, disons, un revire-
ment dans votre façon de voir les choses, j'aurais encore une
petite chance de prendre mon avion ? Vous voulez que je
répète ? Non, Inutile de vous mettre en rogne. Je ne me
paie la tête de personne. Je ne me suis jamais payé la tête de
qui que ce soit. Je ne sais pas ce que c'est. Attendre quoi ?
Comment ça ? Où sont-ils ? Bien sûr, vous l'avez déjà dit.
Mais s'ils sont dans des embouteillages, ça peut durer des
heures. Mon vol est à six heures. J'ai compris, mais l'espoir
n'est-il pas le dernier à mourir ? De quoi ? D'aller en Chine.
Là-bas ? Je ne sais pas. Mon idée ? Quand tous seront partis
pour envahir le monde, je m'installerai là-bas. Non. Il y a
pire. Il y a un proverbe chinois qui dit, en chinois, évidemment, non, non, je ne vais pas le dire en chinois, soyez tranquille, le proverbe dit : *Pendant que passent les nuages, les
frères vont à l'église.* Moi non plus. Peut-être que ce n'est pas
tout à fait ça. Ça n'a pas de sens, n'est-ce pas ? Oui, il n'y a
pas d'église. L'Église est interdite. Non, je ne me contredis
pas du tout. Je suis épuisé. Église est une façon de parler.
Vous comprenez ? C'est marrant, moi non plus. Moi non
plus je ne vois pas. Ce n'est peut-être pas exactement ça. J'ai
peut-être mal traduit. Je pourrais peut-être dire le proverbe
en chinois, non, juste pour m'en souvenir, il vaut mieux
pas ? Ok, pas de problème, je ne le dirai pas, non, je ne dirai
plus rien en chinois. Comment ça, je ne sais pas le parler ?
Qui a dit ça ? J'ai seulement dit que je n'ai pas compris ce
qu'elle a dit. Car ça devait être dans une leçon ultérieure,
que je n'ai pas encore étudiée. Elle m'a abandonné au
milieu de la leçon 22 du quatrième livre du cours moyen.
Ok, je ne répète pas. Vous êtes déjà au courant des homophonies. Sûrement. Non, non ! Je ne parlerai pas des
homophonies. Vous me traitez de gay, mais je ne peux pas

parler des homophonies. Alors, c'est un dialogue de sourds. Il n'y en a qu'un qui décide de ce qu'il veut entendre et de ce que l'autre pourra dire. Non, bien entendu, c'est vous qui commandez, mais il faut que ce soit bien clair, il s'agit d'un dialogue de sourds. Et peut-être que mon épuisement vient de là. Vous ne comprenez pas ce que je dis parce que vous ne voulez pas entendre. C'est exactement ça. Vous avez été le seul à parler jusqu'à présent. Non, maintenant je vais dire, il faut que je dise une chose. Quand j'ai décidé d'aller à la recherche de mes origines en Chine… Quoi ? Où est le problème ? Tant mieux. Eh bien, quand j'ai décidé d'aller à la recherche de mes origines en Chine, je me suis dit que j'avais déjà perdu assez de temps dans la vie et que je ne pouvais plus laisser pour demain ce que je pouvais faire aujourd'hui. Voyez un peu l'ironie du destin ! Je n'ai jamais perdu autant de temps qu'aujourd'hui. Proportionnellement, bien sûr. Je n'ai jamais passé autant d'heures inutiles. Ça n'a pas été des heures. Mais ça m'a paru des heures. À faire quoi ? À attendre ! À attendre un agent et mon ex-professeur de chinois qui m'a abandonné au milieu du cours moyen sans me donner la moindre explication. Pour quoi faire ? Pour quoi faire ? Moi ? Bientôt ? Qu'est-ce qu'elle a dit ? Elle n'a rien dit. Quoi ? Qu'est-ce que vous dites ? Comment vous pouvez dire une chose pareille ? Combien de fois je vais devoir répéter que je ne suis pas gay ! Vous voulez des preuves ? Vous n'en voulez pas ! Des preuves de quoi ? Mes bagages ? J'ai seulement une valise. Vous avez pris ma valise ? Quoi ? De la drogue ? Mais quelle drogue ? Je vous ai déjà dit que je n'ai pas téléphoné ici et que je n'ai dénoncé personne ! Et comment je pouvais savoir qu'elle était sur ce vol, le vol qui va bientôt décoller à six heures ? Comment je pouvais le savoir ? En mentant ? Non, c'est réellement invraisemblable. La drogue va apparaître dans ma valise ? Elle est déjà apparue ?

Je veux un avocat ! Maintenant ! Je veux un avocat tout de suite ! Vous l'avez dit, oui. Vous ne l'avez pas dit ? Je l'ai parfaitement entendu ! Vous avez dit que la drogue est dans ma valise ! Je sais comment ça se passe. Je lis les journaux. Je n'accuse personne. Je ne calomnie personne. C'est vous autres qui mettez des mots dans ma bouche et de la drogue dans ma valise. Comment est-ce que je peux le prouver ? C'est à vous de le prouver ! La charge de la preuve vous incombe ! C'est quoi, cette blague ? Une blague, parfaitement, monsieur ! Vous voulez que je me taise, je me tais. Quand on ne peut pas dire quelque chose, le mieux c'est de se taire ! Vous m'avez déjà dit de ne pas me stresser, mais ça n'a rien donné ! Ce n'est pas comme ça que ça marche. Il faut avoir de la psychologie. La Chine ? En crise ? Ha ha ha ! Depuis quand ? Où vous avez lu ça ? Moi je lis les journaux et nulle part il n'y a de Chine en crise. Le début de la crise ? Dans quel journal ? Attendez un peu qu'ils nous envahissent et aient besoin de traducteurs pour parler avec les esclaves, pour donner des ordres aux esclaves, car ce pays n'a pas d'autre vocation, les Brésiliens sont nés pour être les esclaves de bandits – il y a dix-neuf nouveaux millionnaires par jour dans notre pays – et si on n'est pas les esclaves de Brésiliens, on le sera de Chinois, nous attendons juste les Chinois pour ranimer notre vocation, sauf que cette fois c'est eux qui habiteront dans la maison des maîtres et nous dans le quartier des esclaves, et j'attends de voir ce qui se passera quand les Brésiliens devront obéir à des ordres en chinois, c'est alors que tout le monde voudra m'employer pour ne pas prendre un bon coup de fouet, car ce que le contremaître voulait dire, en chinois, évidemment, on ne le comprendra pas, c'est alors que le travail ne va pas me manquer. Vous voulez que j'ouvre mon bagage à main ? Qu'est-ce que vous voulez donc voir ? Vous pouvez fouiller. Vous ne voulez pas fouiller ? Vous ne touchez pas à des bagages de trafiquant ? De trafiquant gay ? Un livre. Si vous savez ce que c'est, pourquoi vous le demandez ? Un livre. Pour lire dans l'avion. Je l'ouvre, bien sûr. Vous voulez aussi que je lise ? 'Là dehors, la douleur n'existe pas.' Voyez-moi ça ! Et je ne l'ai même pas fait exprès ! Je relis : 'Là dehors, la douleur n'existe pas.' Vous voulez dire quelque chose ? Vous ne voulez pas ? C'est écrit ici. Ok, je ne lis plus. Je referme le livre. Ça y est. J'ai refermé le livre. Et maintenant ? Quoi d'autre ? 'Là dehors, la douleur n'existe pas.' Je ne lis rien. Ça m'est resté dans la tête. Vous n'avez pas compris ? Vous voulez que je rouvre le livre ? Vous ne voulez pas que je relise ? Pour essayer de comprendre. 'Là dehors, la douleur n'existe pas.' Quel message ? Vous voulez rire ! Non, ça ne peut être qu'une plaisanterie ! Pour l'amour du ciel ! Quoi ? Dans le fond ? Je sors, je sors tout. Au cas où la valise s'égarerait, je mets ça dans le bagage à main. Une tenue d'été et une autre d'hiver. En Chine, les températures sont extrêmes. Yin et yang. Les dimensions sont continentales. Comment ? Eh bien, je vais vous dire une chose : il n'y a pas de Chine en crise et il n'y en aura jamais. Et vous savez pourquoi ? La Chine est le pays de la symétrie. Vous savez ce que le Brésil est pour les Chinois ? Rien. Personne ne s'intéresse à ce que signifie le Brésil. À vrai dire, le Brésil ne signifie rien, parce qu'il est tout ce que sont les autres pays, sauf que c'est d'une façon asymétrique. Le Brésil est une copie asymétrique. Le chinois est la seule langue qui fait fonctionner les deux hémisphères du cerveau en même temps. Ça a été prouvé maintenant, par toute cette technologie de l'image. Évidemment que vous savez ce qu'est un hémisphère. J'ai entendu votre collègue là à côté dire que les gens qui fréquentent l'Église ont un des hémisphères plus gros que celui des gens qui fréquentent les clubs de rencontres et inversement. Ok, ok. Vous n'avez pas de collègue. Il n'y a pas de commissaire femme. Il n'y a aucune commissaire. Figurez-vous ! J'ai imaginé. Une commissaire ! Vous êtes l'autorité suprême ici. Et la seule ! Et mieux que tout, vous savez ce qu'est un hémisphère. Bien sûr. Vous avez déjà voyagé en avion. Bien sûr, vous êtes déjà allé aux États-Unis. Vous êtes passé d'un hémisphère à l'autre. Bien sûr. Vous êtes allé dans l'hémisphère nord et ici nous sommes dans l'hémisphère sud. Eh bien, pour le cerveau, c'est la même chose. Et le chinois est la seule langue qui fasse fonctionner les deux hémisphères du cerveau. C'est comme si vous étiez en même temps dans l'hémisphère nord et dans l'hémisphère sud. Et vous êtes d'accord qu'on ne peut pas être dans deux endroits en même temps. Vous n'êtes pas d'accord ? Sinon, en ce moment je pourrais être ici et dans la queue pour l'enregistrement, pour ne pas rater mon vol. Ok. C'était juste un exemple, pour que vous compreniez. Un exemple malheureux, ok. Un autre exemple, alors. Le chinois est une espèce d'effort abdominal. Sauf que l'effort se fait avec la tête. Alors ! Il y a un moment où les deux hémisphères font cette contraction musculaire et vous n'êtes plus en mesure d'inventer un prétexte pour sortir du cours plus tôt. C'est terrible. Le chinois est la plus symétrique de toutes les langues car il utilise les deux hémisphères en même temps. Et vous savez pourquoi les visages symétriques sont plus beaux que les asymétriques ? Parce qu'ils sont un signe d'intelligence. Symétrie et intelligence sont le résultat d'une même stabilité dans le développement génétique d'une personne. Et de santé ! Les scientifiques l'ont prouvé. Celui qui a un visage symétrique est moins stupide et en meilleure santé. Vous ne le saviez pas ? Je n'insinue rien. C'est pour ça que personne ne veut avoir à faire avec les laides, car contrairement à ce qu'on pensait, en plus d'être moches, elles sont bêtes et en mauvaise santé. Il n'y a vraiment pas de justice dans ce monde, ni même dans la nature. Vous qui avez déjà voyagé en avion, vous devriez le savoir. Vous connaissez d'autres hémisphères. Vous devriez savoir ça. Vous êtes déjà allé à Stockholm ? C'est simplement une parabole pour que vous compreniez ce que je veux dire. Les paraboles facilitent la compréhension. Je n'insulte personne. Je ne perds pas la tête. Je vais rater mon avion. Dans l'aéroport de Stockholm on ne vous dit rien, jamais. Contrairement à ici. Pas d'avertissement, pas d'annonce. Jamais. Ni au sujet des départs, ni au sujet des arrivées. Ni à propos des retards, ni à propos des annulations. Jamais. Au nom du silence. C'est ça qu'ils disent là-bas. Rien. Jamais. Eh bien, il suffit de chercher à s'informer, de regarder le tableau des annonces. Vous traînez votre valise au milieu du silence. Jamais une de ces hystériques qui hurlent : dernier appel pour le vol untel. Buenos Aires par ici ! Montevideo par-là ! Mon vol part à six heures et elles continuent à me le rappeler. Sans arrêt. Ici, personne n'arrête jamais de parler. Si on arrête de parler, on met de la musique. Pas dans l'aéroport de Stockholm. On a muselé les hystériques qui annonçaient le dernier appel pour le vol untel et l'arrivée du vol untel et l'avion untel qui a atterri. Vous voulez une plus grande justice que l'aéroport de Stockholm ? Il n'y a pas un seul endroit dans ce pays merdique où on ne joue pas de la musique, où on ne passe pas la vie à annoncer la porte et l'embarquement immédiat et le dernier appel. Et vous pensez encore que je n'ai pas de raisons d'être stressé ? Une contrepartie ? Quoi ? Quelle proposition ? Pourquoi on ne pense qu'à sauver les enfants ? Pourquoi tout le monde est obsédé par l'idée de sauver des enfants ? Et comment je peux le savoir ? J'ai déjà dit tout ce que je sais. Inutile d'insister. Je l'ai déjà dit. Elle avait horreur qu'on se mêle de ses affaires. Elle a été furieuse quand un missionnaire de l'Église évangélique, en voyage dans le sud de la Chine, a rendu visite à sa famille. Sans parler un traître mot de chinois et sans avertir la professeur de chinois, pour faire une surprise, le missionnaire a pris un taxi à Fuzhou et s'est rendu dans la vallée où habitait la famille de la professeur de chinois dans le sud de la Chine. Il a passé la journée avec la famille de la professeur de chinois, a mangé la nourriture immangeable de la famille de la professeur de chinois, a embrassé la famille de la professeur de chinois, tout ça sans parler un traître mot de chinois, et il est revenu avec un tas de photos qu'il a offertes à la professeur de chinois. Mais la professeur de chinois a eu une attaque en voyant son collègue de l'Église en train d'embrasser sa famille qu'elle n'avait pas vue depuis qu'elle avait quitté la Chine, des années et des années auparavant. Elle s'est mise à crier, et elle a tellement crié, en chinois, que lui ne savait plus si c'était de joie, de nostalgie ou de colère, et pas uniquement parce qu'il ne reconnaissait pas les tons. Quand il a compris que c'était de colère, elle s'était déjà fatiguée de crier. La professeur de chinois s'était sentie envahie. Et je la comprends. Le missionnaire n'était même pas chinois pour être indiscret au point d'aller rendre visite à sa famille dans le sud de la Chine sans lui demander la permission. Elle a été furax, et avec raison. Ok, excusez-moi. Comment ce fils de pute était parvenu à arriver là-bas... ok, ok. Pas besoin de crier. C'est une façon de parler. Comment le mission-naire avait réussi à arriver dans ce trou perdu du sud de la Chine sans parler un traître mot de chinois ? Vous ne trouvez pas qu'elle avait raison de se méfier ? Moi je trouve que oui. Le missionnaire a dit qu'il voulait faire une surprise, que c'était un cadeau, mais elle n'est pas idiote. Et, pendant qu'elle me montrait les photos du missionnaire dans les bras de sa famille dans le sud de la Chine, elle m'a demandé si je ne trouvais pas ça bizarre. Bizarre ? Hyper bizarre ! Ce type ne parle même pas le chinois ! Et il prend un taxi à Fuzhou pour aller dégotter un trou perdu dans l'intérieur du sud de la Chine ? Pour faire une surprise ? Ce que je pense qu'il pouvait bien vouloir ? Qu'est-ce que j'en sais... découvrir quelque chose concernant sa vie, son passé, sa famille, qu'il a prise dans ses bras. Sur ordre de l'Église, bien entendu, tout ce qu'ils font, c'est sur ordre de l'Église ! Vous n'en pensez rien ? C'est votre droit. Mais moi je trouve ça bizarre. J'ai passé six ans à apprendre le chinois et je ne me hasarderais pas à prendre un taxi même pour aller dans une banlieue de Shanghai, et je me demande comment un type qui ne parle pas un traître mot de chinois a le culot de prendre un taxi à Fuzhou pour se lancer à la recherche d'un patelin dans l'intérieur du sud de la Chine sans même bien connaître l'adresse, uniquement à l'oreille, d'après ce qu'elle lui avait raconté de l'endroit où vivait sa famille. Une raison de plus pour ne rien raconter. Les Chinois ne valent rien. Le missionnaire était brésilien, Mais il avait une gueule de chinois. Il travaillait pour l'Église. Quel culot ! Dieu sait ce qu'il voulait de la famille de la professeur de chinois, qui en avait déjà vu de toutes les couleurs et n'avait pas besoin d'une visite sournoise. J'ai dit à mon ex-professeur : Écoute, c'est vraiment louche. Ce mec est missionnaire, c'est un malin. Un missionnaire ne fait rien sans arrière-pensée. La preuve c'est qu'elle, qui était aussi missionnaire, s'est méfiée. Non, je ne connais pas l'adresse. Là-bas où ? Dans le sud de la Chine ? Comment ça ? Non, mon chinois ne me permet pas de prendre un taxi sans adresse. Les Chinois ne comprennent pas les plans. Ils n'ont pas le sens de l'orientation. Ils ne parviennent pas à comprendre l'espace reproduit en deux dimensions. Non, je ne dis pas du tout que les Chinois sont bouchés. C'est une autre forme d'intelligence. Peut-être même plus sophistiquée que la nôtre, si vous voulez savoir ? Vous-même... Vous ne voulez pas savoir ? Non, je vous l'ai déjà dit, je n'ose pas prendre un taxi en Chine sans une adresse écrite en chinois. Vous pouvez montrer sur un plan, marquer l'endroit en jaune avec un grand X, un Chinois ne comprend pas, il vous emmène à un mauvais endroit, à l'autre bout de la ville. Impossible de prendre un taxi en Chine sans une adresse en chinois. Et ça, même pour quelqu'un qui a étudié le chinois pendant six ans. Imaginez alors un missionnaire qui n'a jamais rien étudié en dehors des paroles de la Bible en portugais ! La bible dont elle se servait était en chinois, bien entendu. Une bible en chinois pour des Chinois. Quoi ? Vous allez me donner l'adresse ? Comment ça se fait ? Par quel miracle, merde alors ? Par quel miracle ? Moi ? Elle a dit que c'est moi le miracle ? Ha ha ! Je suis le miracle ! Elle a dit ça dans quelle langue ? En chinois ? Vous vous payez ma tête ? Mais enfin, qu'est-ce que c'est, cette proposition ? Non, non et non ! Je ne parle pas chinois ! Elle m'a dit qu'apprendre le chinois, c'était oublier et répéter un million de fois la même chose. C'est ce que j'ai fait. Et regardez ce que ça a donné. J'ai appris par cœur un million de fois un million de phrases tirées d'un manuel pour qu'un cadre supérieur dise la chose juste au moment approprié et fasse de bonnes affaires. Et pour quoi ? Pour parler avec qui ? Voyez un peu. Je peux répéter tout ce que j'ai appris, mais pour parler avec qui ? Avec une fillette ? Pourquoi vous croyez que je vais – que j'allais, il est déjà cinq heures, mon vol est à six heures –, que j'allais en Chine ? Pour pouvoir parler avec quelqu'un ! Pour mettre en pratique un million de phrases apprises par cœur dans un manuel pour cadres supérieurs. Pour dire ce qui convient dans la pire des situations et réussir à m'en tirer ! Combien de fois je vais devoir répéter que je ne parle pas chinois ? J'ai appris par cœur ! Appris par cœur ! J'ai fait ce qu'elle m'a ordonné. J'ai oublié et appris de nouveau par cœur. Un million de fois. Excusez, vous pouvez répéter ça ?

(*Dui bu qi, qing zai shuo yi bian, hao ma ?*) Elle a dit qu'elle n'a confiance qu'en moi ? Rira bien qui rira le dernier. (*Xia dao zui hou de ren cai shi xiao de zui hao de ren.*) Je ne me moque de personne. Les apparences sont trompeuses. (*Ren bu ke mao xiang.*) Et pourquoi je croirais ça ? Vous pouvez être très sympathique, mais vous ne me convainquez pas. Les amis sont les amis, les affaires sont les affaires. (*Qing xiong di, ming suan zhang.*) S'il vous plaît, ne faites pas aux autres ce que vous ne voulez pas qu'on vous fasse. (*Ji suo bu yu, wu shi yu ren.*) Finalement, qu'est-ce que vous avez l'intention de faire de moi ?"

Il est impossible de savoir ce qui se passe dans la tête des autres et encore moins quand, pour exprimer ce qu'ils pensent, au lieu d'agir et de faire des gestes, ils s'obstinent à parler chinois. Mais on peut imaginer qu'entre deux personnes parlant des langues aussi radicalement différentes que le chinois et le portugais une certaine entente, au-delà des mots, permette de vivre, sinon une histoire commune, du moins une sorte de malentendu. Les malentendus ne laissent pas d'être une forme de communication. Quand la Chinoise entra dans les locaux de la police un mardi après-midi en tenant une enfant par la main, deux mois avant qu'il ne l'extraie de la queue pour l'enregistrement et ne disparaisse avec toutes les deux, l'agent était seul derrière le comptoir de la réception, en train de lire un livre sur la disparition des langues, pendant qu'à l'autre bout de la ville, la secrétaire Márcia, qui aurait dû s'occuper de ce cas depuis le début, à sa façon objective et bureaucratique, en évitant toute espèce de malentendus, était en train de se débattre avec la circulation pour arriver à temps à son cours de rattrapage. Dès qu'il vit la Chinoise, l'agent comprit qu'il ne pourrait pas l'abandonner. Elle était désespérée. Et ce fut avec la plus grande difficulté qu'il parvint à lui faire

191

comprendre que sans autorisation des parents de la fillette il lui serait impossible de l'emmener en Chine. Il était visible que la Chinoise voulait lui dire quelque chose, autre chose, qui ne pouvait être dit dans aucune langue, pas même en chinois. Elle parlait un portugais bancal, intervertissant les quelques mots qu'elle connaissait, "maquerelle" au lieu de "mairie" par exemple, et ç'aurait déjà suffi à rendre toute communication impossible si, avant même que l'agent ne puisse ébaucher le moindre signe d'hilarité, elle ne s'était mise à pleurer et la petite, la regardant pour la consoler, avait commencé à répéter d'innombrables fois la même phrase incompréhensible en chinois. Comme il ne comprenait pas le sens de ce que la fillette répétait avec tant de véhémence (mettant fin à la crise de larmes de la Chinoise), l'agent attribua à la répétition des sons, comme dans un mantra, l'effet miraculeux de la phrase. La Chinoise sécha ses larmes, passa la main sur la tête de l'enfant dont elle reprit la menotte, avant de sortir sans mot dire. La réponse à ce à quoi il avait assisté, comme s'il avait tout compris (n'est-ce pas ainsi, finalement, que commencent les malentendus ?), resta enclose dans l'inconscient de l'agent pendant deux mois, jusqu'au moment où il deviendrait nécessaire de les sortir de la queue pour l'enregistrement et de disparaître avec toutes les deux, avant que le commissaire, qui l'avait condamné au pays de la bonté et qui avait tenté de se racheter en lui obtenant une mutation à ce poste qui lui permettait maintenant de sauver une Chinoise stupide et une gamine, ne puisse les arrêter.

Les malentendus sont légion entre des gens parlant la même langue, que dire alors de ceux qui parlent des langues aussi étrangères entre elles que le chinois et le portugais ou le portugais et une langue indigène censée n'être connue que par un missionnaire et le dernier survivant d'une ethnie décimée. Encore une raison de plus pour récapituler les événements de ce mardi, deux mois après l'autre : en début d'après-midi, le commissaire reçoit une dénonciation anonyme. L'appel téléphonique alerte la police au sujet d'une Chinoise qui va essayer d'embarquer à bord du vol de six heures pour Shanghai avec une fillette de cinq ans et six kilos de cocaïne. Ou plutôt, le vol est pour Shanghai avec escale à Madrid, où la Chinoise a l'intention de déposer le colis avant de poursuivre le voyage avec la fillette, le lendemain. Ce genre de dénonciation est fréquent. Pendant que la police s'emploie à arrêter la "mule" (et ici le sens du terme se déploie dans toute sa richesse, ne se limitant plus seulement à un détail technique du narcotrafic, mais se référant plutôt à l'intelligence de l'intermédiaire, passant de trafiquant inexpérimenté à victime de celui qui l'a engagé), un autre passager embarque tranquillement à bord d'un autre vol, avec le triple de la quantité de drogue transportée par l'appât sacrifié (en réalité une quantité très inférieure à ce que prétendait la dénonciation). Dès qu'il reçoit l'appel, le commissaire prévient l'agent à la réception puisque la secrétaire Márcia est à son cours de rattrapage à l'autre bout de la ville, en train de se préparer pour l'examen d'entrée en faculté de droit. Et l'agent – censément le fils bâtard que le commissaire a condamné au pays de la bonté, sans qu'aucun des deux aient évoqué ce sujet –, entendant qu'une Chinoise avec une fillette de cinq ans se trouve dans la queue pour l'enregistrement, en train d'essayer d'embarquer pour la Chine avec six kilos de cocaïne, se lève, comme sous l'effet retardé d'un enchantement ou d'une drogue quelconque ingérée au cours d'une mission dans la forêt, et descend en courant vers la salle d'embarquement, décidé à disparaître avec toutes les deux avant que le commissaire ne puisse les arrêter. Le tout ne prend pas plus de dix minutes. Quand le commissaire arrive dans la queue pour l'enregistrement, il ne trouve plus que l'étudiant de chinois et le chariot abandonné de l'ex-professeur. L'action de l'agent qui les a tirées de la queue avant de les faire disparaître se justifie, dans son esprit, par tout ce qu'il a imaginé après avoir dit à la Chinoise, deux mois plus tôt, qu'elle ne pourrait jamais voyager avec une enfant en dehors du Brésil sans une autorisation des parents. Ce qu'il a imaginé est en fait ce qu'il a raconté à la commissaire au téléphone en proposant de négocier, par le truchement de la dénonciation rémunérée, la libération de la Chinoise, trahie par ceux qui l'ont engagée. Il croit, comme seul un croyant pourrait le croire, qu'elle n'a pu se laisser embringuer par ces gens-là qu'en dernier recours, pour sauver la fillette – et parce que, au fond, la Chinoise est vraiment une mule. Il n'y a pas d'autre explication. Cependant, on ne découvrira jamais la moindre drogue, ni en la fouillant, une fois de retour à l'aéroport, ni dans les valises qu'elle avait abandonnées dans la queue pour l'enregistrement.

Moins d'une semaine après son retour au Brésil, déjà en proie à une nostalgie toute portugaise pour la Chine de ses ancêtres, où il avait passé deux mois à assister à un cours intensif de chinois, et à un désir incontrôlable d'être reconnu, maintenant qu'il jouit du sentiment de plénitude du devoir accompli, l'étudiant de chinois va dans la rue du Vingt-Cinq-Mars. Il veut s'entendre dire *merci* par la professeur de chinois. Il nourrit l'espoir de la rencontrer. Il veut lui raconter comment il a sauvé la fillette du monde où eux continuent à vivre en l'emmenant en Chine, un lieu non moins infernal. Quelle importance ? Ce qui importe c'est d'avoir satisfait le désir et l'illusion de la professeur de chinois. Car depuis le début il ne désirait pas autre chose. Et tout en sachant qu'elle n'aime pas qu'on se mêle de ses affaires, il veut qu'elle soit au courant, il veut lui raconter comment il a volé de São Paulo à Madrid et de Madrid à

Shanghai et de Shanghai à Fuzhou, et après, en taxi, en autobus et à pied, de Fuzhou à Fuqing, et de Fuqing à Putian, et de Putian à ce trou d'entre les trous, jusqu'à trouver la bonne maison, la maison de la famille adoptive de la professeur de chinois, et confier la fillette à la mère adoptive de la professeur de chinois qui l'avait élevée pour qu'elle devienne missionnaire évangélique et professeur de chinois à l'autre bout du monde où elle avait été arrêtée en essayant de s'échapper avec une orpheline et six kilos de cocaïne, une pure supposition, dès lors que rien ne fut découvert. Il veut dire à la professeur de chinois qu'il a accompli son dessein en sauvant la fillette. En la sauvant de quoi ? se demande-t-il, tout en montant et descendant dans les centres commerciaux verticaux et horizontaux de la Chinatown brésilienne et il croit avoir aperçu celle qu'il cherche au fond d'une minuscule boutique coincée entre d'autres boutiques minuscules, dans un trou sans fenêtre, bourré de gens, une espèce de cul-de-sac dans une fourmilière. L'ex-professeur de chinois fait la vendeuse derrière le comptoir d'une minuscule boutique d'électronique et de bimbeloterie chinoise. Il s'approche et prononce son nom : "Liuli ?" Bizarre. C'est comme si la Chinoise ne l'avait pas entendu – comme s'il avait prononcé son nom avec un ton incorrect, ce qui équivaudrait à dire le nom de quelqu'un d'autre. Il répète : "Liuli ?" Alors seulement la Chinoise lève la tête, comprend à qui il s'adresse et s'approche de lui. L'étudiant de chinois insiste : "Liuli ?" Elle lui répond en chinois, une langue qu'il continue à ne pas comprendre après six ans d'étude et deux mois de cours intensif en Chine. Elle dit qu'elle ne s'appelle pas Liuli. Alors, l'étudiant de chinois, qui comprend la réponse plus par les gestes que par les mots, dit à la Chinoise qu'elle est le portrait craché de son ex-professeur de chinois. Lui aussi aimerait dire que "la tristesse rend fou", en chinois, pour prouver que ce qu'il a appris à l'école de chinois n'a pas été complètement vain, mais il doute de pouvoir dire un jour quelque chose d'approchant, même s'il atteint un jour le cours avancé de chinois. Il voudrait pouvoir dire que la tristesse se mue en colère et qu'il ne sait déjà plus ce qu'il dit dans sa propre langue, que dire alors dans celle des autres ? Au lieu de cela, l'étudiant de chinois dit à la Chinoise, en portugais, qu'il a sauvé la fillette – qu'en principe elle ne connaît pas, puisqu'elle ne s'appelle pas Liuli – des horreurs auxquelles elle aurait été condamnée si elle était restée dans ce monde violent, de tueries, d'enlèvements, de règlements de comptes et de balles perdues, dans ce même monde d'orphelins, de bandits, de policiers corrompus et de trafiquants que maintenant tous deux partagent, la Chinoise et lui, bien qu'ils ne se connaissent pas, toujours à en croire ce qu'elle dit. Il dit que malgré tout ce qu'il peut avoir dit de la condition humaine et malgré tout ce qu'il peut avoir dit de son désir de ne pas se reproduire dans ce monde dont tous deux font partie, il a exécuté la tâche qui lui a été confiée, à l'encontre de sa nature, ses principes et ses convictions : il a confié la fillette saine et sauve aux parents adoptifs de la professeur de chinois appelée Liuli, Lazurite et qui, franchement, lui ressemblait comme deux gouttes d'eau, elle, la Chinoise à laquelle il s'adresse en ce moment, dans ce monde d'horreur et de tueries. Il dit qu'après que le commissaire a accepté les conditions exigées par l'agent pour ramener à l'aéroport la Chinoise appelée Liuli, accusée de trafic de stupéfiants par un appel téléphonique anonyme, rien n'empêchait plus qu'on lui confie aussi la fillette – à lui, l'étudiant de chinois – et que, main dans la main, tous deux s'avancent en courant, accompagnés par le commissaire et deux autres policiers, vers la porte d'embarquement, pendant que le commissaire essayait d'empêcher, à l'aide de son talkie-walkie, en répétant *Copy ?, Copy ?,* l'avion chinois de fermer la porte, de quitter son point de stationnement et de décoller sans eux deux à bord. Rien ne les empêchait plus d'avancer avec un document bidon à la main, établi par la police elle-même à titre d'exception et d'urgence, l'autorisant à emmener une fillette, qui non seulement n'était pas sa fille, mais encore qu'il n'avait jamais vue avant et dont il ne parlait ni ne comprenait pas non plus la langue, à travers toutes les barrières et tous les contrôles, toujours en courant, avant que l'avion ne referme la porte et quitte son point de stationnement. Il dit que, main dans la main, lui et la petite qu'il ne connaissait pas ont passé le contrôle des bagages aux rayons X, le détecteur de métaux et le contrôle des passeports, toujours en courant dans les couloirs de la zone de transit de l'aéroport, accompagnés par le commissaire, plus deux autres policiers, avant qu'on ne referme les portes de l'avion chinois et que, pendant qu'ils couraient, le commissaire criait dans son talkie-walkie *Copy ?*, *Copy ?*, essayant d'empêcher l'avion de quitter son point de stationnement et de décoller sans eux deux. Ce que l'étudiant de chinois ne dit pas à la Chinoise, et pas seulement parce qu'il ne parle pas chinois, c'est que la fillette s'était mise à pleurer quand on l'avait séparée de la Chinoise qui s'appelait Liuli – laquelle, en plus d'avoir été accusée de trafic de stupéfiants par un appel téléphonique anonyme, ressemblait comme deux gouttes d'eau à la Chinoise avec qui l'étudiant de chinois est en train de parler –, et qu'elle a continué à pleurer pendant qu'elle courait dans les couloirs de l'aéroport en tenant par la main l'étudiant de chinois qu'elle ne connaissait pas, et qu'elle a pleuré pendant tout le voyage comme si elle venait juste de naître, et qu'elle n'a pas cessé de pleurer à Madrid où ils ont fait escale, ni à Shanghai où ils ont passé tous les contrôles avec le document bidon, ni à Fuzhou, elle a pleuré dans tous les aéroports, pendant qu'il insultait à voix basse Dieu et le diable qui l'avaient mis dans ce monde et dans cette situation, et dans tous les restaurants où ils ont déjeuné et dîné, la fillette chinoise et lui, entre Shanghai et Fuzhou, et entre Fuzhou et Fuqing, et entre Fuqing et Putian, comme ils auraient fait s'ils avaient été père et fille, sous les regards compatissants des autres tables qui se disaient probablement et charitablement qu'il s'agissait d'un veuf avec sa fille unique, adoptive, tentant de survivre avec les forces qui leur restaient à la mort récente de la mère. Enfin, ce qu'il ne dit pas c'est que, si la fillette n'a pas cessé de pleurer pendant tout le voyage, elle a encore moins cessé quand elle a aperçu la masure dans le patelin perdu en bordure de l'autoroute où elle va passer le reste de ses jours et d'où elle ne sortira probablement même pas parmi les milliers d'enfants enlevés chaque année, arrachés à leur famille dans les provinces du sud de la Chine, parce qu'elle est une fille et que les enfants enlevés dans le sud de la Chine sont dans leur majorité des garçons vendus dans le nord de la Chine à des familles qui recherchent des fils. Il ne dit pas que la fillette a pleuré devant la maison d'où elle ne sortira plus jamais, sauf si elle s'enfuit, évidemment, et sauf si elle est achetée comme esclave sexuelle ou si elle ne tombe pas entre les pattes d'une Église ou d'une autre, comme la professeur de chinois qui ressemble comme deux gouttes d'eau à la Chinoise avec qui il parle en ce moment et qui, bien qu'elle ait dit plusieurs fois qu'elle ne s'appelait pas Liuli ni Lazurite, a les yeux pleins de larmes. Ce qu'il ne dit pas, enfin, c'est que la fillette non seulement n'a pas arrêté de pleurer en voyant la maison où elle va passer le reste de ses jours si elle n'en sort pas pour être missionnaire évangélique ou professeur de chinois dans un patelin à l'autre bout du monde, mais qu'au contraire elle a pleuré encore plus abondamment et plus bruyamment – hurlant et se débattant comme jamais, lorsqu'elle a vu l'étudiant de chinois, avec qui elle avait traversé le monde à contrecœur en lui tenant la main, s'éloigner et partir, ce même étudiant de chinois dont elle avait tenté de s'éloigner pendant tout le voyage, tandis qu'il insultait à voix basse Dieu et le diable qui l'avaient placé dans ce monde et dans cette situation, criant et se débattant quand il s'approchait d'elle ou tentait de lui caresser la tête, dans l'espoir de la calmer, ce qui aurait pu susciter toutes sortes de problèmes et de soupçons sur la relation de cet homme avec une enfant dont il ne parlait ni ne comprenait la langue, ainsi que sur l'authenticité de l'autorisation que, n'étant pas le père, il devait présenter à chaque nouvelle frontière : ce qui aurait très bien pu déclencher les pires élucubrations et susciter toutes sortes de contretemps, si ce monde, bien qu'infesté de pédophiles, de loups sous une toison d'agneau, proférant des sermons dans la langue persuasive du présent, avec la voix doucereuse des saints, des pasteurs et des curés, et dominé par des justiciers assassins prêts à accourir avec diligence à la première clameur vertueuse des foules, n'était aussi, grâces soient rendues à Dieu, un monde de croyants.

BIBLIOTHÈQUE BRÉSILIENNE

João ALMINO
Hôtel Brasília

Adolfo CAMINHA
Rue de la Miséricorde

Fernando Henrique CARDOSO
Les Idées à leur place

Lúcio CARDOSO
Chronique de la maison assassinée
Inácio

Bernardo CARVALHO
Mongolia
Neufs nuits
Le soleil se couche à São Paulo
'Ta mère
Reproduction

Euclides DA CUNHA
Hautes terres

Maria Carolina DE JESÚS
Journal de Bitita

Rachel DE QUEIROZ
Maria Moura

Cyro DOS ANJOS
Belmiro (Belo Horizonte 1935)

Autran DOURADO
La Mort en effigie
Le Portail du monde

Carlos DRUMMOND DE ANDRADE
Conversation extraordinaire
avec une dame de ma connaissance

João GUIMARÃES ROSA
Premières histoires

Evelyne HEUFFEL
L'Absente du Copacabana Palace

Adriana LISBOA
Des roses rouge vif
Bleu corbeau
Hanoï

J.-M. MACHADO DE ASSIS
L'Aliéniste
Ce que les hommes appellent Amour
Dom Casmurro
Esaü et Jacob
Mémoires posthumes de Brás Cubas
La Montre en or
Quincas Borba

Betty MINDLIN
Fricassée de maris

Cornelio PENNA
La Petite Morte

Maria Valéria REZENDE
Le Vol de l'ibis rouge

Tabajara RUAS
La Fascination

Luiz RUFFATO
Tant et tant de chevaux
Des gens heureux
Le Monde ennemi

Mario SABINO
Le jour où j'ai tué mon père

Herberto SALES
Les Visages du temps

Silviano SANTIAGO
Stella Manhattan

Ariano SUASSUNA
La Pierre du royaume

Cristovão TEZZA
Le Fils du printemps

Antônio TORRES
Cette terre

Dalton TREVISAN
Le Vampire de Curitiba

Vinicius VIANNA
La Dernière Ligne

Ronaldo WROBEL
Traduire Hannah

Cet ouvrage a été imprimé par
CPI Firmin Didot à Mesnil-sur-l'Estrée
en janvier 2015

Cet ouvrage a été composé par
FACOMPO
à Lisieux (Calvados)

N° d'édition : 0345001 – N° d'impression : 125674
Dépôt légal : mars 2015

Imprimé en France